SIDE STORY

FUCK-PECT BUDDY

【完美啪檔】

HYUNSOO～^^
................/////
LOVE U
I LOVE YOU, TOO

Presented by
Lash | A-Chan | Cheng-Ying Xie

The Contents of Fuck-Pect Buddy

Docs

Folder 1 Folder 2 Image

Messages

Baek Youngchan : Hello, Hyunsoo♥

Baek Youngchan : My Kitty～^^*

FUCK-PECT BUDDY CONTENTS

完美啪檔 | 外 傳 | 目錄

ENTER

Baek Youngchan×Seo Hyunsoo

Baek Youngchan×Seo Hyunsoo

LOGIN：Seo Hyunsoo

PASSWORD：*********

Contents

REMINDER：#F9AAAE

Copying

CANCEL

Fuck-Pect Buddy Side Story

Copying

Messages

Seo Hyunsoo : Hello, Youngchan.
Seo Hyunsoo : My Baby Tiger.

Contents

FUCK-PECT BUDDY

01

【紀念日前的準備】

HYUNSOO～^^
................/////
LOVE U
I LOVE YOU,TOO
LOADING...

BAEK YOUNGCHAN × SEO HYUNSOO

眼睛一睜開就看到徐賢秀是什麼樣的感覺，如果沒有親身經歷過，很難去說明。細窄臉上的長睫毛、用美麗可愛還不足以形容的氛圍、令人心癢的呼吸氣息。我怕自己的呼吸會吵醒他，屏住氣息看著賢秀的臉，而我現在的心情，就是很想到處跟人炫耀說「你家沒徐賢秀吧」。

週末一般都是賢秀先起床，平常則都是我先起床，但就算是我先起床，我也會一直等到他起床為止。十分鐘、二十分鐘，有時候也會等到四十分鐘。平常賢秀還在睡覺的時候，我會出去做晨間運動，但有時也會像今天一樣，躺了幾十分鐘只是在欣賞他的臉。

和緩的呼吸、靜靜閉上眼睛的賢秀比任何時候都還要溫順。當他在睡覺的時候去摸他，他也都不會醒，這跟他敏感的個性相反。就算這樣，我還是絕對不會摸他，因為不知道他會不會被我手的動作吵醒。最後我還是一直等到鬧鐘響，等到他眨了眨他長長的睫毛為止。

「有睡好嗎？」

「……你什麼時候起床的？」

「嗯，剛剛。」

我說謊了。因為我早在二十分鐘前就起床了。我一張開手臂，賢秀就很自然地過來讓我抱在懷裡，我的下巴在他溫暖的頭頂上磨蹭。其實，一天之中我最喜歡的就是這一刻了。他的早上由我這裡開始的這一刻。而這就是為什麼我就算再怎麼累，也會在鬧鐘響之前睜開眼睛。

工作時的徐賢秀組長非常敏感，就像不能觸碰的鋼琴線。有時我也會覺得他的緊繃感會讓人很不安。但是，現在已經不會再這麼覺得了。因為我知道，工作時緊張且神經敏感的徐賢秀，就是本來的徐賢秀。

「這是草案初稿，確認一下吧。」

我看著向我位子靠近的徐組長看到出神，然後才低頭看鍵盤上他印出來的草案初稿。我突然想到一個東西，所以問了他。

「對了，字體排印呢？」

「我會幫你處理好。」

一個自信滿滿的回答。因為說這句話的人是徐賢秀，所以並沒有傲慢的感覺。我點了點頭。我愛他的緊張感，那個我絕對不能去觸碰的徐賢秀的樣子。

這次截稿期比之前都還要輕鬆，可能是因為企畫組補足了人力，也可能是因為大部分的報導都順利進行的關係。每製作十期的《City Casual 休閒之都》，大約會有一期的截稿期會這麼輕鬆。

我一邊幫忙我的組員朴俊範的工作，一邊等賢秀下班。不會看人臉色的朴俊範假裝不需要我幫忙，然後說：「我自己可以做完，組長先回家吧。」但是我更是假裝好心，把那傢伙的工作搶來做。

一看到亂七八糟的企畫書我就嘆了一口氣，但打開縮小的瀏覽器後，心情又好了起來。螢幕上顯示著餐廳預約的視窗。是我花了好幾週才精心挑選出來的餐廳。餐點符合賢秀的胃口而且還有包廂，可以輕鬆自在用餐的餐廳、是用來過我們第一個紀念日的餐廳。選好日期、預約完成後，我開始感受到幾天後就要到來的紀念。

不過我倒是一點都沒感覺到時間的流逝。我們在一起竟然已經一年了。我到現在光是牽他的手，都還是會感到興奮不已。

當我沉醉在這個滿足感時，手機響了起來。我確認之後，發現是景皓。他是我的朋友之一，是一個也見過賢秀的摯友。我拿起手機走去樓梯間。

——白榮燦，最近好嗎？

「不錯啊，你好久沒打來了？都在做什麼？」

——就一樣在工作中度過啊。因為很久都沒聯絡了，所以想知道你現在過得怎樣。

「你跟你女朋友怎麼樣？不是就快要結婚了，什麼時候發喜帖？」

——唉，還不知道。結婚不是我想結就能結。

難怪那小子講話的聲音聽起來不是很好。景皓跟他女朋友已經交往五年了。他們交往的這五年期間，都沒吵過一次架，其他朋友們都非常羨慕。甚至上上個禮拜還要我推薦可以送什麼禮物，偷偷在炫耀自己的女朋友。

「難道，是吵架了嗎？」

——分手了。

「什麼？」

——反正就是這樣，就在某天突然分手了。

可能是不想用電話講那麼詳細的內容，那小子隨便搪塞幾句話後就說：「找一天一起喝杯酒吧。」因為沒辦法拒絕他，我也就答應了。而且，截稿期也快結束了。

賢秀工作到很晚才結束。我把朴俊範送走後，自己一個人留在辦公室等他，再跟他一起下班。我們都是輪流開車，原本應該要換賢秀開，但是今天他看起來非常地累，就改由我來開。

「回家路上要不要買甜甜圈？」

「要不要買呢？」

賢秀平常雖然不喜歡吃甜食，但是在勞累的截稿期，偶爾也是會吃一下甜食。雖然他不知道，但我都有注意到。本來連我買的巧克力他都硬是不吃，但隨著截稿期開始後他就一點一點地吃，最後也吃掉了一半。連現在也是回答「要不要買」而不是直接說「不要」，這樣子似乎要買一盒比較好。

「對了，景皓剛打電話給我，截稿結束後可以去跟他見個面嗎？」

「嗯，可以啊。」

「他說他跟他女朋友分手了。本來都還好好的……」

「他們感情不是很穩定嗎？」

「就是說啊。交往的五年期間都沒有吵架，所以我都還以為他們會結婚。」

「看來是心很痛才打電話給你的。去好好聽他說吧。」

我們跟景皓三個人見面已經是上上個月了吧。本來很擔心賢秀可不可以跟我的朋友相處得來，但讓我意外的是，他跟景皓意外地非常投緣。雖然沒有跟他講明我們的關係，但他大概也能看得出來。當然，那傢伙並不在意我們這種關係，所以都會跟賢秀一起三個人見面。

我認識的徐賢秀有非常強的警戒心、自尊心，而且喜歡自己一個人。但讓人意外的是，徐賢秀其實常會感到孤單，自尊心也非常地低。

老實說，那天看到賢秀跟我朋友互開玩笑的樣子，我一方面覺得鬆了一口氣，但一方面也莫名地不安。我希望我是唯一一個可以跟賢秀自在相處的人。我知道我這樣太自私了。他的世界不能被侷限在我一個人身上。

「要三個人一起嗎？像上次一樣。」

「他不是想要跟你討論嗎？如果我去了，應該會很不方便吧。我也不是景皓的朋友。我就在家裡看書，你去吧。」

是被發現到我因為他這一串回答而露出安心的神色嗎？賢秀看著我抿嘴微笑。

「但是隔天就別想要出去了。」

他接著說的話真的是太誘人了。徐賢秀偶而會像這樣，在我預料之外來個一擊，我有這樣的另一半，讓我開心到想立刻把車停下來撲倒他，不過我努力忍了下來。

「唉唷，你這個禽獸……」

我故意假裝害羞地說，肩膀馬上就被揮了一拳。雖然我放聲大笑，但心裡某一角落卻覺得很不舒暢。

那天晚上我們吃了甜甜圈，然後跟平常一樣一起洗澡、並肩躺著。雖然我沒有睡意，但是賢秀已經在我懷裡睡著，所以我也不能移動身體，要好好躺著。不知道是不是太累了，賢秀發出小小聲的打呼聲。他毫無防備的樣子看起來好讓人憐憫，我就輕輕摟住他的肩膀。他不知道在說什麼的嘀嘀咕咕聲很甜蜜，這樣的安定感，讓我的身體有平靜下來的感覺。這種感覺是跟賢秀一起生活之後，第一次感覺到的。我喜歡這種像是被棉被包裹住身體一樣平靜安穩的感覺。

我突然想到一件事。這五年戀愛期間，連一次架都沒有吵過的景皓都分手了，那每天都吵架的我們，就更不能放心了吧。

萬一，萬一如果，哪一天徐賢秀跟景皓的女朋友一樣，突然跟我提出分手，那我到時候該怎麼辦才好？

這個愚蠢的焦慮感。但一想到這個，我就感覺更不安了，因為這不是我能夠控制的事情。至少在我們的關係中，徐賢秀比我更從容自在，而焦急的我就比賢秀更處於弱勢。

我不自覺地緊抱住賢秀。雖然睡夢中被吵醒的他在生氣，但我一點都不想放開他。雖然我已經是賢秀的另一半，但我還是一個會感到不安、渴望他關心的小孩子。

＊＊＊

眼睛一睜開，跟平常一樣可以看到賢秀的臉我就覺得安心。不知道是不是因為昨天睡覺前在胡思亂想，現在感覺到有點鬱悶。我忍住想哭的感覺，小心翼翼地靠近他，親了他的額頭。

今天跟平常的早晨一樣。就只有因為是截稿期，所以從床上爬起來的時間比平常還要快。我在他去拿出衣服跟刷牙的時候打開了冰箱，把賢秀要吃的優格跟沙拉拿了出來，還有拿出我要吃的熱狗。準備要關上冰箱門的時候發現了甜甜圈，是昨天吃剩下的。

準備要一口吃下甜甜圈的時候，突然想到一件事情，我本來張開的嘴又闔了起來。我轉頭看向賢秀。

「我可以吃甜甜圈嗎？」

「嗯，昨天才買的，應該可以放個三四天。」

我不是因為擔心壞掉才問的，是想要問你要不要吃。我揉一揉還很浮腫的眼睛、抓了抓一頭的亂髮，然後又默默地把它放回盒子裡去。

我們穿著內褲跟T恤，面對面坐在餐桌前吃著早餐。跟平常沒什麼兩樣的日子。去上班的路上是賢秀開車。在路上時，我跟他分享幾個幾天前在書上看到，有關阿德利企鵝生態的有趣事實跟故事。

「跟企鵝比，我比較喜歡北極熊。」

聽了一會兒我說的故事後他說。

「是嗎？為什麼？」

「比較大隻又比較強壯啊。毛茸茸的毛也很可愛。」

「哪裡可愛，人類的身體只要被牠打一拳，就會支離破碎了。」

我揮拳，做出要打散什麼東西的動作，然後誇張地說。賢秀眉頭皺了起來，然後瞟向我。

「我本來就喜歡熊類。」

他果斷地回答。我想起裡面也有寫到，阿德利企鵝常會被北極熊抓起來吃掉，雖然有點難過，但我還是點了點頭。我要尊重賢秀的嗜好，沒錯。

今天一樣是我們兩個人第一名到辦公室。第三名都是許主任。幸好許主任是不會看狀況的人。

「早安。組長們今天也很早到呢。」

「許主任，昨天修改完的B案傳給我。」

「好。」

我一邊偷瞄賢秀一邊打開螢幕。他看起來一點都不在意的樣子。賢秀不是景皓的朋友，本來也不是會花心思在別人的問題上面的類型。所以，當然會看起來毫不在意。但是，我還是覺得傷心，因為似乎只有我常常會感到不安，好像總是只有我在焦急。

不管怎麼說，截稿歸截稿，戀愛歸戀愛。我強忍住焦慮的心情專注在工作上。

一天時間很快就過去了，也已經到了下班時間了。等專題報導結束後，這一期的內容就完成了。但是，我為了等賢秀，把三十分鐘可以完成的工作拖到了三個小時。

「看來設計組還在忙。」

去飲水機裝完水回來的朴俊範說。設計組已經在會議室裡三十分鐘了。其實他們的組長賢秀早在稍早之前就已經完成自己的工作了。他是為了要幫其他組員收尾，才沒辦法下班的。而我對這件事情很生氣也很悶。許主任也在，為什麼要一個人攬下所有事情。是打算要通宵嗎？如果是賢秀自己的工作就算了，但如果是因為責任感而這樣吃苦，我都會覺得鬱悶。

透明玻璃的另一邊，可以看到賢秀在跟組員說明什麼事情的樣子。捲起襯衫袖子的手臂、漂亮的肩胛骨跟肩膀特別吸引人。

「徐賢秀組長真的很了不起。非常帥……」

「什麼？」

我不由自主地大聲問。朴俊範肩膀縮了起來，推了一下眼鏡，然後觀察著我的臉色。

「就……平常對組、組員也很好。不過，白組長當然對我們也很好，但別人的飯總是比較好吃，所以……」

「喂，徐組長是飯嗎？」

「什麼？」

為什麼偏偏要用飯來做比喻？看他支支吾吾的樣子，我整個火氣都上來了。愚蠢的傢伙。

「快點去整理企畫書！」

我突然大吼後，那傢伙就慌慌張張地回去座位。我把手放在鍵盤上面，但是因為火氣還沒消，所以突然又站了起來，然後走去茶水間，從捆在一起的能量飲裡搬出一箱。接著把塑膠封膜拆掉後拿出一瓶，直接在原地一口氣乾掉。

當然朴俊範說的話只是對公司主管的尊敬，我應該要感到開心，我也知道是我反應過度，但為什麼我會這麼生氣呢？

不管怎樣，我最近真的非常的異常，就好像是哪邊壞掉了，自己一個人又是生氣又是冷靜，非常地不像樣。就算是責罵自己，也是很難平撫自己浮動的心。

我用一隻手捏扁罐子。這時收到一則訊息。是徐賢秀。

你先回家吧，我必須要通宵。

收到訊息後我立刻走出茶水間。賢秀感覺到我的動靜後瞥了一眼，我的頭輕輕做出要他跟我來的動作後，就打開門走出辦公室了。

我先進去樓梯間等他。過了大約一分鐘，賢秀打開樓梯間的門走了進來。

「叫我幹嘛？我很忙……」

我一看到他的臉，就一把將他抓過來，把他上半身抱在懷裡。我感覺到他憋住了呼吸。

「一下就好。」

像這種時候，賢秀都沒辦法把我推開。我的臉頰在他的頭髮上磨蹭，吸了一口氣。

「你先回去吧。我要處理許主任的工作……」

「我有看到訊息了。」

「……嗯。」

我突然嘆了一口氣。要是賢秀就這樣子昏倒了怎麼辦？因為太認真工作，壽命減短了怎麼辦？他可不能比我先走。不知道是不是最近太鬱悶，都會有一些沒必要的想法。賢秀鬆開我的手，仔細看著我的臉。看到他一臉擔心的樣子，我就清醒過來了。我故意笑出來給他看。

「我今天想要一起走。」

我有點哀怨地說完之後，就看到賢秀的眼神動搖了。我趁這個時候趕快再接著說。

「對了，剛剛許主任的眼神看起來也非常疲倦。這樣子會很沒效率吧？」

「……當然是會疲倦啊，她都被我折騰了好幾天了。」

「什麼折騰，你是在幫她。」

聽到我糾正他，賢秀苦笑了一下。我從很久以前就知道，與其挑剔賢秀的工作方式或是要任性要他快點走，用這種方式去影響他會更有效果。

「許主任現在還不穩定嗎？」

「嗯……她是做得很好，但我幫忙看著會比較放心。」

「原來如此，那也沒辦法了。」

我故意假裝很鬱悶——不對，其實是真的很鬱悶——然後視線低垂下去。

「我想要抱著小貓咪睡覺……」

我感覺一個仔細觀察我的神情的視線，接著是一雙漂亮的雙手捧住我的臉。

「等我一下下，我三十分鐘內處理完。如果你很累，就先回家吧。」

好耶，成功了。我內心雖然鬆了一大口氣，但我沒有表現在臉上，乖乖地點了點頭。

雖然很卑鄙，但這也無可奈何，因為這已經是要能動搖賢秀的方法中副作用最小的了。

＊＊＊

截稿結束那天，賢秀看起來非常地累。這也是理所當然，截稿期期間，他都沒有好好睡過幾次覺。

「回家洗一洗，看個電影就睡覺吧。我等你睡著後再去跟景皓見面。」

「嗯……」

賢秀連回家路上短短的時間都在打瞌睡，結果洗完澡後他就睡著了。我本來已經打開買好電影的筆電，又靜靜地重新闔上，我坐在床下欣賞他睡著的模樣，然後在他旁邊躺了一下。怕會吵醒他，所以我小心翼翼地幫他蓋好棉被，然後寫了張紙條放在床旁邊的床頭櫃。

不要作夢，睡個好覺。如果有想要吃什麼東西，傳訊息跟我說。

走出家裡的時候腳步非常沉重。把徐賢秀丟在家裡出門，怎麼能不沉重呢？

就算我是按照約定的時間到，但景皓已經在酒吧裡面等了。桌子上面的啤酒罐已經喝掉了一半、擺在一旁。他說因為還在等我就先喝了些東西，臉上露出尷尬的笑容，看起來十分悲戚。

景皓跟我想的一樣，因為跟女朋友分手，所以看起來非常地憔悴。他已經連續喝了好幾杯酒，我就要他慢慢喝，還幫他倒了杯水。

「為什麼突然分手？你們感情這麼好。」

我問完後，景皓「唉」了一聲嘆了一口氣。

「是啊，我自己都不知道會這樣子突然分手。」

他又喝了一杯。我沒有幫他倒酒，而是把水杯再往他推得更近一點。跟喝醉酒的野男人喝酒，賢秀是會生氣的。

「剛開始還以為她只是因為太累了。我跟她說話的次數變少，然後她只是一直在工作。你應該知道吧？她很喜歡工作。」

我點了點頭。景皓的女朋友是個工作狂。

「我已經有仔細想過了，為什麼我們會突然變成這樣。」

我調整姿勢、臉向前伸、耳朵豎起。我不自覺地開始專注在那小子說的話。

「首先，就是從忘記一些細小事情開始。」

「嗯。」

我不再幫景皓倒酒後，他就直接把燒酒瓶放到面前，繼續喝了起來。

「榮燦，你知道我討厭豬肉吧。」

「知道啊。」

「她有一天找我去吃豬肉。」

那小子的表情很認真。我眉頭一皺心想，不過是豬肉有這麼嚴重嗎。景皓看到我的表情，就伸起食指揮動。

「雖然這好像只是小事，卻是有沒有放在心上的問題。這就是問題的開端。」

我愣愣地看著那小子的筷子就像法槌一樣「哐哐」敲打著桌子。也對，吃是很重要的問題。

「事情就這樣開始一件件忘記。她忘記我的口味、也忘記了紀念日，不知道什麼時候開始只專注在工作。我覺得這樣下去不行，所以我買了禮物，還計劃了我們兩個人的旅行。但是，她也覺得這樣很煩。本來以為她是因為工作很辛苦才會這樣覺得。但是，事實並不是如此。她就是嫌我很煩。」

「你應該很失落吧。」

「當然失落啊，所以我就跟她講了。我跟她說我們的關係好像疏遠了，我們應該要多在意一下對方。工作雖然很重要，但至少兩個人在一起的時候，能多照顧一下對方。然後你知道她說了什麼嗎？」

景皓冷笑了一下。眼眶原本就已經有著很深的黑眼圈，現在還噙滿著淚水。

「她問說為什麼要照顧我。」

「……真的是。」

「她都不知道我有多喜歡她……」

哽咽的景皓無力地倒到桌子上。

我放著倒掉的景皓不管，一個人拿起下酒菜吃。我腦裡各種想法接二連三地出現。就算看起來感情很好，也不能安心下來。原來就算只靠一方努力，也有辦不到的事。只要沒了心，就會變得如此冷漠嗎？那麼，難道……

我盯著拿在手裡的香蕉片，突然搖了搖頭。我抓住躺在我前面的景皓的肩膀，然後搖了搖他。

「喂，起來。我要回家了。」

雖然這小子很可憐，但我必須要先倖存下來。

把景皓送上計程車後，我就去搭地鐵末班車回家。回家路上心情非常五味雜陳。賢秀最近有做比較多工作嗎？沒有，他本來就是個工作狂。賢秀最近有忽視我嗎？沒有，他本來就不太會看人臉色。但是……因為沉浸在這些思緒之中，我差點就錯過下車站。

地鐵站附近跟平常不一樣，非常地熱鬧。我還在想是發生什麼事，才發現是麵包店在辦什麼活動。要是平常就會這樣路過，但是一看到店家前面的北極熊娃娃，我便突然想起賢秀說過的話。

『我本來就喜歡熊類。』

我腦中一浮現賢秀抱住那個熊娃娃的樣子，就讓我剛剛的煩惱一掃而空。我就像是它被吸引，走進了店家。

我本來以為他還在睡，但發現燈還開著，讓我嚇了一跳。賢秀趴在床上看書，聽到我回來的聲音後就爬了起來。

「為什麼不睡覺？不累嗎？」

「睡了兩個小時左右，剛剛才起床的。」

我把麵包袋子放在流理檯旁邊，偷偷把熊娃娃藏在後面，但是已經被他注意到了。本來想要早上弄得漂漂亮亮的再給他看，有點可惜。

我靠近賢秀，彎下腰輕輕地吻了他一下。睡醒的賢秀有一股很像奶油的香味，是讓人想把他抓起來吃掉的味道。

「那是什麼？」

「嗯？啊，沒什麼。你說你喜歡熊，所以我經過看到就……」

「旁邊那個呢？」

「那是……麵包。」

「麵包？為什麼買那麼多麵包回來？」

我沒有回答賢秀，而是把鼻子靠在他的肩膀上，然後磨蹭我的額頭。徐賢秀是不會因為這種撒嬌就跳過的。果不其然，賢秀兩隻手抓住我的臉，抬起我的臉捏著我兩邊的臉頰。

「白榮燦，你不回答我嗎？」

「啊唔喔……」

「你說什麼？」

臉頰被捏著還能夠好好發音嗎？臉一被放開，我就按著自己疼痛的臉頰。

「因為說買麵包送娃娃，所以……」

「到底是買了多少，怎麼那麼多？」

賢秀從床上爬起來，走向流理檯。我也跟著走過去。他打開麵包袋子一看，因為說不出話來而發出「呃」的驚嘆聲。我從後面緊緊摟住他的腰，但已經來不及阻止他嘮叨了。

「喂，你為什麼要買這麼多的麵包……」

我立刻吻上他轉過來看我的臉，但是我得到的回應是要追問下去的眼神。在罪行加重之前，像這種時候就必須據實以報。

「本來只有要買娃娃，但是他們說沒有單賣娃娃……說要消費五萬元[1]才會贈送……」

他的手掌朝我摟住他的腰的手背「啪」地打了過來。就算這樣我還是沒有把手鬆開。

「你自己全部吃掉。」

「嗯嗯……」

就算我的胃口很大，但是要我自己一個人吃，量還是有點太多，不過我還能說什麼

1 五萬韓圜約一千兩百五十元臺幣。

呢？我只能像隻蟬一樣，緊緊貼在他背後不離開。

「放手。」

「不要，我不放……」

因為覺得很委屈，手就更加用力。

「啊，我要去廁所。」

「也帶我去。」

「唉……」

賢秀似乎放棄了，他背著我走向浴室。我從賢秀上完廁所到洗完手，一直黏在他背後、緊緊抱著他。

那一堆麵包什麼時候才能吃完。買的時候還沒感覺，現在突然擔心了起來。既然都要買，早知道就買點蛋糕類的。雖然事到如今才後悔，但不管麵包怎麼樣，拿到的熊娃娃實在好可愛。

賢秀又趴回去床上開始看書。現在他的表情看起來已經不在意我黏在他背後了，是已經習慣了嗎？習慣這件事對情侶來說是好事還是壞事？

我把賢秀的褲子脫到一半的時候突然想到，他的戀愛經驗應該比我還要多，這讓我突然覺得生氣。雖然我一次都沒有問過，但像賢秀這樣的人，別人應該不會放過他吧。像賢秀這樣的人沒有戀愛經驗反而奇怪。我的手不由自主地加快，連內褲都一次脫下來，賢秀馬上就轉頭回來看。雖然他沒有抗拒的神情，但眼神是被我手加快的動作嚇到的樣子。

「啊，牛奶……已經沒了……」

他突然想到而講出來的樣子好可愛。我親著他的肩膀發出啾的聲音，而一隻手撫摸他的股溝。

「我等等去買。」

「這棟大樓的便利商店沒有我們喝的牛奶啊……要去……唔嗯、買……」

雖然我們常常做愛，但他後面就像是一次都沒有被擴張過似的緊緊閉著。根本就像是不把我每天抽插他這件事放在眼裡。我彎下腰，把臉埋在他大腿中間。不知道是不是才剛洗完澡沒多久，沐浴乳的味道很濃，皮膚也很水嫩。

「啊……！等一下……」

就算已經做過很多次擴張洞口的行為，但他好像還是不習慣的樣子。我一把手指放進洞口，賢秀就全身緊繃出力、發出呻吟。

「不要……」

明知道我絕對不會停下來，但賢秀一定還是會說「不要」。雖然我很愛他那個固執的樣子。我一邊用手指撫摸他的洞口，一邊用嘴巴撫弄他的大腿和胯下。賢秀的皮膚散發出甜甜的味道。等到洞口徹底鬆開後，我再次挺起身體，親吻賢秀性感的紅唇，用一隻手把勃起的肉棒頂在他的洞口。

「慢一點……」

「嗯、嗯。」

我一邊愛撫讓他放鬆，一邊開始把肉棒插入。賢秀裡面就像是抹上了甜甜的東西。柔柔嫩嫩的，讓我很想摸。我慢慢地把肉棒放進去，然後一邊激吻他。在插進去之前，一定要先用親吻讓他銷魂，這樣他才不會吵鬧。

反正也不可能插到根部，所以當已經放進去四分之三後，我就開始擺動我的腰。賢秀絕對不知道，我這時候發揮了多少異於常人的耐性。當我看到他的眉頭隨著每一次擺動時皺起，都會莫名地引起我的食欲。其實我一天都想吃賢秀好幾次。顧名思義，就是把肉放進嘴裡的意思。

在我速度加快到一半的時候，我突然想到一個問題。

「對了，你記得榮惠要來吧？」

「唔、嗯……」

「我們要吃什麼？」

「啊唔……隨便、都可以……吃榮惠喜歡的、唔嗯……東西……啊……那裡好爽……」

爽吧，當然爽啊。那是你舒服的點。已經做愛做了那麼多次，賢秀都還不知道我只頂他舒服的點。

我用眼睛觀察著他的表情，用身體感受他夾緊的力道，然後調整我的速度跟角度。賢秀的身體就跟他本人一樣，非常敏感。像我這樣就能滿足他了。是吧……

「賢秀。」

「唔、嗯、嗯？」

「這麼爽嗎？」

但我一定要問過才能安心。賢秀沒有馬上回答，只是一直在呻吟。

「唔嗯……」

「嗯？爽嗎？」

我硬是再問了一次，他就皺起了眉頭，這個樣子好可愛。

「爽……」

他的聲音好像是害羞，也好像是覺得煩。我在他面前笑了出來。我吻了他皺起的眉頭，然後用他喜歡的速度擺動著腰。

「啊、啊……！」

低頭看到他呻吟的樣子，有種讓我頭髮豎起的愉悅。不知道賢秀知不知道，我因為很想要看他一臉狼狽的樣子，而故意猛烈地撞。我希望他不知道。這樣他才不會知道我沒有被滿足的占有欲。

我挺起腰，從上往下看著他被搖晃。他用手背遮住他一半的臉向上看著我。漲紅的臉頰、半開的雙眼。雖然想要拿開他的手，看他喘息的臉，但我忍住了，因為賢秀不喜歡。看著他的肉棒不斷流出前列腺液還有後頭方緊緊夾住的洞，我感覺我已經快到極限了。我的目光一一看向他漂亮的腹肌、內凹的上腹、平滑的胸口，甚至是開始被汗水弄溼的肩膀。為了遮住臉而抬起的手臂也跟隨著快感擺動。

我突然有了這個想法。為什麼徐賢秀那麼好看？接著，我也很慶幸他不是愛笑的個性。

要叫他辭掉工作嗎？反正賢秀也不常出門。要叫他待在家就好嗎？這不可能吧？換作是我也不會喜歡。如果提出來之後傷了我們的感情怎麼辦？一邊做愛一邊想其他的事情很沒禮貌。不對，不是這樣的。我不是在胡思亂想，都是因為滿腦子都想著他，才會沒辦法集中精神。

為了抹去這些想法，我加快擺動腰。我繃緊神經，為了想解讀從身體下方感受到的賢秀的急躁、體溫跟快感。我希望他能知道，我做愛的時候比平常更敏感好幾倍。不對，最好不要知道。因為感覺到他後面緊緊夾住，讓我整晚都只想一直做這件事。

「賢秀。」

我的動作稍微加快。他躺在下面掙扎著想要逃脫，所以我就用身體緊緊壓住他。

「我愛你。」

「唔嗯、嗯、唔……」

賢秀發出不知道是在哭還是委屈的聲音射精了。我下腹感覺到溼潤的觸感。聽到我的告白然後高潮，不知道為什麼感覺這就是徐賢秀。

「啊……停下來……」

我討厭第一次射精後哀求的他。他以為這樣就結束了嗎？我現在才要開始。我故意加快速度，賢秀的身體馬上就縮了起來。我一邊看著他狼狽的表情、顯眼的紅潤雙唇，然後稍微改變一點角度去刺激他。賢秀裡面緊到像是會被我撕裂，但還是很神奇地把我的肉棒全部插進去了。雖然是很吃力一點一點地塞，但最後還是全部都放進去了。

「唔呃……」

我重新挺起腰，然後把賢秀沒力的雙腳打開。他的後面直接袒露出來，本來就夾得很緊的洞又夾得更用力了。

他的洞把我的肉棒緊緊夾住，而我一邊無情地把肉棒往裡面抽送，心裡也一邊想，我的占有欲絕對沒有錯。如果硬要講，那都是因為徐賢秀的關係，我並沒有錯。

花了五萬元買麵包得到的北極熊娃娃被擺在窗邊。有著灰白色的毛、長相溫順的小子，以後都會坐在窗邊看我跟徐賢秀吃飯、聊天、做愛的樣子。賢秀一看到那個娃娃，就又生氣地問我：「那麼多的麵包什麼時候才能吃得完？」但隔天出門上班前，他看到娃娃歪斜倒掉，就立刻把它扶正。

FUCK-PECT BUDDY

02

【愛情戰線指標—他有多了解我呢？】

HYUNSOO～^^
................/////
LOVE U
I LOVE YOU, TOO
LOADING...

BAEK YOUNGCHAN × SEO HYUNSOO

榮惠來我們家的那天，我們準備了熱紅酒搭配火雞料理和幾樣冷盤，開了一個簡單的派對。我極力阻止原本打算要親自下廚的賢秀，改成去超市買回來。榮惠即將要畢業，似乎有很多苦惱。不是不好的苦惱，而是因為邀請她的人太多，需要糾結一番的苦惱。我不斷地把火雞夾到賢秀的盤子上。

「已經聊了很多我的事情了，就先這樣吧。你們兩個過得怎樣？」

「你覺得呢？」

賢秀的手摟住我的肩膀笑。我因為比較害羞，身體縮了起來。

「唉唷，好害羞。可以不要聊這個嗎？」

就算已經介紹自己的另一半給我妹妹快一年了，但是到現在還是會害羞。以往都沒有過這麼長的戀情，所以是該難為情。但不留情面的妹妹，看到我這個反應後更是興奮地咯咯笑了。賢秀看到她那個樣子就很自豪地摸了摸我的頭。當我們跟榮惠三個人在一起，在這樣的情況下表現得很大方的人都不是我，而是賢秀。

「你們兩個人現在還是會常常吵架嗎？吵架都是誰贏？應該賢秀哥贏吧？」

雖然賢秀說：「叫『哥』好像有點不好意思。」但因為榮惠反問：「那不然應該怎麼叫？」所以他也只能接受，而這也已經是幾個月前的事了。

「當然是我贏啊，真的是，妳說這什麼話。」

好像都只有他們兩個人在講，所以我一股氣上來就挺起胸口、擺起架子地回答。坐在對面的榮惠這時才把視線看向我。她輕視的眼神透露出自己的親哥哥很不怎麼樣的感覺。

賢秀輕輕掐住我的臉頰前後搖晃。雖然不怎麼痛，但我還是故意假裝被弄痛，發出「啊、啊」的聲音。

「去拿水過來。」

「是。」

聽到他的命令我立刻從位子上站起來。我從冰箱拿出水瓶，分別在賢秀和榮惠的杯子裡倒水，接著也倒給我自己。看到賢秀的盤子清得乾乾淨淨，我鬆了一口氣。因為最近這幾天截稿，他都沒有好好吃飯。

「你們紀念日會幹嘛？」

榮惠把起司塊放進嘴裡一邊咀嚼一邊問。從她歪斜的坐姿就知道，她現在已經把這裡當自己家一樣自在了。不知道她是像到誰，臉皮這麼地厚。雖然我也不知道是好是壞，但幸好榮惠覺得跟賢秀相處很自在。

「什麼？紀念日？」

賢秀反問。本來要把水瓶拿回去冰箱放的我，動作也停了下來。我沒辦法回頭看賢秀的臉，所以故意假裝整理冰箱，用冰箱門把臉擋住。

「你們兩個人馬上要一週年了啊。」

接著是一陣不自在的沉默。

「哎呀，哥你忘記了啊。」

榮惠趕緊用了嘻皮笑臉的聲音打破沉默。我嘆了一口氣。妳就安靜一點吧。不對，這是我的錯。所以說我一開始就不應該問我妹紀念日要做什麼。這一切的禍根都是因為沒有很長的戀愛經驗，然後想要徵詢意見的關係。我聽到賢秀尷尬地呵呵笑。

「沒有啦，我有……我有記下來，但截稿結束後就完全沒有看行程表，所以一時記錯了。」

賢秀說得沒錯。他截稿結束後那天起，就沒有再去仔細看行程表。所以，是有可能會忘記的。我盡可能壓抑住自己，不要讓自己的心情變得失落，然後把冰箱門關上。坐到賢秀旁邊後，他轉頭看向我。我感覺到他的視線充滿歉意。榮惠看到這個情況揮揮手笑了出來。

「有記下來就可以啦！沒關係的。人怎麼可能什麼事情都會記得呢？」

「對啊，沒關係啦，是有可能會忘記的……然後忘記我的名字、忘記我的臉，就這樣全部都忘記……」

為了不要表現出受傷的心，我故意浮誇地嘆了一口氣，然後接在榮惠的話後面這麼說。賢秀不好意思地在我的手臂上輕輕打了一拳。

「哥，真的沒關係的。白榮燦也是偶爾會忘記我的生日。」

「喂，明明只有一次。」

「迷迷子有一次。」

榮惠嘴角往下、扭動肩膀，用很討人厭的方式學我講話。這又是去哪裡學來的吧？我因為無言以對，只能緊咬著嘴唇瞪她。本來在想要不要對她發火，但因為賢秀大笑出來，我才饒過她的。

火雞肉還剩下不少，但已經沒胃口了。我不敢看向就坐在我旁邊的賢秀的臉。我怕他會露出冷漠的表情，我怕我的戀人徐賢秀會突然看起來變得很陌生。

吃完飯後賢秀去泡了茶。我們三個坐成一排，討論最近的流行趨勢。雖然賢秀沒有表現出來，但神情看起來很累。

「真的好神奇。是怎麼找出大家喜歡的東西？」

榮惠問我。就在我跟她完整說明完今年預估的趨勢後。我聳了聳肩。

「這是我的工作啊。」

消費者需求在一個企畫之中占了很重要的一部分。當然，為了能掌握這點，必須做很多功課。閱讀國內所有有關趨勢的書籍，還有觀察國外的時裝秀，這些都是我的工作之一。

我稍微轉頭看了一下坐在我旁邊不講話的賢秀。賢秀不知道在用手機看什麼東西。我偷瞄了一眼，看起來是在確認最新上映的電影。他側臉冷靜的樣子，看不出來他在想什麼。

發掘出人們喜歡的點是我的工作，但為什麼要讀懂賢秀卻這麼難呢？我覺得紅茶特別苦澀。

到了很晚才載榮惠回家。榮惠因為很久沒有這樣聊天，感覺心情很好。

「哥，最近賢秀哥很忙嗎？」

「截稿期結束應該會比較悠閒，怎麼了？」

「也沒什麼，只是他看起來精神有點不好。」

雖然不是不好的語氣，但聽起來卻讓我莫名地不開心。停紅燈的時候我搓了搓臉。

「如果是在講剛剛他忘記紀念日的事情，那就……」

「不是，不是因為那件事。是感覺他好像有點心不在焉。」

我不自覺地大聲嘆了一口氣。我感覺到坐在副駕駛座的榮惠縮了一下。

「不是你們兩個人出問題了吧？」

「不是！」

我不自覺地大聲吼了出來。榮惠一臉覺得很荒唐地看著我，然後用力打了我的肩膀一拳。

雖然榮惠氣呼呼地問為什麼大叫，但我一點都聽不進耳朵裡。我一直在反覆回想賢秀最近的樣子，所以心不在焉。雖然我很想否認，但我內心某一個角落正在大喊著「想想看他最近的樣子是不是有要離別的徵兆」、「趕快想出留住徐賢秀的方法」。

＊＊＊

我正在等披薩外送，今天點的是臘腸披薩。自從上次被罵之後，我從此不再點鳳梨披薩。然後我還加點他要喝的可樂跟辣醬。

真奇怪，應該要到了才對。

我在床上做著游泳的動作，不管怎麼想都覺得奇怪，所以我「噗哈」一聲把頭抬起來。

房間裡佈滿著雲，而徐賢秀站在雲的另一端。

本來在亂踢亂蹬的我好不容易爬了起來。我撥開雲朵走了過去，但腳不聽使喚讓我走得很痛苦，好不容易才走到賢秀旁邊。他的前面卻放了一個鳳梨披薩。

咦？為什麼是鳳梨披薩？這不是我叫的！

我本來應該要辯解，卻講不出話來。賢秀的臉因為被雲遮住，看不到他的臉讓我更覺得不安。我開始胡亂揮舞著手。我又再次低頭看了餐桌。

咦……？

詭異的是，披薩不見了。雖然賢秀沒有講話，但我察覺到是賢秀把披薩全部吃完的。意思就是連一小塊都沒有留給我吃。我本來想要問「寶貝，你不是說你討厭鳳梨披薩嗎？」但是遮住賢秀臉部的雲消失了。

下一個瞬間，我就被他的眼神刺傷了。他一副看我可憐的表情。他那個臉不是「我的賢秀」，是那個交往前每天都會碰到面的徐組長。

我為什麼要照顧你？

賢秀接下來說的話，讓我突然從睡夢中醒了過來。

是場夢，我鬆了一口氣。看到賢秀躺在旁邊，我放心下來，然後心情激動到哭了出來。我突然緊緊抱住他。

「怎麼了……」

被吵醒的賢秀睡眼惺忪地用他的手緩緩地安撫著我。我在體型比我嬌小的賢秀懷裡大哭。還沒完全清醒的賢秀，什麼也都不知道就這樣哄著我。當我一看到他疲憊腫脹的臉，哭得更慘了。

就這樣大聲啜泣了一陣子，直到鬧鐘響了我才回過神來。而我也這時才覺得丟臉。我用手背遮住腫脹的眼睛，抽了張面紙擦了擦臉。賢秀按了按我的肩膀。

「現在好一點了嗎？」

我擤了鼻涕，然後點了點頭。

「為什麼哭了？作惡夢了嗎？」

我再次點了點頭。一看到他放心笑了出來的樣子，我也因為突然感到安心而差點又哭了出來。

賢秀很好奇我作了什麼夢，問了我好幾次，我一直到最後都沒有告訴他。如果跟他說了夢的內容，最後一語成讖怎麼辦。

其實，我覺得賢秀如果把我當成笨蛋也好。就算是看到我爽朗的一面才跟我在一起也沒關係。

但如果真的是這樣，那我其他面該怎麼辦？如果看到不爽朗的白榮燦而失望怎麼辦？如果他跟我曾經的過客們一樣，發覺到原來白榮燦也是會難過、會累的人，然後覺得很難跟我相處該怎麼辦？

我怕恐懼會傳染給他，只好不表現出我恐懼的樣子。

＊＊＊

就算我很不安，但紀念日還是一天天接近。前一天剛好是星期五，所以我打算那天晚上就靜靜待在家吃飯，跟賢秀一起用VOD看他喜歡的電影。為了隔天的行程，我星期五都沒有安排任何行程。我當然也以為賢秀會這樣子做。

「聽說今天設計組要去哪裡吃好吃的？」

大約在下午三點多的時候金部長問。我立刻把頭抬了起來。宥晴跟許主任站在印表機前面。

「宥晴說有找到好吃的店，金部長要一起來嗎？」

「老人就不去了，你們就去多吃一點吧。如果有可以用的單品，就好好地拍下來，然後告訴企畫組。」

「啊，真是的，金部長。」

是女生們自己要去吃嗎？我再次盯著螢幕看。因為在煩惱新企畫的題目，所以我立刻就忘了這段對話。

接近五點的時候，我煩惱著今天要看的電影，傳了訊息給賢秀。

今天我開車~^^ 齁齁

雖然照理是輪到換賢秀開車，不過今天是紀念日前一夜。本來應該要收到「嗯」或是「我來開」的答覆才對，但不知道為什麼他沒有回答。我抬頭看向設計組那邊。他正低著頭，所以我看不到他的表情。我過了好一陣子才收到答覆。

我跟我們組的一起吃晚餐，你先回家吧。

我看著螢幕上的訊息視窗發愣，然後嚥下蠢蠢欲動的不祥預感，只打了兩個字回他。

好喔。

本來打了「回家見」，最後還是刪掉，關閉了對話窗。

到了六點，大部分的同事都下班了。當我在把今天的工作做收尾的時候，我想到我們不能這樣子下去。

談談，我們需要談一談。

情侶之間最重要的事情就是溝通了。我用悲壯的心情打開訊息視窗。

跟我去一下五樓廁所。

五樓辦公室現在已經全部搬走，是個空樓層。監視器也都關閉，廁所也沒有上鎖，是個密會的好地方。也很適合進行不用在意別人眼光的交談。我儲存了正在製作的檔案，關上螢幕後就先下去五樓了。

因為在等賢秀，我甚至都想抽一次都沒有抽過的菸。我一邊想著最近好像非常心煩意亂，一邊整理自己想要說的話。過沒多久賢秀也下來了。

「回家再做啊，都已經到下班時間了。」

他邊嘀咕邊一間一間推開廁所門。他在確認有沒有人。難道，他覺得我叫他來是要做那件事嗎？我站著愣住，賢秀一看到我這樣子，突然就感到慌張，然後立刻感到難為情。平常都擺著一副撲克臉，但一感到慌張時，就會隱隱約約地顯現在臉上。

「我不是要做那件事。」

「……不是嗎？」

當我斬釘截鐵地跟他說了後，現在連臉都變紅了。那個樣子可愛到讓我想要著說「沒有啦」，並收回我的話，但這是個祕密。

「賢秀，你最近有什麼煩惱嗎？」

賢秀像是吃了一驚，然後表情又恢復過來，搖了搖頭。

「沒有，沒有什麼事啊。」

這句話沒讓我安心，反而讓我覺得很不安。賢秀不能跟我說的煩惱到底是什麼？

「什麼啊，你叫我來就是要問這個？回家再問就可以了啊。」

他皺起眉頭、斜靠在牆壁上講話的樣子，就是個不折不扣的不良少年。但是，我被搶走的不是什麼貴重物品。他搶走的是我的沉著跟理性。而可恨的是就算這樣我還是不討厭他。

我再也忍不下去，把賢秀拉到廁所隔間。我一進到裡面就把門鎖上。

「等、等一下……」

他慌張的樣子看起來更可愛。徐賢秀真的能夠刺激到人們內心深處的某一面。雖然他本人應該不知道，不對，他這一生都不能知道。

我把他推到牆上親吻。當我們身體緊貼、激情舌吻，他似乎也立刻被刺激，發出小聲的呻吟。因為他沒有任何反抗的意思，我就摟住他的腰，下體緊緊貼著。在一陣呼吸氣息的交融之後，我們的嘴才分了開來。他跟我呼出的氣息就在咫尺前交錯混合。就像籠罩在水蒸氣中，身體立刻變熱。

我已經忍不住了。肉棒硬到穿著褲子會很不舒服。短暫的親吻果然讓他感到有點興奮。我一吻了賢秀的鼻尖，他的視線就到處飄移，像是在糾結什麼。

「馬上就要下班了……」

「要幫你吸嗎？」

我在他面前非常小聲地說道。賢秀的臉很明顯地漲紅了。

「如果做到一半有人來……」

「我想要吸你。」

我這次在他嘴上輕輕地吻出了聲音。他知道我現在多想立刻吞噬掉他的紅潤雙唇嗎？賢秀，我已經到了想把你的一切都放進我肚子裡帶著走的地步了。

「我想要吸你的那根。」

我再次很堅定地說道。我沒有錯過他眼神一時的動搖，接著，我就跪坐在他前面。

「喂……！」

在他要說什麼之前，我解開他的皮帶、拉下拉鍊。輪廓鼓起的內褲露了出來。他濃濃的體味也掠過鼻尖。內褲微微溼掉的樣子，看來已經流出前液了。

「等、等一下，如果有人過來怎麼辦……」

「不會有人來。」

明知故問的樣子很討厭。我拿開他抓住褲頭的彆扭雙手。如果真的不想要，那他就會踢過來了，幸好賢秀只是在半空中揮動著他的雙手，並沒有用腳踢我。

內褲一脫下來，勃起的肉棒就彈了出來。我立刻用嘴巴含住。

賢秀頭向後仰、嘴唇緊咬著，似乎想忍住不要發出呻吟的樣子。我用舌頭舔溼肉棒，故意吸出「噗滋噗滋」的水聲。我現在已經閉著眼睛也知道要用什麼速度、什麼樣的強度、吸吮哪個地方能讓他高潮。

果不其然，才吸沒有多久，我就感覺到含在嘴裡的肉棒在出力。我用上顎緊壓著龜頭、用舌頭包覆住陰莖、嘴唇出力含住。我就像是含住了糖果、不停地吸，像是要把它吞下去一樣，賢秀一隻手抓住我的頭，另一隻手摀住自己的嘴。

「唔唔、唔、唔嗯……」

非常小聲的呻吟聲充斥在整間廁所，跟我發出的聲音正反交錯。我抬起眼睛仔細觀察賢秀的臉。不管是通紅的臉還是渙散的表情，他今天看起來特別地舒服。不知道是不是感覺到我的目光，他低頭看我，流瀉出欲望的眼神、只有我能看的眼神。

一看到興奮的賢秀就激起了我的貪念。我不想讓他射在我嘴裡。我把嘴巴移開站了起來，將賢秀翻了身，把他整個人壓在牆壁上。

「啊，等一下……！」

我把拉鍊拉下來，只掏出我的肉棒，用龜頭在他的股溝間磨蹭。就算我昨晚這樣子抽插，他的洞還是緊緊閉著，讓我很不滿意。我把手指放到賢秀嘴裡。

「唔嗯……」

我用手指恣意攪動他口腔內黏膜和柔嫩的舌頭。動作幾乎像是要把嘴巴粗魯地扒開。就像剛剛親吻一樣，我的手指跟他的舌頭胡亂糾纏在一起。就好像是在打架一樣。不對，是像在口交一樣。

我把溼潤的手指從他嘴巴抽出來。即使我很想要觀賞沾在手指上的唾液滴落下來的樣子，但我忍住了，直接把它拿來搓揉我的肉棒。雖然沒辦法像潤滑液一樣，但還是有助於插入。我的龜頭頂在被鬆開的洞，緩緩地摩擦。

「唔嗯……」

賢秀轉頭回來看。他微微睜開帶著不安望向我的眼睛，讓我體內某處「碰」的一聲爆發開來。我再也忍不住，把我的肉棒插了進去。

「啊，好痛……」

賢秀的肩膀縮了起來。

「嗯，抱歉，我停一下……」

但我的身體不聽使喚，把肉棒又再插得更進去。

「好痛……！我說會……痛……！」

穿著襯衫的背在發抖。我開始慢慢地擺動腰。每當我動作時，賢秀的肩膀就不停地顫抖。我感到很抱歉的是，我對賢秀一點歉意都沒有。我把手伸到前面握住賢秀的陽具。我抓住已經直挺挺勃起的肉棒套弄。

「呼哈、唔嗯、呼哈……」

我感覺到他的身體慢慢有了反應。我腰部的擺動也慢慢地加快。每當他的臀部想要向後推開，我就用身體緊緊壓住他。

「慢、慢一點、慢一點……」

他因為憋住呼吸而邊喘氣邊發出的聲音，竟然讓我的下體更有反應。不知不覺我擺動的速度更快了。每次肉體「啪啪」撞擊的聲音，都讓賢秀不斷地呻吟。為了刺激他舒服的地方，我緊抱住他的腰，輕輕地往後拉。只要一改變角度，就可以感受到他的洞緊縮。

「賢秀，還會痛嗎？」

我一在他耳邊輕聲說話，本來就已經像是在用力榨取的後面變得更緊了。

「不、不會……」

勉強回答發出的聲音好可愛。我放心之後又繼續開始動。呼吸聲在窄小的廁所隔間清晰地擴散開來。磁磚上開始凝結出水氣。看到賢秀很難忍住呻吟的神情，我就從後面堵住他的嘴。

「唔、唔唔……」

被我上半身壓住的賢秀扭動著身體，發出吃力的呻吟聲。他那個樣子一直觸弄到我內心深處的某一個東西。

我聽到有東西噴到牆壁上的聲音，還有「滴滴答答」水滴落的聲音。賢秀射精了。原本一直壓抑住的某個東西也同時「砰」一聲爆發出來。我把賢秀的肩膀用力推到磁磚上，然後下體開始比剛剛更大力地抽插。

「唔、唔唔、唔！唔！」

因為嘴巴被堵住，賢秀的呻吟聲聽起來很悶。一直以來都沒有全部插入的肉棒，這次一次插到根部，然後鼻子也貼在他的頭髮之間大力吸氣。我的呼吸也不自覺地變得急促。

「呼、太爽了……」

聲音都變得沙啞。我的手用力抓住被我緊壓住的肩膀後又再次放開。我感覺他裡面酥麻緊縮，而同時我又聽到滴滴答答的水聲。我才察覺到因為怕他受傷而克制的動作，反而更是刺激到他。

真是奇怪。他應該不會喜歡這樣強硬的行為，但更反常的是，賢秀比平常還要興奮好幾倍。

不知道經過多久。在他的雙腳沒力直發抖的時候，突然有個很大的震動聲。是從賢秀褲子口袋傳來的聲音。即使在這種情況下，賢秀還是遲疑不決地伸出手，想去抓掉在地上的褲子。當我一抓住他狡黠的手腕，立刻感覺到他驚慌失措了。

「你要接？」

我不自覺發出刺耳的聲音。賢秀沒有回答，手停了下來。當我一看到他在大口喘息的後腦杓，就能想像到他發燙發紅的臉。

「如果你可以忍住不發出聲音那就接吧。」

說完這句話後，他的下面又再次緊緊夾住我，幾乎要讓我的肉棒吃痛了。本來還在想要不要把手機拿起來放到他耳邊，然後突然被自己嚇到。白榮燦，你真的是瘋了。

肩膀不停顫抖的賢秀頭低了下去又抬起來，然後回頭看我。不知道是不是哭了，眼睛充血發紅。

「……繼續吧。」

出乎意料的這句話，讓我的心都要碎裂了。

我大力地抓住他的腰，然後「啪啪啪」快速抽動。不知道賢秀有多興奮，他全身就像痙攣一樣地抽動，然後高潮了好幾次。

就在他高潮了好幾次之後我才放開他。在我用衛生紙和手帕擦拭他的下體時，賢秀用顫抖的雙腳勉強站著。

其實我心裡暗自期待著，我讓他這樣精疲力盡，他就不會去公司聚餐了吧？但可惜的是，穿回褲子的賢秀，跟剛剛被壓制住、吃力呻吟的賢秀似乎完全不是同一個人。

「不要買飯回去吃，吃家裡的的鯷魚跟紫蘇葉，要不然就煎個午餐肉吃。我馬上就回家。」

怎麼有辦法一瞬間就恢復正常？我覺得很鬱悶，所以嘴角下垂緊閉。我希望他能摸摸我的臉，或是稱呼我為「我的小老虎」。但是他一臉非常正經地拿出手機，走出廁所隔間。

「喂，許主任。我剛出去一下，現在出發吧。」

聽著漸行漸遠的聲音，我跨坐在馬桶蓋上，嘆了一口氣。

＊＊＊

從我打完卡一直到下到停車場為止，心情其實一直很不好。為什麼賢秀要跟我在一起呢？是因為我巨大的弟弟嗎？還是因為不好意思拒絕呢？我腦子裡出現各種想法。但是車子發動，一準備要開出停車場，我的想法就像紅綠燈的變換，從紅色警示燈變成黃燈，然後再變成綠燈。

沒錯，今天也是我先主動的。

而且，今天也不是紀念日。紀念日前就這樣小心眼是不對的。為了努力消除這些負面的想法，我把龐克搖滾樂轉得很大聲，疾駛在道路上。在回去的路上我順便去了一趟道具商店，買了一個有大大兔耳朵的帽子。沒有什麼特別的原因，就只是因為是紀念日。

一到家我就先打掃。把所有東西都整理乾淨整齊、棉被也拿去拍打，為了讓賢秀回來可以馬上洗澡，我還掛上了新的浴袍，也刷洗好浴室。

雖然我不是很會布置，但還是在窗戶上掛起了好幾串派對旗子，在桌上放了一小束花。把家裡布置完後，看起來就好像聖誕節已經到了。

一個人待在充滿紀念日氣氛的家裡，感覺坐立難安，什麼事情都沒辦法做。我只能希望賢秀快點回來。就算我再怎麼布置，最後還是要有賢秀在，這樣我們的空間才算完整。

我戴上在道具店買的兔耳帽後照了照鏡子。白色巨大的耳朵垂了下來。就像店員說的，只要捏住垂下來的線，耳朵就會「啪噠」彈起來。我輪流捏著兩邊的耳朵，但是因為一點也不好玩，很快就把它脫掉了。垂下來的耳朵就跟笨蛋一樣。

我幹嘛買呢？

不對，賢秀一定會笑的。我努力擺脫消極的想法。

我心裡想，像這種時候就要動動身體，所以我脫掉衣服做起仰臥起坐。然後還做了原地彈跳、伸展拉筋、棒式等，總之是做了各種運動。應該過了有一小時左右吧，手機響了。是賢秀打來的。我做了一陣子棒式，汗還一直滴到地板上，然後只穿著內褲就接起電話。

「呼呼、呼……喂，寶貝。呼……等一下，我穿個衣服。」

——……

「呼、喂、呼、喂？」

沒人回答電話就斷掉了。我很擔心，立刻再次按下通話鍵。

「賢秀，怎麼了？電話突然斷掉。」

——是我掛斷的。如果你再胡鬧，我就再掛。

聽到他冷淡的語氣我先是感到放心，但是因為一下子聽不懂他說的話，我頭歪向一邊。竟然說我在胡鬧？

「什麼胡鬧？」

原來……他覺得我故意對著手機發出呻吟。我突然一陣火氣上來，把手機換到另一隻手。

「我才不是在胡鬧！我是做運動做到一半接電話，才發出喘氣的聲音！」

——……對不起。

這樣小心謹慎的道歉就像是賢秀會做的事。我能想像到他現在的表情。他應該會緊咬著他漂亮的嘴唇、眼睛往下看、長長的眼睫毛也往下垂。

一想像到他嘔氣的樣子，我的氣就消了一點。畢竟我平常太愛開玩笑，的確有可能會誤會。就是這樣。之前也曾經在電話裡模仿鬼的怪聲給賢秀聽，然後被大罵一頓。還有一次假裝被綁架，回到家就被毒打一頓。總之，那些都不是重點。

「你什麼時候要回來？」

——好像會晚一點。

「晚一點？為什麼！」

聽到他說晚一點，我的心都沉下去了。這樣我們的紀念日前夕呢？說好一起看的VOD呢？我做到現在的運動呢？火熱的夜呢？我還很認真地布置家裡！

——來聚餐的人變多了，其他組的人也都來了，現在離開有點尷尬。

「唉……」

我嘆了一口氣。雖然不是賢秀的錯，但想到紀念日前夕就這樣毀了，覺得很難過。

——不要等我了，先睡吧。

雖然我很想要冷靜下來，但因為心裡太難受，讓我沒辦法冷靜下來。我因為太傷心而生起氣來。

「不能隨便找個理由抽身嗎？」

——其他組的人也在，所以有點難。許主任也好像有關於工作的事情想要詢問。

「你一點都沒想過待在家的我嗎？」

最後還是對無辜的他發火了。難道就不能很自然地說「哎呀，另一半被我丟在家裡」然後離開嗎？以賢秀的個性，要離開那樣的場合並不困難。

——……幹嘛說這種話。

聽到賢秀接著說出來的話後，我還擔心會不會太過分。沒錯，紀念日是明天。把家裡布置成這樣也完全是我一廂情願。不知不覺我狹窄的心也變得尖銳。

「隨便你。你就照你想要的慢慢來，因為我也要出門了。」

我沒等他回答就把電話掛了。我就這樣走進浴室，大致清洗被汗弄得溼透的身體。洗完出來後就跟北極熊娃娃對到眼。身上的水不停滴落，接著我用手打掉它。就算北極熊在地板上翻滾，頭還被撞到，但表情依然溫順。我把放在桌上的花束也丟到垃圾桶裡。

我穿上衣服，毫無目的地出門去。一直下到停車場時，我都還不知道可以去哪裡。我隨便亂按著導航，按到一半就把額頭靠到方向盤上，然後嘆了一大口氣。

「你為什麼會這樣，白榮燦……」

不管怎麼想，最近的我真的很奇怪。雖然沒有談過太多真正的戀愛，但從來沒有過像個笨蛋一樣，沒有對方就什麼事情都做不了。但是不知道為什麼，我現在沒有賢秀好像就活不下去。在這之前，不管何時都會感到不安、一直猜忌懷疑的人都是賢秀。但是他現在跟別人喝酒喝得很開心，而不是跟我。這點我實在很難容忍下去。

「哎，真是的。又不是小孩子了，還有分離焦慮。」

就算我是賢秀的另一半，也不能占有他所有的生活。這樣就不是愛了。就算我知道、也明白這點，但是為什麼內心總還是那麼貪心呢？賢秀跟之前不一樣了，他現在可以跟其他人好好相處了。和跟我在一起之前相比，他的人際關係變得更加融洽了。相反的，我則是……

我嘆了長長一口氣後發動引擎。一開出停車場，夜景的燈光馬上刺痛我的眼睛。我用拳頭揉一揉自己的眼眶。

我現在必須承認，我不會是賢秀世界裡的唯一，但在我的世界裡，賢秀卻是我的唯一。

FUCK-PECT BUDDY

03

【別白忙一場了！化解誤會】

HYUNSOO～^^
................/////
LOVE U
I LOVE YOU, TOO
LOADING...

BAEK YOUNGCHAN × SEO HYUNSOO

我隨便找了間飯店，開了間房在裡面躺著，但是心情非常糟。不管是潔白的被單、絕美的夜景、高級品牌的盥洗用品都不能滿足我。我以大字型躺在過高的床上，然後把臉埋在枕頭裡。

「啊啊……」

因為自己白忙一場而很生氣，想轉身的時候又被長抱枕卡住，讓我又更加生氣了。為什麼就算只有一人入住，飯店還是要放滿兩人用的枕頭跟長抱枕呢？我把卡在我肩膀上的枕頭用力推到地板上。

我本來像隻蝦子一樣蜷縮躺在床上，卻又突然爬起來確認一下手機。但是，賢秀沒有跟我聯絡。

我感到急躁又煩悶。我打開迷你吧，隨便拿出瓶威士忌，直接整瓶牛飲。賢秀現在在做什麼呢？他說別人加入酒局，我應該問他是哪一組的組長的。雖然也可以現在打過去問他，但我沒辦法很乾脆地拿起手機。如果他說「已經說過會晚回去，為什麼還要打來」，那該怎麼辦。

我不希望賢秀看到我這麼愚蠢的一面。已經很敏感又很膽小的賢秀，如果知道我的占有欲後逃跑了那該怎麼辦。以前的白榮燦根本不在意這個，完全不用考慮便直接衝，現在的白榮燦是個笨蛋、蠢蛋，連怎麼打電話道歉都忘記了。

我拿著威士忌的瓶子坐在床尾凳上。眼前清楚可見的夜景美到不可置信。我走近窗邊，肩膀斜靠在落地窗上。往來道路上的車子、點了燈的建築，全部都非常華麗。

「可以跟賢秀一起來就好了……」

玻璃窗上突然映照出我空虛的表情。我轉過身大口喝起威士忌，不想看到自己的模樣。我太久沒有喝這麼烈的洋酒，也沒有吃任何下酒菜，我很快就開始暈眩。醉意一下子湧了上來。

我躺在大到不像話又乾淨的床上。眼前漸漸浮現出賢秀的臉。我看到一雙陌生的手伸出來想要隨便撫摸賢秀的臉，雖然很想要打掉，但因為醉意讓我的手一動也動不了。就好像是被鬼壓床一樣。

我的惡夢不該是這樣的，這不是賢秀喜歡的白榮燦。他喜歡的白榮燦是一直都很有魅力、很開朗，沒有任何一處不吸引人的白榮燦。就算我怒斥著自己，也沒辦法抹去惆悵的心情。因為賢秀的世界裡不是只有我。賢秀漸漸變得越來越帥氣，而我好像漸漸變得更愚蠢。

＊＊＊

我感覺到建築物窗戶反射的刺眼陽光，突然睜開眼睛。不是家裡的天花板。背後的觸感也不是我家的床。這時我才想起自己昨晚跑來飯店了。

啊。

我一爬起來，腳就絆到了威士忌的瓶子。雖然昂貴的酒倒了出來，地毯還被弄溼了，但這不重要。我確認一下手機，電源已經關閉，似乎是沒電了。我整個心都往下沉了。

「啊，白榮燦你這個白痴。」

我慌慌張張地從客房跑了出去。發動引擎後想把手機插上充電線，但笨拙的手卻弄壞了充電線。我真的好想哭。

已經不知道闖了幾次紅燈。我慌張地停了車子，跑回家裡，迎接我的是才一天時間臉就很明顯變得消瘦的賢秀。

在我還來不及按完家門密碼，門就被他打開了，接著他就瞪著我。一看到我的臉，他就皺起眉頭似乎覺得我很荒謬。他銳利的眼神顯露出疲憊。我蜷縮起身體看著他的眼神，他就抓起我的手腕，把我拉進屋內。

「電話也不接，你真的是……」

賢秀說到一半停住，然後深吸一口氣。看起來像是在平息怒火。

「你知道我有多擔心嗎？我還在想要不要去警察局。」

我不知道我是什麼表情，大概是像個笨蛋扭曲成一團吧。我本來一句話都沒說，只是直直地盯著他看，然後我拉了他的肩膀，把他緊緊抱住。

「我錯了。」

我感覺到賢秀憋住呼吸。柔軟的頭髮搔著我的鼻尖。

「賢秀，我錯了。」

結果毀掉紀念日早晨的人是我，讓賢秀的心受傷的人也是我。

「……沒有，我錯得更多。對不起。如果我知道你把家裡布置成這樣等我，我就會早點回來的。」

就算我都這樣了，賢秀還是跟我道歉。

我認識的徐賢秀就是這樣的人。即使做錯的人是我，他還是會跟我道歉。他總會先覺得是自己的錯。

「你為什麼……」

我本來想追問他「你為什麼要對你自己這麼嚴格」、「為什麼在這種情況還要這樣」但我忍住了。

我緊閉著雙眼再張開，看到放在窗邊的北極熊娃娃。北極熊的短手上拿著花束。就是我昨晚塞進垃圾桶的花束。

「小老虎，我昨晚不在你很難過嗎？」

我不想讓強烈的占有欲毀了他。在這種情況下還會責怪自己，這並不是賢秀的缺點，不是需要我去幫他改正的部分。這只不過是徐賢秀的一部分罷了；只不過是我愛的徐賢秀的樣子罷了。

「……嗯。」

我把嘴巴貼在他的肩膀上，把他抱得更緊了。不管怎麼把他擁在懷裡都不夠，但我還是盡力抱住了他。

「非常難過。」

我在他耳邊輕聲回答。賢秀的手輕拍我的背。那一刻我也可以確定，他一定連白榮燦這麼愚蠢的一面也通通都知道。就算這樣，他還是整晚擔心我、關心我。

原因就只有一個。因為他愛我，他愛那個跟笨蛋一樣的白榮燦。

我抱著他，而他輕拍我的背，我們就這樣站在玄關好幾分鐘。我已經知道徐賢秀有多麼深情，而且我現在也知道，他深情的一面只會讓我看見。

紀念日當天我們按照計畫去餐廳吃飯，然後去仁川兜風。在海邊逛了一陣子後，把車停在沒有人煙的地方，然後分享著事先裝在保溫瓶裡的咖啡。天氣很好、空氣很清新，遠處的島都清晰可見。這裡簡直就是天堂。

我們打開音樂，偶爾一陣沉默，偶爾也聊了些沒有內容的話題。我也知道為什麼賢秀最近很沒精神、心不在焉了。都是因為伯母的關係。

「雖然媽媽說她可以自己一個人住，老實說我很擔心。」

伯母已經存到一點錢，說想要搬出阿姨家自己住，但是賢秀擔心讓她自己一個人獨居。

「擔心什麼？」

「我媽媽回韓國不是還沒有多久。而且她也很不懂人情世故，是個常常會出事情的人。」

「但她也確實是個成年人了啊。」

「話是這麼說，但我怕又會有什麼變卦，然後她又說沒辦法自己生活……」

賢秀深深地嘆了一口氣。我多倒了一點咖啡在他的杯子裡。賢秀泡的咖啡不管什麼時候喝都很好喝。雖然有點濃。

「但是最近焦慮症不是好很多了嗎？她也不會浪費錢。能夠在這麼短的時間存到這麼多錢，應該是認真的吧？」

我知道賢秀很擔心伯母。但是就我看來，他太過擔心，而且也很不信任她。雖然我不能對他們的母子關係多說些什麼，但是對於賢秀的想法，我可以多說個一兩句。

「喂，她是生下徐賢秀的人啊，請相信她好嗎。」

聽到我說的話，賢秀的眼睛瞪得圓圓地看著我。他有時候會這樣盯著我看，就像是被正中要害一樣。用一副像是阿德利企鵝發現北極熊棲息地的表情。我能做的回應就只有盡可能地瞇著眼睛微笑安撫。我不是你的天敵，我跟你站同一邊，這樣也是為了能讓他放心。而且，我的徐賢秀比阿德利企鵝溫順多了。

「對了，回家玩玩看借來的遊戲吧。」

「要嗎？」

我無法代替賢秀承受這沉重的煩惱，但我可以讓他暫時轉移視線到我身上。看到他放鬆的表情我也鬆了一口氣。

「嗯，好不容易借到了就要拚了命地玩啊。」

因為工作太忙，跟榮惠借的遊戲機和軟體已經閒置超過一個禮拜了。畢竟遲早要還給她，在這之前得要盡情玩個痛快才行。

回家的路上賢秀沒有講什麼話，但是看起來心情也沒有不好。表情看起來像是在整理自己的思緒。看著他看著窗外的側臉、微微凌亂的瀏海，我看得出來他已經整理出一個正面的結果。

一回到家我就安裝好遊戲機，接著放入小時候玩過的經典遊戲軟體後啟動。換好衣服的賢秀到我旁邊坐了下來。他環抱住我的腰的動作很自然。本來想要說「最近我的賢秀變得很像一隻狐狸喔」但應該會被毒打，所以我忍住沒有說。

「是格鬥遊戲嗎？」

賢秀拿起遊戲手把問。

「你玩過這個嗎？」

「小時候有玩過幾次吧？」

唷呼。我暗自歡呼了一下。因為，我小時候幾乎每天都在玩這個遊戲。有些角色，甚至可以用腳趾頭來控制的程度。這不是比喻，而是真的。

「嗯……如果只是這樣玩很無聊，要不要來賭什麼？」

我假裝若無其事地問，賢秀的手左右摸著遊戲把手點了點頭。

「好啊，那就賭啊。但是要賭什麼？」

「等一下，讓我想想。」

當我開始認真苦惱，賢秀就笑了出來。我為了想要讓他後悔笑出來，我用了比寫企畫案時還要快五倍的速度，在腦海中列出了清單。突然在我的視野中，看見了昨晚買的兔子帽。此時我腦中的清單全部消失，然後就去把兔子帽拿了過來。

「這個。戴著這個兔子帽子去便利商店，然後還要拍照。」

原本以為賢秀的臉會立刻因此扭曲，但沒想到他卻點了點頭。

「可以啊。」

「……可以？」

我不自覺地重複他的回答。跟他一起生活後，我總是有越來越多的疑惑。像我這樣隨隨便便地刺激他，但他卻爽快接受了，這會讓人起疑心吧？

「你在幹嘛？快點開啟對戰模式啊。」

甚至還用下巴催促我。我眼睛瞇起來盯著他，接著便開始選擇遊戲。

第一場我獲勝，這是理所當然的結果。我的武術家角色用誇張的勝利姿勢，在畫面上到處蹦跳。我也突然站了起來，模仿那個角色的動作。我以為當我的腳「碰」一下子踩到桌上，賢秀的臉也會跟著僵掉，但是他竟然面無表情。他只是左右扭動他的脖子，然後重新握好遊戲手把而已。

「怎麼了？太久沒玩，覺得累了嗎？」

我故意抬起下巴、斜著眼睛問。賢秀的眼神卻依舊不被我的挑撥動搖。他就只是笑了笑。好像有點奇怪，他是我的徐賢秀吧？他應該要勃然大怒，然後回答「才沒有」才對啊。

第二回合對戰開始。跟剛剛那個角色比，我更熟悉這個新選的角色。比賽一開始，我就準備好要放必殺技了，但奇怪的是這個角色不聽我的使喚。畫面上的角色突然一個踉蹌後倒下。

「咦……？」

我還沒辦法搞清楚狀況，手指按著發出必殺技的按鈕，呆滯地看著遊戲畫面。怎麼會這樣，畫面裡我的角色剩下的血量條已經空掉返黑。換句話說，我輸了。

我看著坐在我旁邊的賢秀。賢秀抬起了眉毛，一副不怎麼樣的表情。

「這次不學他的動作嗎？」

他接著問的問題，不帶有任何一點傲慢的口氣。我盯著螢幕看，接著按下開始對戰的按鈕。賢秀也按下了開始按鈕。

眾所期盼的最後一戰。比起勉強使用必殺技，我重新握好遊戲手把，決定一開始就先發制人。但是一開始正式對戰，賢秀的角色就很快速地移動，然後像是在玩弄我的角色一樣，連續攻擊次數不斷增加。

「啊，這是怎樣！」

我一下子就輸了。這是不可能的。學生時期我們學校沒有人比我還要會玩這個遊戲啊。

「再一次？」

本來呆滯中的我聽到賢秀一問突然回過神來。沒錯，我剛剛是還沒習慣才會這樣。

「嗯，再一次！」

免費的機會怎麼可以拒絕。說不定這次可以看到戴兔子帽的徐賢秀。當我理直氣壯地要求後，賢秀又歪嘴笑了出來。他重新設定對戰模式的樣子很順手。這時我才意識到，我根本不知道他到底會不會玩遊戲。賢秀有我不知道的部分，還有我贏不了他，這兩點都讓我感到傷心。

雖然重新開始對戰，但這次我連輸了三局。我還搞不清楚怎麼會這樣，只能眼看著賢秀一直狠揍我的角色。

「怎麼會這樣？好奇怪喔？我們交換。」

「可以啊。」

我覺得賢秀一定是動了什麼手腳。但是賢秀很乾脆地把遊戲手把給我。我仔細地檢查手把，甚至把遊戲機關了又打開。

我不能再這樣輸下去。我抓穩手把，一心想要看到戴兔子帽的徐賢秀。但是，就算遊戲重新開始，我還是輸給賢秀。而且也是一下子就輸了三局。

我把遊戲手把丟出去，然後直直地躺在房間地板。

「我不玩了。」

「生氣了？」

他問的這句話很討人厭，所以我就轉過身躺著。賢秀想要把我轉向他那邊，但我抖動肩膀把他甩開。

「小老虎，因為我一直贏所以生氣了嗎？」

我感覺到他輕撫頭髮的手，還有把臉埋在頭髮間的觸感。我的心禁不住軟化了。漂亮的手撫摸我的頭髮和肩膀的瞬間，我就像我倒下的角色一樣，全身都失去力氣。如果要說不同之處，那就是我反而有了滿滿的血量。我強壓住自己顫抖的嘴角，把身體蜷縮起來。

「要不要做義大利麵給你吃？」

這是最終攻破我的說話聲。我本來像是隻生氣的刺蝟蜷縮起來的身體放鬆下來，稍微抬起眼睛看他。他笑出來的樣子看起來比平常還要好看。

「讓我抱抱你，轉過來吧。」

聽到他這麼說，我最後還是把身體蜷縮起來，鑽到他的懷裡。

「吃完義大利麵然後去散步嗎？」

「嗯……」

不得不說，他真的很會馴服我。我現在必須承認了。我的必殺技全被徐賢秀破解了。

我的臉在他的膝蓋上磨蹭了一下，接著，我站了起來，把我的身體壓在他身上面。被我壓在下面的賢秀眼睛瞪得圓圓地看著我。

「吃義大利麵之前，親一下吧。」

「只親一下？」

他迅速收起驚嚇到的表情，嘴角上揚笑著問，而他這麼一問，我也忍不住就親了上去。我們的舌頭交纏。我上下撫摸著他的肩膀和臉頰，等到快喘不過氣，才把嘴巴分開。「呼哈」我們同時喘著氣。為了要克制自己，我過度用力抓住他的手臂，然後趕快放開。我隨意親著他的嘴、鼻尖、下巴，發出「啾啾」的聲音。

「如果我是肉食動物，也許你現在已經消失得無影無蹤了。」

聽完我的話，賢秀眉頭皺了起來。

「意思是要把我抓起來吃掉？」

他提問的語氣似乎真心覺得很荒唐。沒辦法分辨出他人是不是開玩笑，也是賢秀吸引人的地方之一。雖然我現在是說真的。我輕輕捏住賢秀的鼻頭後放開，接著笑了笑。

「就算是人類白禜燦，也會想要把徐賢秀放進嘴裡，吸吮他、舔他。那肉食動物白禜燦就更不用說了吧？」

賢秀的眉頭皺得更緊了。不是在生氣，而是在害羞。

「早就是吃完剩下的了。」

我不自覺壓低聲音在他嘴邊輕聲地說。我的手指輕輕撥弄他的頭髮，然後又再次親了上去。已經勃起的肉棒，不斷頂著賢秀的下腹。當我身體動作越變越強烈，賢秀就先輕輕把我推開。

「剛剛不是做過了……」

「嗯，我知道。我不會做的。」

我勃起的肉棒磨蹭賢秀的下體，而為了安撫他，嘴巴則繼續親吻他。賢秀表情扭曲，露出厭煩的樣子。

「賢秀。」

「……嗯。」

「賢秀。」

「為什麼你常常、唔、只叫……我的名字。」

「因為我喜歡。」

我本來撥弄他頭髮的手鑽進了他的褲子裡。連我都覺得自己很像禽獸，但這也是沒辦法的事，都要怪徐賢秀太性感了。皺著眉頭的表情有必要這麼性感嗎？

「你說你不會做的……」

「我用摸的就好。」

賢秀的眼睛轉動了一下。他苦惱該把我推開還是就這樣不管了。他這樣好可愛。賢秀會苦惱的原因就只有一個，因為平常如果是我撫摸賢秀，只要看到他射精就會停下來了。然後沒有看到我射精，就這樣結束做愛，他都會有感到抱歉的神情。賢秀到現在都還不知道，我最滿足的不是我達到高潮的那一刻，而是看到他因為我而達到高潮的樣子。所以，我才喜歡撫摸他。

我握著賢秀褲子裡勃起的陽具，輕輕地搓揉。一開始上下套弄，他馬上就有反應。賢秀扭動著腰、緊咬著嘴唇。我朝那對緊閉的嘴唇吻了上去。當我的速度一稍微加快，就感覺到賢秀的性器變得更硬了。

「賢秀。」

「……別叫了……說吧……」

「我愛你。」

我看到賢秀的眼神晃動。他自己會知道他因為我而興奮、被動搖、被感動的樣子有多可愛嗎？有時候我會想讓他知道，有時候我也會希望他永遠不知道。

「唔、唔嗯、唔、等、等一下。」

我很清楚知道要怎麼摸能讓他很快達到高潮。我敢打包票，我會比賢秀自己摸讓他還要更快高潮。因為就連賢秀自己都不知道的敏感帶，我也都一清二楚。

舉例來說，他喜歡在接吻的時候被輕輕地咬嘴唇。還有，他喜歡整個身體被我的身體輕輕地壓住。

當我一壓著他，輕輕咬住他的嘴唇，手用他最喜歡的速度套弄後，我就感覺到他的性器微微痙攣顫抖著。我也感覺到他屏住呼吸，還有接著而來的溼潤感。

射完精的賢秀，緊繃的身體一下子垂了下去。我吻了他低垂的臉頰。把溼透的手從褲子裡慢慢地抽出來。

「哎……褲子都溼了……」

「我來幫你洗。」

不過，當然是洗衣機洗。反正，能夠找到一個理由把他的褲子脫掉，這樣就夠了。

我輕輕幫躺著的賢秀脫掉褲子。一看到還勃起且溼透的陽具，我還是忍不住撲上去放進嘴裡。

「唔嗯！」

賢秀抓住我的頭髮。我用舌頭把他性器上沾滿的精液全部舔起來吃掉。

「等、等一下！」

等什麼等。沒有一次他說等一下我就真的停下來過，賢秀的人生總在說「等一下」。要是真的不喜歡，徐賢秀就會從我心窩狠狠打下去，沒必要特別去聽他講的話。直到舔到乾乾淨淨、一滴都不剩地全部吃下去，我才把頭抬起來。我面對著他，用舌頭舔了自己的嘴唇。

「嗯？怎麼了？」

我現在才假裝若無其事地問，賢秀就像已經放棄似的，再次把身體放鬆躺了下去。

「算了……」

這就是隨我擺布的意思吧。賢秀攤軟著身體然後遮住眼睛。我現在才知道，看到他把下體遮住，更能刺激到我。

我用溼毛巾仔細擦拭賢秀的身體，還幫他穿上新的內褲。我開著不是玩笑的玩笑說：「不穿也沒關係啊。」結果就被打了一拳。

吃完義大利麵要洗碗之前，我把兔子帽踢到客廳角落的書架後面。所以說我幹嘛要買那種東西呢。總之白榮燦，你就是最有問題的人。

「啊啊，好飽啊。我來洗碗吧，寶貝。」

「不用了，我來洗。」

他拿起了塑膠手套。我本來還期待，賢秀會在做愛的時候忘記我們打的賭，但是看來似乎並非如此。我趕緊跟在他背後，把手套搶了過來。

「哎，這次換我了。」

雖然我盡可能笑得很自然，但我感覺到我嘴角在顫抖。果不其然，賢秀鬆開我的手，雙眼直直盯著我看，我逼不得已只能悄悄地躲開他的視線。畢竟我現在也站不住腳。

「你，是因為不想執行懲罰才說要洗的吧？」

「沒有啊……」

懲罰？什麼懲罰？本來還想著要這樣耍賴，但感覺會有更重的懲罰等著我，所以我只能支支吾吾地回答。我再次摟住賢秀的腰，把額頭貼到他肩膀上。這是最後的撒嬌了，反正再怎麼做也沒用。賢秀無動於衷，從我手上把塑膠手套拿回去戴上。

「快點去，然後開視訊通話。」

「一定要去嗎……？」

「是你提出說要賭這個的啊。」

沒錯，就像平常一樣，賢秀說的沒有錯。沒錯，既然是我說出口的，我就得要承擔。我嘆了一口氣後放開他的手。今天是紀念日，如果是為了讓他開心，我可以去做。當我這樣想了想，就提出了一點勇氣了。

我拿出被我踢到角落的兔子帽拍一拍。如果有哪裡破掉就好了，為什麼便宜貨還這麼堅固呢。因為太生氣，我就去打了一下坐在窗邊的熊娃娃的鼻子。

「但是，一定要開視訊通話嗎？」

「不開我怎麼知道你去的路上有沒有戴帽子？」

賢秀用他獨有的沉著語氣，字字清晰地說道，這讓我沒辦法反駁他。雖然我本來想回嘴說「難道就不能相信我嗎」，但是他說的也沒錯，像我這樣的人就是必須開視訊通話監督才行，所以我就閉上嘴了。

本來在洗碗的他脫下塑膠手套，動了動手指，示意要我過去。我有點畏縮地拿著兔子帽向他靠近。

賢秀接過兔子帽後，就像是在市場確認魚的新鮮度一樣，用指尖揉捏幾下後幫我戴上。我本來很有自信，要是賢秀想要，我就會把這種東西戴起來，但現在真的要我在他面前耍寶，反而會覺得害羞。為了要掩飾一反常態的害羞，我按壓接在帽子上的線，讓兔子耳朵啪噠彈起來。

「你知道嗎，小老虎戴兔子帽的話是自然風格，還是休閒風格呢？啊，聽說這個不適合夏季，還好現在是秋天，要不然……」

我因為害羞而停不住胡言亂語，但賢秀捧住我的臉，讓我看著他。接著我感覺到比我還要低的體溫掠過我的嘴脣。本來還在彈跳的兔子耳朵突然停了下來。

「好可愛啊，白榮燦。」

他邊拍了我的臉頰邊說了這句話，我感覺到臉都漲紅了。他咧嘴笑的嘴脣好性感。但我怕再拖拖拉拉下去就會有危險，於是就像是著了魔一樣轉過身去。

「那、那我出門了。有需要什麼東西再跟我說。」

我像是逃亡般地急急忙忙跑出門，這時電話響了，是賢秀。啊，對了，視訊通話。我很快接了起來，但是畫面上沒有看到賢秀，只有家裡的天花板。

「寶貝，我沒看到你。」

——嗯，我正在洗碗。我看得到你，快去快回吧。

「咕……」

我感到有點鬱悶。我稍微環顧一下四周，然後往電梯方向走去。好險走廊上一個人都沒有。按下電梯按鈕等待電梯的時候，我稍微拿起帽子整理頭髮。

——要是你脫掉的話，我會生氣喔。

「哎呀，我整理一下頭髮！」

我不自覺地小聲怒吼。因為想要偷偷脫掉帽子的計畫失敗，自己都嚇了一跳。

流水聲中傳來平淡的回答。我壓抑住自己嚇到的心情搭上電梯。我甚至聽到賢秀小聲的哼唱聲。我小小聲嘆了一口氣不讓他聽到。是啊，你開心就好……

走出電梯的時候也沒什麼人，問題是在離開這棟建築之後。路上的行人都在偷看我。我感覺到各種目光聚集在戴上兔子帽子的後腦杓上。不然是想怎樣，第一次看到這麼大的人戴兔子帽嗎？如果有人問，就要說我可愛的另一半指使的。當我這樣一想，就不覺得丟

——嗯嗯，好喔。

臉了。我挺起胸膛、邁開步伐往便利商店走去，甚至還一邊唱歌。

「深山裡的小泉水，是誰會來喝呢[2]……」

——凌晨的兔子白榮燦，有乖乖地去便利商店嗎？

「當然啦！要買什麼東西呢？」

我拿著手機，甚至還做出勝利的手勢。雖然看不到賢秀的臉有點可惜，但是他說他可以看到我的臉。

——等我一下，我有寫下來了。

一進到便利商店櫃檯店員就盯著我看。是一個大約二十歲出頭的女生。連歡迎光臨都沒說，看來是嚇壞了。我對她笑一笑，想示意說「別看我這樣，我並不是壞人」然後就往裡面走。我在酒類區拿了幾瓶啤酒。

雖然我眼睛看向飲料，但我感覺到櫃檯店員伸長脖子盯著我看。難道，我看起來很可怕嗎？本來想說要再對她笑一笑，但當眼睛一對到，她立刻就躲開我的視線。我清楚地看到她嘴上的笑容。因為她這樣直盯著我看，讓我開始覺得有點不好意思。為了克服丟臉的感覺，我又繼續唱起歌來。

「凌晨時兔子……來喝水……」

——是「揉一揉眼睛，起床了」啊。

「啊，對。賢秀真是天才！」

2 譯註：韓國著名的童謠。

——反正都去採買了，就別管那麼多了，買一些餅乾回來吧。要是你掛斷電話，我會生氣喔。

「好啦。」

有兩組客人走進便利商店。其中一個人看到我，毫無掩飾地直接笑出來，另一個人則是用凶狠的眼光看著我。雖然我一直假裝不會不好意思，但真的被人盯著看，馬上就會感到害羞。我急急忙忙隨便捧了幾包餅乾在手上。

——對了，最好要有通寧水。

「嗯。」

——榮燦，頭要抬起來啊。

一個像是在安撫我的深情聲音。因為只有一直聽到「喀啦喀啦」物品碰撞的聲音，我還以為他沒有在看手機，但是我錯了。我抿著嘴、抬頭看手機畫面。我帥氣的另一半似乎已經洗完碗，在手機的另一頭盯著我看。他手托著下巴，斜斜地坐著。而畫面的一角，則是有一個戴著兔子帽的笨蛋。賢秀看著我噗哧笑出來。

——也買一下我喜歡的巧克力。

「好……」

雖然我心很急，但還是挑了他喜歡的巧克力牌子，然後走向櫃檯。放下手上抱著的東西後，櫃檯的店員偷看著我，努力忍住笑意。看到她那個樣子，讓我突然覺得自己好悲哀。這頂兔子帽本來是為了跟賢秀過紀念日而買的，為什麼要讓別人看到呢？我悶悶不樂地接過塑膠袋，然後走出便利商店。雖然大家都盯著我看，但我現在已經不在乎了。

——榮燦。

「嗯。」

——快回來，小老虎。

我表情透露了什麼嗎？賢秀趴在床上看著我微笑。看到他笑的樣子，我的心都融化了。我以便利商店門口當背景，擺了個勝利手勢，然後拍下了一張紀念照。因為打賭就是打賭。

一回到家，賢秀就在玄關緊抱著我。他的臉在我的胸口磨蹭，我也很開心地抱回去，但我感覺到他的肩膀似乎在抖動。

「賢秀？你哭了？」

因為嚇了一跳，我立刻抬起他的頭。幸但也不幸，賢秀並沒有哭，反而是笑到肚子痛。看來一直到剛剛為止，他視訊通話時都在忍住笑意。

「什麼嘛……還以為你在哭。」

「啊，對不起。噗哧、噗、哈、哈哈哈……」

本來努力憋住笑聲的賢秀，最後還是哈哈大笑出來。

我那一刻才意識到，我已經很久沒有看到賢秀這樣大笑了。一想到這個，我就也不再覺得哀怨、不再感到生氣。

我這時候抓著兔耳帽的兩側，像是在炫耀似地不斷猛按，兔子的耳朵也胡亂彈起。看到賢秀笑得更大聲，我也就故意加快速度地按。眼睛還翻了白眼。我突然抱起已經笑到不行的賢秀，往床的方向跑去。這個妖精徐賢秀，到現在還是只穿著內褲沒穿褲子，我一邊猛烈親著他一邊想，不管我們在一起多久，我也不可能有贏過徐賢秀的一天。雖然我也沒想過要贏他。

奸詐的徐賢秀把我們的視訊通話內容全部錄了下來，甚至還讓我看了用手機錄下來的東西。走去便利商店的樣子全都被錄下來了。

『深山裡的小泉水，是誰會來喝呢……』

看過影片後我就明白為什麼賢秀會笑成這樣了。我根本就是個笨蛋。

「把這個傳給我，我也要。」

「好，等一下。」

我趴在床上接收影片檔案的時候，賢秀的身體壓到我的背上，輕輕地咬著我的肩膀。最近賢秀常會像這樣爬到我背上，咬著我的肩膀。他說這裡很硬，咬起來很有感覺。是因為叫他小貓咪，他就真的變成小貓咪了嗎？

「你換背景圖片了？」

徐賢秀看到我手機背景圖片後問。事實上，我的背景圖片才換成豹貓沒多久。我很開心他有發現我不一樣的地方。

「嗯，可愛吧。」

「哪裡可愛……」

他的回答語尾拉長、聲音越來越小，果然是在害羞。因為真的很可愛。

我們兩個人看著手機閒話家常到一半，我發現賢秀手機的通訊軟體有幾則未讀訊息。這樣很不像賢秀。因為以他的個性是不能忍受有未讀提示的。一定有什麼原因。

「這是誰？」

「不要點開，因為太煩了，所以還沒有回。」

我仔細一看，發現大頭照很面熟。是採訪組的其中一個新進員工。

「他……好像想要跟我變熟，不知道是想要得到什麼。」

賢秀似乎是擔心怕我會誤會，立刻就回答了我。這麼一講，我就想起來了，今年新人歡迎會的時候有見過面。好像說過今年是二十幾歲。金部長曾用「過動」來形容他，應該是很會社交、很開朗的小子，應該吧。

「很常跟你聯絡嗎？一直煩你嗎？」

「沒有，是沒有這樣，但好像是有想要什麼東西。」

據我所知，那小子不是什麼特別壞的人。應該是太隨便就來接近我敏感的賢秀，才會嚇到他的。賢秀都會誤會想要接近他的人都是邪教傳教士，或是有不好意圖的人。我並不想告訴他事實真相。我這樣做是對誰會有好處？

「如果覺得煩，就是要像現在這樣，不去看他訊息吧？」

「嗯，我的小貓咪想怎麼做就怎麼做吧。」

雖然我是這樣回答他，但內心苦惱著該幫一下那個傢伙，還是該忍下來。

「親我。」

賢秀說。他勾著我的脖子向我靠近，我給他深深的一吻。

賢秀應該不知道。我跟他在一起之後，多了很多的禁忌；跟他一起生活，我自己一個人忍耐了多少事情。幸好賢秀在某些方面反應遲鈍，要不然他說不定會覺得我很可怕。

我一直以來的戀愛都沒有設下禁忌，因為那時的我是對任何人都很開放的白榮燦。但是對賢秀又不一樣了。我在賢秀面前忍耐、害怕、擔心，然後像個傻子一樣把事情搞砸。

但是這樣子的白榮燦也不錯吧？就像是現在的徐賢秀是白榮燦的鎖匙，跟傻子一樣的白榮燦和賢秀不就是天生一對嗎？

當嘴巴一分開，賢秀就對著我笑了出來。賢秀這種自信滿滿的微笑，我真的是愛到不行。這件事比任何事情都還來得重要。這次換我親他。

透過我們家落地窗看到的夜景雖然十分華麗亮眼，但那一刻只有我們兩個是最完美的存在。

夜漸漸深，那天還算是個成功的紀念日。

＊＊＊

今天是久違全體員工的公司聚餐。因為休閒之都並不是會逼迫參加聚餐的公司，所以大部分的人都參加的聚餐很少見。

我們在烤肉店，賢秀坐在離我有點距離的桌子，我邊烤著肉邊偷看他。賢秀感覺到目光後看了過來。一對到眼之後，我們兩個人淺淺一笑。沒有人看得出來的一抹微笑。

更換烤盤的次數從一次，到超過兩次、三次，餐桌上累積的酒瓶也逐漸變多，而留在位子上的人則慢慢地變少。我一邊移動到空的座位，跟賢秀之間也自然而然越靠越近。等食物差不多已經吃完，只剩下在喝酒的時候，我走到他身旁坐了下來。不要一開始就坐在一起，這是賢秀訂下的規定。他應該是覺得沒有必要表現得這麼明顯吧。雖然表現得很生疏可能會更奇怪，但能讓賢秀感到安心還是比較好，所以他們最後就這樣決定了。

今天討論得最激烈的話題是企畫組跟設計組的分工合作。細看企畫組跟設計組的工作內容，當然勢必是相衝突的兩個職位。特別是我們這種不請外包的雜誌更是如此。

「老實說，我覺得企畫書能寫得像白組長這樣就很好了。就算是抽象的概念，也很快就可以抓到靈感。」

許主任說。坐在她對面的朴俊範推了一下眼鏡，用他特有的尷尬表情反駁。

「比起抽象概念，能給出視覺訊息不是更輕鬆嗎？之前徐組長不是曾經這樣說過。」

不知道賢秀是不是覺得這個討論很無聊，他把背靠在椅子上，滾動著餐桌上的瓶蓋。直到出現他的名字時，他才把頭抬起來。

「我嗎？」

看他呆滯提問的表情，似乎是有點醉了。賢秀抬起嘴角一笑，然後把拿在手上的瓶蓋丟出去。瓶蓋敲到酒瓶發出「鏗」的一聲。不對，等等，他好像已經喝很醉了，什麼時候喝成這樣的？我偷偷把他前面的酒杯收走。我就說，如果聚餐一開始我就坐在他旁邊就好了。又不是不熟的人……我心裡很不是滋味。

「喂，朴範俊。」

「是朴俊範……」

「企畫最重要的東西是什麼？嗯？就是品味，品味。如果又是團隊合作，那就更重要了。我們會根據你們企畫書的什麼內容來設計呢？」

連名字叫錯都不知道還拚命說話的樣子，很明顯是喝醉了。雖然外表看起來正常，但跟賢秀長時間相處過的人應該都會知道，他現在已經非常醉了。宥晴也一臉擔心賢秀有沒有問題。賢秀則絲毫不在意地繼續說。

「範俊，你都在這裡工作多久了，這個都還不知道可不行啊。」

「我叫朴俊範……」

朴俊範一臉委屈的樣子皺起眉頭，自己一個人喃喃自語。我瞪著他。講錯名字有這麼重要嗎，竟然還反駁上司。我把手伸到坐在我旁邊的賢秀的手下面，然後把他撐起來。

「唉呀，徐組長喝醉了呢，我們回家吧。嗯？」

我尷尬地呵呵笑，然後拿了他的大衣和公事包。

「我們先走了喔，明天見。」

「組長，回家小心。」

我跟同事們打完招呼後趕緊把他背起來，然後像是逃跑似的走離開店家。雖然我一方面是害怕賢秀喝醉會說錯話，但另一方面也是想要快點兩個人獨處。

烤肉店位處巷子深處，如果要搭計程車，就要背他走一段路到外面才行。雖然賢秀身材比我嬌小，但要背起一個喝醉的男人也很辛苦，這讓我走起路來有點搖搖晃晃。我先讓賢秀站了一下，調整完姿勢要把他背起來的時候，賢秀喃喃自語些什麼。

「嗯嗯，快回家吧。」

我隨便回答他後，「嘿咻」一聲把他重新背起來，專注地走在沒有人煙的巷子裡。但是才走沒幾步路，他突然在我背上掙扎起來，然後嘴裡念念有詞，不知道是在說夢話還是什麼，說了些聽不懂的話。因為想要知道他在說什麼，我努力豎起耳朵。

「你、你是誰……是誰一直背著我……」

搞什麼，這麼拚命掙扎就為了說這個？你沒有認出是我，讓我很難過，但因為他喝醉了，所以決定放過他。

「我問你是誰，你……！」

「你的愛人。」

我回答他後繼續走，但賢秀又開始掙扎。

「我……已經……嗝……有戀人了……！」

一邊打嗝一邊講話的樣子，真的是要命得可愛。我想正是時候可以偷偷問他一些可以試探他內心想法的問題。

「是，我知道。徐賢秀的戀人很帥吧？」

「唉，靠……帥個屁……」

他接著說出口的話讓我有點受傷，但是……

「我……不知道你是誰，但我，嗝……會跟白榮燦說。」

聽到他說完後面的話，我就笑了出來。

「白榮燦怎樣？」

「白榮燦他啊……是虎多力……而且啊……」

徐賢秀本來喝醉的時候，講話就會這樣嘰嘰喳喳的嗎？也對，當時第一次一起睡覺的那天，他也是對著我說了很多不該說的話。我在想，只有他自己一個人在的時候果然不能讓他喝酒。

「而且？」

「白榮燦這傢伙有多麼可怕……嗝！要是他生氣……就會惡狠狠地毆打別人……嗝！」

看來他常會想起我打朴原浩時的畫面。真是的，當時是因為賢秀處在危險狀況，我才會這樣做的。

「哇，好可怕喔。」

我故意反應很大地附和他，接著還是不放棄再問一次。

「但是，徐賢秀的戀人很帥吧？是吧？」

「說什麼啊……」

我感覺到他說話聲音突然變得很正經，害我差點又要受傷了。現在可是誰快被重死了、快累死了。

「真的是……問這什麼廢話……他是我的戀人，當然很帥啊……」

他在我耳邊的喃喃自語讓我的臉一瞬間漲紅了起來。如果不是背著賢秀，我應該會跳起來舞來。

但他會知道比起「當然很帥啊」這句話，前面那句「他是我的戀人」這句話更讓我開心嗎？沒錯，要成為徐賢秀的另一半，至少也要有這種程度。

搭計程車回到家，我幫他脫掉衣服、幫他擦洗臉跟手腳。他曾經說過最近酒量差了很多，看來真的變得很差。本來還在慶幸脫賢秀衣服的時候他很安靜，但不知道為什麼，他突然又開始掙扎起來，然後似乎在抱怨些什麼。不知道他在嘀咕些什麼，我彎下腰把耳朵貼了上去。

「如果白榮燦知道……你就死定了……！」

我又不是連恩·尼遜，為什麼一直把我塑造成很厲害的樣子，這讓我笑了出來。我把棉被蓋在一直在掙扎的賢秀身上，然後輕輕拍打他的胸口。

「我的小貓咪，好好睡吧、乖乖睡吧。」

幸好掙扎的身體慢慢地冷靜下來了。我在他飽滿的額頭上親了一下，然後躺在他旁邊。我用大拇指輕壓在他皺起的眉頭，讓他放鬆開來。原本大力喘息的呼吸聲也漸漸平穩下來。喝醉酒的他比平常更溫熱、更無力。

「……榮燦……」

「嗯？」

不知道是在說夢話還是什麼的呼喊，我立刻回應他。但是賢秀眼睛閉著，沒有任何回答。果然是夢話，當我這樣想然後準備要起身的時候，聽到了一個極小的聲音。

「我愛你……」

一開始還以為是我聽錯了，但是是不可能聽錯的。他對我告白，我怎麼可能會聽錯呢。我緊緊抱住他被棉被裹住的身體。

「我也愛你。賢秀，我愛你，我愛你。」

因為身體突然被大力壓住，感覺不舒服的賢秀開始生氣，但是我反而更加緊抱住他。我還一邊責罵那個一直感到不安的自己。

不知道什麼時候開始，自言自語的聲音變小了。一邊聞著他身體的味道，我也閉上了眼睛。明天他一定會生氣地問「為什麼沒換衣服就睡覺」但是那又怎麼樣呢，徐賢秀可是愛我的啊。

「晚安，賢秀。」

不要作夢，在我懷裡安穩地睡。

我的愛人發出溫和的呼吸聲、躺在我懷裡，我也慢慢地進入夢鄉。

今天也跟平常一樣，是個完美的一天。

FUCK-PECT BUDDY

04

【All About Play】
【挑個打破無趣生活的玩具——手銬與串珠】

HYUNSOO～^^
................/////
LOVE U
I LOVE YOU,TOO
LOADING...

BAEK YOUNGCHAN × SEO HYUNSOO

天氣變冷就什麼事情都變得不想做。早上全身就像是麻痺了一樣。白榮燦說越是這樣越要動動身體，但我覺得他的處方一點都不可靠。因為這個只適用在本來就愛動的白榮燦身上。我連動都不想動。

「我們午餐要吃披薩嗎？」

白榮燦去跑步完回來還不夠，還要做平板支撐，汗一滴一滴落在地板上，他邊做邊抬頭問我。我一直不想起來，就一直裹著棉被躺著，然後點了點頭。雖然一動也沒動地躺了十分鐘，但是能欣賞白榮燦運動的樣子，就一點也不無聊。

「喜歡披薩的人通常都很善良。」

白榮燦說。這種莫名的理論讓我冷笑了一下。

「我也喜歡披薩，我也很善良？」

似乎已經完成今天份的運動，白榮燦站了起來。他沒有把滴落在地板上的汗擦掉，而是一步步走來床邊，然後「啾」地親吻了我的額頭。他輕輕撫摸我的頭，讓我感覺好像變成了一隻被寵愛的野獸。

「嗯，我的賢秀也很善良啊。」

「你只要一說謊，就都會表現在臉上。」

「哇喔，你好敏銳喔。」

其實說謊的人是我。白榮燦眼神是真心覺得我很善良才這麼說。我這一生有聽過有人說我善良嗎？雖然媽媽跟我說過幾次我很善良，但是媽媽說的意義跟白榮燦的意義似乎不一樣。

「我的善良賢秀。」

白榮燦就像是在對待小孩一樣，輕輕撫摸著我，不斷親吻我的額頭跟鼻梁。讓人發癢的親吻感覺很不錯，所以我閉上了眼睛。不能再繼續睡了，我要做早餐給榮燦才行……但當我感覺到輕輕拍我肩膀的手，還是忍不住閉起了眼睛。

雖然本來就是白榮燦比較愛撒嬌，但紀念日之後他又更愛撒嬌了。舉例來說，當我坐著看書的時候，他會走到我後面，摟住我的腰不放。

接著他會把下巴放到我的肩膀上，像是在鑑賞什麼藝術品一樣，一直盯著我的臉看，然後我就感覺到他的視線停在我的嘴唇上。

「你塗護唇膏了嗎？」

「沒。」

不久前，他買給我的新護唇膏上面有一隻跟他很像的小熊圖案，讓我不太好意思用它。如果我說不用，感覺好像會傷他的心，所以我就只有帶在身上，但因為太不好意思，就沒有機會拿出來用。

「為什麼不塗，這樣嘴唇又要乾裂了。」

「沒差啦，太麻煩了。」

本來想說「只要你不要每天又咬又吸，就不會裂開了」但我連講這個都覺得煩，所以就放棄了。白榮燦打開護唇膏的蓋子後，不知道是在聞味道還是在做什麼，不停扭著身體。但摟住我的腰的手也放開一下吧，我都快喘不過氣了。

「看我這邊。」

「啊，我在看書啦。」

「我知道，看我一下，乖。」

我臉一向後轉，白榮燦的嘴唇就貼到我嘴唇上。光滑的觸感和草莓香氣傳到我的嘴唇上。

「都塗好了。」

一副心滿意足在我面前笑開的臉，實在帥氣到讓人鬱悶，讓我突然一股惱火衝上來。

「你為什麼要玩……！」

我話大吼到一半就把嘴巴閉了起來。白榮燦看著我，把頭歪向一邊，然後似乎是發現了什麼，笑了出來。他的臉一瞬間從小狗臉白榮燦變成性感白榮燦，撼動了我的心。

「你要問我為什麼要隨便玩弄別人嗎？」

我心裡要說的話被他看透，這種感覺很奇怪。我放下拿在手上的書，轉身面向他坐著。我抓著白榮燦的臉頰上下左右亂捏。

「言又，按嘛啊？」

我直直盯著他的臉，然後立刻有了結論。他是想要說「賢秀，幹嘛啊？」是吧。

「我覺得你真的很神奇。」

雖然是開玩笑說出來的話，但說出來之後，感覺好像真的是這樣。白榮燦整個人非常開心，也抬起他的屁股興奮搖擺。

「要我幫你算命嗎？」

「那就來算算看吧。」

既然是我給你表現的機會，那就陪你玩一下吧。我抬起下巴說完，白榮燦就像是已經等待許久一樣，馬上盤腿坐好。他抬起一隻手，露出手掌，然後發出「嗯——！」的聲音再深深吸一口氣的樣子，看起來非常滑稽。那小子眼睛閉上，頭向後仰。他就這樣維持了一陣子，然後像是觸電一樣，突然全身顫抖起來。他的演技非常逼真，我甚至在想，如果他沒有到「休閒之都」上班，應該也可以去演戲。

「你想問的是什麼？」

停止痙攣的白榮燦大師問。我也慢慢地打開我調皮的心，過去他身邊坐好，收起笑容。

「請幫我算一下戀愛運。」

白榮燦大師皺起眉頭，然後假裝丟了什麼東西到地板上，然後拍了膝蓋一下。

「你跟你的另一半過得不錯嘛！」

我沒有答話，而是嘴角下垂，等著那傢伙接下來要說的話。

「嗯……現在不對另一半好一點的話，那麼神明可是會生氣的！」

「但是我的另一半好像是個神經病。」

「是嗎？嗯……」

白榮燦這次假裝抓了什麼東西揮舞，然後還一邊發出「唰啦啦啦、唰啦啦啦」的音效。

「唰啦什麼唰啦，你不會是冒牌的吧，大叔。」

「現在需要進行一些儀式……」

「什麼儀式？」

因為太讓人哭笑不得，我就冷笑了一下。白榮燦瞇著眼睛，上半身朝我的方向靠過來。

本來想要往後退，但是背碰到了床。

「要進行交合的儀式……」

神經病。結果那小子「碰」的一聲就把我壓在下面了。

奇怪的是，做完愛之後，我竟然不覺得洗澡麻煩。雖然身體很不想動，但是一進到浴室，我馬上就開始動起身體。鏡子前面放了兩支牙刷，我很自然地拿起其中一支，然後擠上了牙膏。白榮燦又從中間擠牙膏了。我現在已經快要放棄了，但因為還想要掙扎一下，我還是硬是從底部開始擠。在刷牙的時候，白榮燦在浴室外面敲門。

「賢秀，我們要不要去划輕艇？」

「輕艇？為什麼這麼突然？」

「我去參加的社團裡面的一個團員，這次開了一個輕艇中心。一起去看看吧。你之前不是也說過想要划看看嗎？」

「……是嗎？」

就像那小子說的，我的確想要划一次不知道是加拿大式艇還是愛斯基摩艇，之前曾經這樣說過後，就受到白榮燦非常熱情的說明洗禮。我這些話才說完沒多久，他怎麼就有辦法這麼快地找到這個機會，真是太了不起了。但是像白榮燦的人脈這麼廣，的確是有可能辦到的。

「洗完出來確認一下行程吧。」

「嗯。」

雖然我這樣回答，但白榮燦已經很清楚知道我的行程。又沒有朋友、又不會出門，哪來的行程。他說的是公司截稿日程吧。白榮燦會這樣講，是幫我留後路。他不想要因為他的關係，而讓我硬是去參加我不喜歡的戶外活動。但是，跟那小子擔心的事情不一樣，我並不討厭戶外活動。不對，準確點來說，我不討厭跟白榮燦一起從事的戶外活動。

跟白榮燦交往已經一年了。多虧了勤奮的白榮燦，別人會去做的事情，我大部分也都做了，但還是有很多事情還沒嘗試過。

跟白榮燦交往過程，我經歷過無數的新事物。如果沒有白榮燦，不愛參加活動又膽小的我，是個絕對不可能走出外面世界的人類。不對，我是個不懂走出戶外，活動自己身體的人類。

他知道他讓我改變了多少，而我又讓他改變了多少嗎？當然知道啊。這一年多的時間，我們都不知道從彼此身上學到了多少東西了。

我漱完口把牙刷插回去後走進淋浴間，突然發現到層架上的洗髮精位置稍微被移動了。我用的洗髮精比白榮燦用的洗髮精還要往前凸出來一點。而且，洗髮精瓶子的壓頭還綁了一個漂亮的蝴蝶結。上次是輪到白榮燦洗浴室，應該是他在洗浴室時順便綁的。這就很像他會做的事。

「這什麼啊，這麼可愛。」

我噗哧笑了出來，然後去撥動蝴蝶結。跟白榮燦在一起，常會因為這種小事情暖到心裡。真的很慶幸，我的另一半是用一個蝴蝶結就能夠讓我心情放鬆的人。這也許是我經歷過的好運中最棒的一個吧。

＊＊＊

自從休閒之都有新員工加入，辦公室的氣氛就變得很活絡。不知道是不是因為多了好幾盆花的關係。以往每當有新成員加入，辦公室裡的氣氛就會莫名地緊張。多虧如此，工作效率也變很高。

設計組工作進行很順利。許主任眼神裡找回了自信心，李宥晴一如既往地認真工作。交給其他同事的工作也都順利完成。

到了下午，如期收到白榮燦的提案書檔案。

白榮燦：檔案附件：升級與另一半關係的必要性.pdf

白榮燦：這嗝不是窩做的，是朴俊範嘬的

看到這一串訊息，我噗哧笑了出來。是多麼急著打字，打錯一堆字。看來是很擔心怕我誤會。本來想回覆「我知道」但是突然想要鬧他，所以故意就沒有回覆。

收完檔案後就暫時擱著，先進行了其他工作。戴起耳機一邊聽音樂一邊工作，可以讓我立刻變得專注。這樣就不會聽到周遭的聲音，而且因為有辦公桌隔板，就算有人從旁邊經過也不會去注意到。

正當我在專注工作的時候，突然感覺到頭上有什麼東西掠過，我抬頭向上看。是白榮燦。我拿掉耳機。

「我要去咖啡廳，要買咖啡給你嗎？」

「好啊，那就謝啦。」

「把保溫瓶給我。」

我的視線停在螢幕上，然後把保溫瓶遞給他。重新戴起耳機，然後立刻專注在工作上。不知道過了多久。草案已經幾乎修正完成了，我甚至不知道他已經回來，而我的保溫瓶就往我辦公桌隔板內，害羞地探出它的屁股。我拿下耳機，接過保溫瓶。

「謝啦。」

「看來已經修完了？」

白榮燦上半身靠在辦公桌隔板上問。螢幕上顯示的草案是他做的企畫。這次也是一個無可挑剔的完美概念，所以在製作上一點都不困難，修改的項目也處理得很仔細。

「嗯，這個完成後就要開始做特輯報導了。」

「哈，果然是徐組長。」

因為他誇張的語氣讓我忍不住笑了出來，我將保溫瓶拿到嘴邊喝了一口。這是我常喝的咖啡味道。白榮燦回去座位後，許主任問我。

「組長，你都不怎麼喝別人給的咖啡，但是為什麼會喝白組長給的咖啡？」

斜斜拿著保溫瓶的手突然停了下來，我還是勉強保持鎮定，然後「哈哈」笑出聲音。

「只要在一樓咖啡廳報我的名字，他們就知道要做怎樣的咖啡。他只是去幫我買我要的咖啡。」

「喔喔。」

幸好她的表情看起來並沒有起疑心。雖然白榮燦說過：「這種刺激感就是辦公室戀情的有趣之處啊！」但我絕對沒辦法同意他所說的。我輕輕地嘆了一口氣後重新戴上耳機。

＊＊＊

回家的路上領了包裹，還買了白榮燦要吃的零食。他在回家的路上，都不斷訴說著輕艇的迷人之處。我聽到都忍不住認為輕艇好像是這世界上最完美、最偉大的運動了。之前在一起去攀岩前也是這樣，還有去衝浪的時候也是。仔細一聽，這小子似乎沒有不喜歡的運動。

「榮燦。」

「嗯？」

「你有不喜歡的運動嗎？」

「當然有啊。」

還真讓人意外。我一邊打開裝有書的箱子，一邊看著他要他回答。

「你討厭的是什麼運動？」

「棒球。站在一個廣大的場地上呆呆地等，這有什麼好玩的？如果硬要玩，我一定只會當打擊手。」

果然很像是白榮燦的回答。我立刻表示同意。看到他假裝揮動球棒的樣子，讓我很好奇白榮燦穿上棒球服的樣子。如果我的視線會一直瞄向那個不輸給棒球選手的大腿，也絕對不是我的問題。都是因為白榮燦的大腿粗得太離譜了。

我趁他在洗澡的時候，看了一下昨天拿到的輕艇體驗簡介。我一把白榮燦瞇著眼笑的樣子帶到照片裡在湛藍河流上划著槳的人的臉上，我就很想立刻去嘗試。

看起來出乎意料地簡單。

雖然最近體力在低點的我，不知道有沒有辦法跟上。就算不說這個，最近也因為體力變差，連做愛都覺得累⋯⋯

我把簡介放到書架上，準備要打開新買的書，突然注意到下方的抽屜。我瞥了一下浴室的方向。聽到的應該是正在洗澡的聲音。

我乾嚥了一口口水後，輕輕拉開書架下方的抽屜。拿出裡面的箱子，打了開來。箱子裡放的是之前白榮燦買的情趣用品。自從我用鞭子狠狠地抽打他之後，我就再也不敢用它，之後就把它收在抽屜裡，一直放到現在。

我絕對不是在想現在該怎麼用這些道具。只是無意間想起朴俊範寫的企畫書「升級與另一半關係的必要性」才打開的。說不定，這些玩具可以提供我們新的樂趣……

當時我只是瞥了一眼所以不清楚，但現在仔細一看，真的是各式各樣的道具都有。有手銬、頸圈、牽繩，還有不知道是做什麼用的一串珠子、看起來像是用來綁住身體的複雜的綁帶，甚至還有比白榮燦的那邊還要小一點的假陽具。不是啊，為什麼要買這個，要買就要買大一點的啊。

「……好像是保留了什麼收藏品……」

我從裡面拿了一個看起來比較不怎麼樣的手銬起來。不知道是不是為了保護皮膚，手銬內側是柔軟的。如果是這樣的手銬，應該可以拿來戴。我試著將手銬銬上我一邊的手腕。是這樣戴沒錯吧？

不知道我是怎麼按的，手銬「喀嚓」一聲銬上了。

「喔唷。」

我用被銬住的手試著把另一邊也銬上。沒想到這個這麼重。我把銬住的兩隻手到處揮動了，但白榮燦應該差不多要出來了，所以我又開始翻找箱子。

「鑰匙在哪裡呢……」

因為雜物實在太多了，要翻找都很困難。兩隻手還被手銬銬住，動作也變得遲緩。一開始我還以為是我沒看清楚。但是不管我怎麼翻找，解開這個該死手銬的鑰匙，不對，連個像鑰匙的東西都沒有。

「唉，我要瘋了。」

浴室裡的聲音停了，我的手也停了下來。該怎麼辦？但是現在沒有時間煩惱這個了。我再次瘋狂地翻找著箱子。因為動作很急促，有幾個東西彈出來掉在地板上。

「拜託！」

我一邊責備自己的愚蠢，一邊把掉落的假陽具和項圈撿了起來。我聽見白榮燦一邊哼著歌一邊擦頭髮的聲音。他馬上就會開門出來了，但是我到現在都還沒看到那把混帳鑰匙。實在是沒辦法了，我就把箱子蓋起來，隨便推到床底下去。然後急急忙忙跑到床上，用棉被把自己蓋住。這時白榮燦剛好走出浴室。

「啊……！」

因為太急了，腳不小心大力地撞到牆壁。笨蛋徐賢秀！我狠狠責罵自己遲鈍的身體，然後轉身躺著。

「寶貝，怎麼了？」

「沒事！」

白榮燦一邊擦頭髮一邊向我靠近。他用毛巾擋住下體，仔細打量躺在床上的我，然後馬上露出陰險的笑容。

「寶貝……你一個人在幹嘛？」

「什、什麼！」

我感覺到臉漲紅了。我在外面的時候，總是聽到別人說我撲克臉，但就只有這種時候，沒辦法好好控制表情。不對，是只有在白榮燦面前的時候才沒辦法控制。我緊閉著嘴巴，把棉被裡銬著手銬的手放到雙腳中間。白榮燦仔細地盯著床看，好像是在跟著我移動的手。

「為、為什麼……」

……這樣盯著我看。我沒辦法繼續說下去，因為白榮燦抓住棉被，一把把它掀起來。我的手放在雙腳中間，而我就用這個滑稽的姿勢注視著那小子。

「賢秀，你在幹嘛？」

我沒辦法回答他，眼睛緊緊閉上。我不管了，隨便他吧……白榮燦露出奸詐的表情，然後把我放在雙腿中間的手拉了起來。接著他發出「呃」的驚嚇到聲。

「你這隻狡猾的小貓咪！你自己一個人銬上這個？」

我想不出任何反駁的話，只能嘆出一口氣。

「既然都銬上了，就要漂亮地展現給我看啊。為什麼要藏起來？」

「……不知道。」

我死都不會說找不到鑰匙。但是白榮燦是誰，他露出奸詐的笑，然後爬到我身上。我身體蜷縮側躺著，而為了從他下面掙脫，我不斷扭動著身體，但果然是沒有什麼用。臉頰被親吻的觸感讓我緊閉雙眼。

「原來是找不到鑰匙啊？」

為什麼在這個時候聲音還這麼好聽？雖然本來就很好聽，但今天聽起來特別渾厚。

「要買手銬，鑰匙……也要放在容易找到的地方啊！」

我用連自己都覺得荒唐的理論反駁白榮燦，他立刻把鼻子貼到我的脖子上悶笑。

「有什麼好笑的！快點幫我解開。」

我用被銬住的手撞他。白榮燦抬頭起來看我。突然，在我眼前的他收起了表情。可能是因為他正在思考才會這樣，雖然只有一下下，但還是讓我稍微感到毛骨悚然。

「伸過來，我試試看。」

白榮燦表情很認真地說：「這又是什麼玩笑嗎？」不對，是非常……認真。我沒有回答他，而只是直直地盯著他。我為了不要顯得自己窩囊，而故意露出銳利的眼神。

「不要嗎？」

他的眼神很冰冷，但是為什麼我面前傳來的聲音卻這麼深情。這讓人很鬱悶。莫名襲來的壓迫感更讓人鬱悶。我故意不回答，只是瞪著那小子，瞪到眼睛會痛的程度。跟我預想的不一樣，我以為他會說「真是難搞的小貓咪」然後一邊陰險地笑一邊鬧我，但是他卻離開我身上站了起來。難道，他要就這樣走掉嗎？不對，白榮燦不是那樣的人。他突然把我抱起來。

「幹什麼……！」

我的身體感覺被抱到半空中，但一下子屁股又碰到了白榮燦的膝蓋。白榮燦為了不讓我掙脫，整隻手緊緊地抱住我的腰。他的力氣比平常更大，而且不知道是不是因為剛洗完澡，身體也非常熱，讓我的身體也跟著微微地熱起來。白榮燦跨坐在床尾，把我抱住然後親吻我的肩膀跟脖子。我的手還是銬著這該死的手銬。

「……什麼時候要幫我解開這個？」

白榮燦沒有回答。愛撫的力度反而越來越強烈。碰觸到我的頭髮之間跟衣服上面的氣息，就像是要燙傷我一樣炙熱。我的背也感覺到後方白榮燦結實的胸膛。光是輕咬我耳朵的動作也很性感。

「唔……」

我情不自禁地呻吟起來。白榮燦的手開始慢慢地鑽到我衣服裡面。他的動作強硬中帶著溫柔。為什麼每一個動作都能讓我有反應呢？就好像是他按下了我身體某一處的按鈕。雖然想要扭動身體逃離，但因為手銬的關係，讓我無法隨心所欲地抵抗。

「快點解開、這個……」

他依舊沒有回答，只是開始用手撫弄我的性器。我的性器不知道什麼時候變得又漲又硬，並且開始流出前液。我的背感受到他赤裸的胸膛；尾椎骨感受到他厚實的性器。因為被手銬銬住，我沒辦法隨意移動，再加上坐在他結實的大腿上，身體也一直歪斜著。我現在似乎也明白，為什麼有人要銬上這個做愛了。是一種被束縛住的微妙興奮感。

我的下半身不知道什麼時候已經被脫光了。我把身體交給他後就很快速地發燙了起來。白榮燦的手只是輕輕撫弄我的性器，但我也不知道為什麼身體會這麼快地發熱。

「呼哈……慢一點……」

我哀求也沒有用。他手的動作並沒有加快、也沒有變得激烈，就只是更像是在撫弄，卻帶來一種難以忍受的刺激感。他的手似乎知道我所有能感到舒爽的位置。

我稍微低頭，便看到白榮燦巨大的手正在撫弄我的性器。他包住我整個肉棒，又用指尖輕輕撫摸我的龜頭末端，接著又看到他的食指由下往上滑，就讓我舒服到起雞皮疙瘩。我再一次感覺到他的手真的非常大，動作非常熟練且游刃有餘。我好委屈，明明他自己也很興奮。

「唔嗯、嗯嗯、唔……榮燦，等……等一下……」

我越來越忍受不了了。我清楚地感受到他碰觸到我尾椎骨的肉棒、抓住我撫弄的指尖，感覺全身都變成了敏感帶。這樣很危險，感覺立刻就會射精。我很想掙脫他，但因為被手銬銬住，我就只能不斷掙扎而已。

我再次往下看，我看到自己性器跳動抽搐的樣子，還看到白榮燦的手不斷輕輕撫弄著我。他的指尖被我的前列腺液弄溼。每當厚實的手滑過我的性器頂端，就會看到像是蜘蛛絲一樣黏稠拉長的液體。

「唔嗯、啊、啊、好像要、射……」

「忍住。」

他剛一說完這句話，我的精液就不斷地流出來。這要怎麼忍，你一直這樣刺激我。

「唔哈、唔嗯……」

「我不是叫你忍住嗎？嗯？」

雖然溫柔卻很有壓迫感的聲音。白榮燦再次撫摸流完精液的性器。雖然沒有很用力，但是因為才剛射完精，龜頭頂端跟下緣還非常敏感，光是輕輕碰觸就非常刺激了。

「只是這樣逗弄你都會射？為什麼會這麼興奮？」

「啊、啊啊……！啊！」

「是因為手銬的關係嗎？」

我的肩膀不停地顫抖，眼前白色模糊一片。當我的身體不停抖動，他就更用力緊抱住我的腰。結實的手臂強壓著我的下腹部，我也不自覺地把屁股不斷地往後磨蹭。我很想把他頂在我尾椎骨上的肉棒放進身體裡。白榮燦手的動作依舊熟練。就算不包覆住我的肉棒，只是用指尖輕輕滑過，也讓我爽到不行。不知道是不是像白榮燦說的，都是因為手銬的關係。

「等等、等、等一下、啊、唔嗯、啊嗯。」

雖然我一直發出連自己都覺得丟臉的呻吟，但是我停不下來。連呼吸都很困難。正當我很有感覺的時候，白榮燦的手突然停了下來。偏偏還在我要射精之前。

「唔呃、啊嗯……」

他的手已經停下來了，但身體的快感卻不知羞恥地持續湧上來。手拿開後想射精的感覺應該就會降低，但為什麼反而一直湧上來呢？

「忍住。」

白榮燦再次在我耳邊細語。他的聲音比剛剛更有壓迫感。雖然我這次是認真、真心想要忍住，但身體卻不受控地越來越燙。我拚命地緊咬住牙根。雖然眼睛緊閉，但這樣反而讓身體的感覺都集中到肉棒上，反而只是變得更加敏感而已。

白榮燦的手慢慢往我的上半身移動，另一隻手抓住手銬中間連接的鏈條。往我上半身伸上來的手指，輕輕捏著我的乳頭。

「唔嗯！」

我屏住呼吸、頭往後仰，但是這樣也沒用。都沒有被手碰到的下體又開始不斷流出精液了。我感覺到肉棒已經溼透了。

「啊……！唔唔唔、嗯！」

「為什麼今天這麼不能忍呢？嗯？」

白榮燦的手輕輕滑過我的性器。那不經意的動作，似乎只是要擦掉我流出來的精液，但我的身體又有了反應。

「你看看。」

白榮燦拿起被精液弄溼的手指給我看，像是在自言自語一樣低聲說著。聲音比平常還要低沉許多。看到他被我的精液弄溼的手指，我又再度感到很羞恥。但被他的手弄到射精也不是一兩天的事情了，真的是因為手銬的關係嗎？

「我叫你、快、點、把這個……解……開。」

好勝心讓我咬牙切齒地說著。我聽到白榮燦在我耳邊輕笑的聲音。他跟平常不一樣，是冷冷的笑聲。這傢伙有這樣子笑過嗎？雖然很陌生，但感覺卻異常地好。

他要我趴著，交換條件是可以幫我解開手銬。我把屁股一抬起來，就感覺到我的洞被扒開來，感覺很羞恥。接著白榮燦在床底下翻找著東西。我的臉在床單上磨蹭，好不容易才轉頭回去看。那小子把我剛剛踢到床下的箱子拿了起來。

「你在幹嘛……」

「玩玩。」

玩玩？但是那小子的聲音卻一點也不像玩玩。我用被手銬限制而行動不便的手，硬是抓住平衡撐起自己的身體，但因為連續射精，讓我的雙腳都沒了力氣。他的手上拿了一個像是繩子上串了珠子的東西。白榮燦將做愛用的潤滑劑擠了一堆在手上，然後從珠子中最小的開始依序塗抹。我這時才明白，那個並不是項圈，是買來要放在我身體裡面的東西。

白榮燦用了一個不像他會做的嚴肅表情，然後把他的身體交疊在我身上。我的雙腿間感覺到他勃起肉棒厚實的觸感。

「如果不喜歡，我就不弄了。」

他親了我的臉頰後這麼說。我屏住了呼吸，然後才拿出勇氣開口說。

「……不……」

為什麼要講出這句話會這麼害羞呢？

「……不會不喜歡。」

我一回答完，白榮燦就挺起身子。我還以為他會笑出來，但他還是一樣表情嚴肅。那一刻我突然意識到，我很少看過面無表情的白榮燦。而我也順便發現到，面無表情的白榮燦真的是性感極了。

我身體趴著，他從後面把我的雙腳掰開。被掰開的臀瓣之間能感受到堅硬又溼潤的觸感。我屏住呼吸。

「你要放鬆啊。」

「嗯……」

我也知道要放鬆，但不熟悉的觸感讓我身體變得僵硬。我感覺到又圓又滑的珠子用力頂在洞口。

我因為緊張沒辦法順利放鬆，白榮燦就用手輕輕滑過我的背脊。滑過脊椎的動作讓我抖了一下，屁股也不自覺地稍微抬起來。同時，我也感覺到有什麼東西一下子進到我身體裡面。

「啊……！」

好微妙的感覺。雖然腦海中知道那只是個塑膠球，但比起這個，就這樣對著白榮燦露出後面感覺更羞恥、更興奮。緊接著，更強烈的壓迫感用力擠壓著我的後孔。看來是比剛剛還要大的珠子。

「放鬆。」

這次他的語氣不像是勸說，更像是命令。這種陌生的語氣，讓我打了寒顫。我變得非常敏感，敏感到光是他的手指觸碰到我的屁股，都會不停顫抖。

「還不放鬆嗎？」

「等一……」

……下，在我說完前突然又有一顆進去了。

「唔呃！」

不知道是不是我的洞沒有放進過異物，要不然就是因為他的技術影響，放進我身體的塑膠球讓我現在變得非常興奮。這種感覺好陌生。白榮燦撐開我已經放進兩顆球的洞。這個動作似乎讓已經進去的球恣意地撞擊在一起。我感覺到他的目光看著我的洞。我的臉貼在床單上。

雖然說不出口，但其實我希望他能把剩下的珠子，全部放進去裡面。這是第一次有這種感受。我現在就像被他打屁股那天一樣興奮，但我不能表現出來，只能不斷呻吟。

白榮燦的身體交疊到我的背上。他一隻手摸到我的乳頭揉捏著。他用大拇指和食指的手捏住輕輕搓揉的動作非常熟練。

「唔嗯、啊。」

另一隻手抓住露在外面的球移動著。第三顆球好像馬上就要進到我洞裡一樣，緊緊地擠壓住我的洞口。

「停、下來……會裂開……」

我聽到白榮燦噗哧的笑聲。勉強撐住的大腿不停地顫抖。他勃起的肉棒一直觸碰到我的身體。

「我的肉棒都已經放進去抽插過了，才這樣就會裂開嗎？」

低沉的笑聲又讓我的身體有了反應。我今天為什麼會這樣呢？最後白榮燦把第三顆球也推入我的身體裡。不知道是不是因為圓形的球一下子進到身體裡，頂到我身體內的敏感處，舒服到頭髮都要豎起來了。

「唔嗯、啊、停、停下來。」

「也對，你的洞那麼緊，才放三個就已經塞滿了。」

不知道他說的是不是真的，最後放進去的那顆珠子，一直想要擠出我的洞口。白榮燦一用大拇指緊緊壓住珠子，我就又感覺到珠子一下子就被塞進深處。同時又抵在我的敏感處。

「唔呃！」

他放在我胸口的手大力按著我的乳頭。同時，酥麻的快感從我的脊椎順流而下。

「呼哈……」

我吐出了本來憋住的氣。腦子幾乎呈現一陣迷茫。直到感覺到潮溼的觸感，我才意識到我又射精了。而且就算精液這樣子不停地流，身體反而更加發燙，我真的很不習慣這種事情。但我知道為什麼會這樣，因為只有那個塑膠球並不能滿足我。

我用大腿摸索他的肉棒並挑逗著。我的肉體磨蹭他熱燙的肉棒。我被汗水和精液弄得溼透的身體，光是他的肉棒掃過，都讓我感到急迫。

「怎麼了？要我插你嗎？」

說出口的話很輕佻，但講話語氣卻很冷漠。

「求我插你。」

我突然感到生氣。我正打算回過頭罵他「不要什麼事情都要指使我」但一看到他僵著臉，我內心某處突然感到一陣寒意。面無表情的白縈燦比平常還要性感數十倍。

「……求你……我。」

我很勉強地擠出點聲音。我因為覺得羞恥而眼睛緊閉。白縈燦又開始隨意玩弄塞在我後面的球，發出了「喀啦、喀啦」的聲音。塑膠球緊緊擠壓著我裡面的肉。這個時候我的陰莖竟然又準備要射精了。

「大聲一點。」

身體就這樣越來越燙，而我也更想要他的肉棒；我也依舊感到羞恥，但這種羞恥的感覺卻讓我更加興奮，這樣的狀況對我來說好陌生。我先是緊閉著嘴，然後才開口說。

「求你……插我……」

我一說完就感覺到後面的珠子被一下子抽了出來。我的背彎了起來。一顆一顆依序從我身體抽出來的時候，都刺激到讓我彎起了背脊。

「唔唔……！」

白縈燦堵住我的嘴，我也不自覺地吸吮起他放在我嘴裡的手指。比起說是要誘惑他，更是因為身體發燙才會不自覺這樣動作。但是，這樣好像反而刺激到白榮燦了。

白榮燦一插入後就立刻開始擺動起他的腰。每一次「啪啪啪」的撞擊都晃動著我全身。床一直發出「碰碰碰」的聲音。抽插一陣子後，他突然把肉棒抽了出來。

「唔……？」

我抬起空虛的屁股向後看。我的手腳都在顫抖。白榮燦拉起我手銬的鍊子，把我扶起來。我上半身無力，就這樣被他拉了過去。

「會痛嗎？」

他問完後我搖了搖頭。是我沒有先好好確認他說的是哪裡痛，這樣輕易地回答他是我不對。他把手銬的鍊子緊緊貼在牆上。因為他比我高，所以我幾乎是被他拉起來貼在牆壁上。

白榮燦從我後面快速地向上頂著他的腰。他每一次的抽插，都讓我已經被撐開的洞緊縮起來。雖然想用手把他身體推開，但因為被手銬銬住，又被緊壓住，根本沒辦法做到。我回頭看了一下。本來想問他能不能幫我解開手銬，但是一看到他的眼神，我嘴巴就又閉了起來。雖然白榮燦本來就已經是個瘋子了，但今天似乎更加瘋狂。

他每一次從後面插入時，都會用力拉扯手銬。雖然不會痛，但是不能隨意操控自己的手，反而讓興奮的感覺更加強烈。我的洞每被插入一次，都感覺到一次高潮。

「我、不、不要、唔、唔唔、嗚嗯。」

我幾乎是邊哭邊哀求，但是白榮燦沒有任何回答。不知道經過了多久，正當我覺得會不會就這樣昏厥過去時，他的動作突然停了下來。同時，我也感覺我肚子內被灌滿了什麼東西。是白榮燦的精液。

「唔、唔嗯、啊……」

光是被無套內射就讓我舒服到頭皮發麻。我感覺內壁黏膜被他的精液弄到溼透後，就也一起射精了。

感覺有股溫熱的東西從雙腿流了下去。這種觸感跟潤滑液不一樣。我勉強睜開眼睛往下看，看到白色液體順著我站不穩的大腿上流下去。是白榮燦射在我體內的精液流了出來。

「夾緊。」

他在我背後命令我，接著把手往前伸，把我的下巴抬起來。

「唔……」

「還不夾緊一點？要讓它一直流出來嗎？」

聽到他帶有威脅的聲音，我也不自覺地夾緊。現在這樣要怎麼夾更緊啊。雖然我覺得很委屈，但我連說話的力氣都沒有。可是命令就是命令，所以我還是很努力地把下面夾緊，白榮燦的肉棒一下子從我後面拔了出來。

「唔呃！」

緊緊夾住的內壁，被他堅硬的肉棒滑過去的觸感，讓我全身毛髮豎起。我連喘息的機會都沒有，白榮燦就把手銬的鍊子掛在牆上的裝飾吊環上，並把我的腰放下來。我的屁股抬起、背部內凹，很不舒服地被掛在牆上。這種時候我還是能感覺到那小子的精液一點一點地流出來。

我偷偷往後看。白榮燦拿著剛剛塞進我身體裡的珠子站著。我現在神智不清，很希望是我看錯了。難道他想要把那個東西再塞進來？

「你……要幹嘛……」

「因為你沒辦法好好夾緊，所以要把它塞住啊。不是嗎？」

「唔呃……！」

在他話說完之前，我就感覺到我後面的擠壓感。就像他說的，我的洞被珠子塞住了。射滿體內的精液跟沾在珠子上潤滑液的觸感非常溼滑。我的內壁可以明顯感受到那小子把珠子一顆一顆塞進去的潤滑感。我也感受到射在裡面的精液一點一點漏出來。

「啊、呃、呃嗯、住、手。」

「你前後都在流呢，有這麼爽嗎？」

白榮燦一邊低沉地笑一邊說。這時我才意識到我又射精了。他用大拇指按壓我的背脊。雖然是個單純的動作，但我還是感受到了壓迫感。

「榮、榮燦、停、手……」

「停手？」

「嗯、嗯嗯、我、不喜歡、珠、子……」

「比較喜歡我的肉棒嗎？」

「唔、嗯……」

我討厭他這樣明知故問，所以含糊回答。

「那我再操你，說點好聽的話。」

他又在說什麼鬼話，我再次回頭看。白榮燦的表情沒有任何狡猾的嘻笑，面無表情直直盯著我看的樣子，讓我又打了一個寒顫。我緊緊閉上眼睛後再睜開。我跟性感如夢的愛人對看，好不容易擠出了一點聲音。

「……我不要珠子，請你……」

哎呀，我不管了。

「請你……操我……」

那一瞬間，白榮燦的眼睛裡像是閃過了什麼東西，雖然我意識到自己做錯事情了，但也已經來不及了。珠子被抽出，已經被撐開的洞在要合起來之前，巨大的肉棒就這樣插了進來。

我不知道射了幾次。一直到了流瀉出無數次的水之後，白榮燦才放過我。我被汗水浸溼，幾乎呈現昏迷狀態地躺在床上。他「啾、啾」親吻的動作溫柔又甜蜜。這跟剛剛野蠻猛撞的白榮燦完全是不同的人。原本眼神銳利、面無表情的臉，又再次變得溫柔。

「賢秀，很累嗎？」

「呼哈……我不知道……把這個解開……」

他一臉單純，像是什麼事情都沒有發生過一樣地問，讓我也不忍心對他發火，就只是把手銬伸了出去。

「好，我現在幫你解開。」

我本來想看奸詐的白榮燦把鑰匙藏在哪裡，但是白榮燦沒有去找鑰匙，而是輕輕抬起我一邊手腕。接著，他用兩隻手按下手銬內側的某個地方，手銬竟然就這樣解開了。

「……什麼，就這樣？」

荒唐到我眼淚都要流出來了。

「本來就沒有鑰匙的嗎？」

「嗯，但是這個也絕對沒辦法自己解開。」

我太生氣了，最後用盡全力狠狠地打了那小子。就算我用拳頭狠狠地揍白榮燦，但他不知道在開心什麼，一直咯咯笑著。

「我都快要累死了……！」

「嗯，抱歉、抱歉。」

是啊，就因為那小子親了幾下就消氣的我，真的是個笨蛋。就算這樣，為了不馬上被他看穿，我緊閉著嘴巴，但是他馬上就猛親我臉頰，最後還是敗給了他。

FUCK-PECT BUDDY

05

【All About Play】
【挑個打破無趣生活的玩具——眼罩與鏡子】

HYUNSOO～^^
................/////
LOVE U
I LOVE YOU, TOO
LOADING...

BAEK YOUNGCHAN × SEO HYUNSOO

輕艇約會很成功。雖然身體很累，但是開心到讓人很滿足。而讓人覺得鬱悶的是，我的手跟大腿肌肉已經僵硬，白榮燦卻一點也沒事。

這次按照白榮燦要求的，來了一場活動身體的約會，但下一次就換我了。下禮拜週末，我們要一起去看我已經期待好幾週的文物展。

我在展覽會場跟他說明了幾項文物，白榮燦非常震驚，一直誇張地說「你怎麼全部都知道」、「我的小貓咪是天才」。雖然這些全部都是學生時期時，在歷史課上學到的，或是在書上看到的，但是聽到這些吹捧的話感覺也還不錯。「這是什麼」、「那是什麼」白榮燦一直問，我也一一跟他說明。白榮燦一邊點頭一邊認真聽我講解。逛完整個展覽館時，喉嚨都快要痛起來了。真的很奇妙。跟他在一起之前，我常常一個人逛展覽，而在展覽裡對著別人導覽這件事，對我來說是非常陌生的經驗。

我們在博物館附近看著湖水吃飯。秋天的湖水很漂亮。水面上的陽光就像是金粉一樣反射。

「我小時候啊。」

吃飯吃到一半，我看著窗外開啟了話題。

「我小時候……很討厭湖。」

「為什麼？」

「沒辦法跟其他水混在一起，而且味道又難聞。」

看到一灘死水，就好像看到跟別人不一樣的我，總是自己一個人緩緩地腐敗。我沒有說出這句話。白榮燦看了看外面的湖，然後又看著我。

「但這個湖好像不會？」

「這種地方就是有做好管理維護才能這樣的。」

我覺得我好像說了沒必要的話，所以又繼續動起了筷子跟湯匙。

「看來以後回鄉種田，一定要先確認附近有沒有湖水。」

白榮燦的語氣有點認真地說。我噗哧笑了出來。我很喜歡他這一點。喜歡那個不會硬是對我說的事情追根究柢的白榮燦；就算如此，也會認真傾聽我說的話的白榮燦。

回到家，白榮燦在打掃而我在看雜誌。閱讀新發行的流行雜誌是編輯設計師的使命之一。只要是在休閒之都工作的員工，不管是誰都是如此。

我看到了一幅畫報。是女模特兒戴著蕾絲眼罩，翹著腿坐在椅子上的畫報，這張畫報在這麼多照片裡面最為顯眼。雖然是經典的高跟鞋單品，但經典就是意謂著能被普羅大眾所接受。

模特兒戴的蕾絲眼罩格外吸引我。黑色蕾絲眼罩要是沒弄好，看起來就會很廉價，但是這個剪裁看起來非常優雅又性感。不知道為什麼覺得嘴巴變得有點乾燥，然後我就乾嚥了一口口水。

「你在看什麼？有好玩的嗎？」

「……沒什麼。」

我隨便回答他後就把雜誌闔上。白榮燦的視線看向雜誌。為了轉移他的視線，我從床上爬起來，靠近拿著拖把的他，然後把手環繞在他脖子上。給了他深深的一吻。

不知道是不是因為上次看展還算有趣，白榮燦似乎完全喜歡上看展覽了。在公司工作的時候，他也會搜尋哪裡有展覽的資訊，然後傳給我。

我的小貓咪應該會喜歡這個，呵呵 www.ooooooo.com/polarbear_event

這次是傳了什麼啊，我點開訊息裡的網址，打開竟然是一個賣娃娃的商場。是匯集了各種北極熊娃娃的活動頁面。白榮燦把我說的每一句話都記下來了。一直記得我說過我喜歡北極熊，然後不斷關注。我噗哧笑了出來，然後把游標移到輸入訊息的欄位。

其實我對北極熊沒興趣。我喜歡的是像熊的人啊。

我連發了兩則訊息，他就立刻回傳好多個熊的貼圖，似乎早已經準備好了。有唱歌的熊、在笑的熊、蹦蹦跳跳的熊，這些到底都是去哪裡找來的？

糾正一下，你要說喜歡的是像熊的白榮燦。

我不得不承認在一連串貼圖洗禮後接著傳來的這個訊息。為了不要被人發現我的臉色變紅，我假裝摸摸耳朵，然後把身體靠在椅子上。

＊＊＊

幾天後，白榮燦臨時到外地出差。他一直嘟囔說不想去，為了他，我答應他這週週末就兩個人去看表演，然後順便在附近吃點好吃的東西。

在安撫他的時候還沒有感覺，但真的到了晚上自己一個人睡的時候，我就感覺到整張床空蕩蕩的。我在床上滾來滾去，然後輕輕抱住白榮燦的枕頭。他的枕頭跟我的枕頭散發出不一樣的味道，感覺很奇妙。就算用了一樣的柔軟精、一樣的枕頭套，但我們兩個人的味道非常不一樣。

……好香的味道。

我把枕頭緊緊抱在懷裡、身體蜷縮。

仔細想想，我們的睡覺習慣、睡覺模式都不一樣。就算這樣，我們還是在同一張床上一起生活了一年了。這件事情真的很讓人意外。

跟白榮燦一起生活後，我多了一些習慣。其中一個就是，如果睡到一半看到他的肩膀出現在我面前，我就會抱住他。雖然抱在懷中的枕頭比白榮燦柔軟、嬌小，但是有著他的味道。

我抱著枕頭磨蹭。明明跟他分開沒多久，我已經開始想他了。而且，這次出差還是三天兩夜。

我突然想到，他也跟我一樣，已經這麼習慣對方了嗎？

我從來沒有對任何一個人表現出自己的樣貌這麼久。我習慣的不是物品、生活習慣、房子而是一個人，這樣子是沒問題的嗎？

我沒有去找尋這個渺茫的答案，而是更加緊緊抱住他的枕頭。

這次三天兩夜的出差期間，我們總共打了七通視訊電話和十一通語音電話。白榮燦說買了要送我的禮物，但是始終沒有告訴我是什麼。我在視訊通話的時候才第一次知道，手機相機的模式可以調整。

但是讓人難過的是，他一回來就被企畫B組的組長抓去公司聚餐。白榮燦用快死掉的聲音說他很累，但是企畫B組組長還是一直糾纏著他到進電梯，他說：「因為這次的工作你幫了我大忙，一定要請你吃晚餐。」電梯下樓的途中，他一直用充滿歉意的眼神看著我，但我假裝不知道，直到我發動車子後才傳了訊息跟他說「沒關係，回家見」。

回到家後煮了飯。我用培根、雞蛋和麵包，想要做榮燦早上可以方便拿著吃的食物。在我做到一半的時候收到了訊息。我把材料放到火上後，就去洗個手確認訊息。

幫我收一下包裹~我馬上回去^^想你喔

後面接著一個小熊的貼圖。在我腦海裡，白榮燦的臉就這樣與那做著飛吻動作的小熊重疊了。

我去包裹取物櫃拿了一個箱子回來後，接著繼續完成料理後也一併收拾整理。我聽著音樂看著書。本來在想要不要喝罐啤酒，突然就看到放在桌子上的包裹。如果隨便拆開對方包裹實在很沒禮貌，我只看了一下是哪邊寄來的，但是上面只寫了一個我不知道的店名。突然有一股不安感襲來。

該不會又訂購了什麼奇怪的玩具吧。應該不是。自從白榮燦把那該死的珠子塞到我身體裡那天之後，他就沒有再打開那個玩具箱子了。我也不知道原因，說不定是因為膩了。

洗完澡出來後收到白榮燦的訊息。訊息內容是說可能會比想像的還要晚回家，要我先睡覺。如果我真的就這樣睡了，他又會很失望，何必說出違背內心想法的話呢。我只打開閱讀燈，看著雜誌。但我要在他回來之前都醒著的決心並沒有維持多久，因為過沒多久我就這樣睡著了。

一隻撫摸我頭髮的手讓我睜開了眼睛。在微弱的閱讀燈下，我第一眼看到的是白榮燦的臉。整齊的油頭、挺直的下巴、輪廓分明的眼睛。

「吵醒你了？抱歉。」

「……沒有，沒事。出差順利嗎？」

「嗯。」

我的臉在他的黑色大衣上磨蹭。粗糙的大衣上有外面的味道。雖然他說過因為別人會害怕，所以他都不穿黑色的衣服，但是在我看來，黑色就是白榮燦的顏色。我睜開睡眼惺忪的眼睛抬頭看他。黑色大衣加上黑色外套，甚至是黑色背心，穿著這樣三件套西裝的白榮燦，老實說，非常老實地說，那樣子就像夢裡才會出現的一樣帥氣。我用睡眼惺忪的眼睛呆呆地欣賞著他，他見狀也露出了微笑。

「……對了，包裹是什麼東西？」

「啊，那是要給你的禮物。」

白榮燦小心翼翼地讓我的上半身平躺在床上，然後打開放在桌上的箱子。他也拆開了裡頭的包裝，當我一看到那東西，馬上就清醒過來。是一團手掌大小的蕾絲。我起身坐直。

「……那個不是眼罩嗎？」

還是我不久前在雜誌裡看到的眼罩。

「沒錯。這個好像很適合你。」

雖然白榮燦一副沒什麼的語氣說話，但我的臉已經紅到我可以感受出溫度的差異。這有可能是巧合嗎？還是當時在打掃的白榮燦，已經從我的表情、視線中看出來了？不管怎樣都讓人覺得害羞。

「如果可以，要不要戴戴看？」

他詢問的語氣非常慎重，一點都沒有嬉鬧，實在很不像他。如果他開玩笑地問，那我會拒絕他說「我絕對不會戴那種東西」但是看到他那麼認真的表情，我的心也被動搖了。

「……反正是蕾絲，好像還可以看得見東西。給我吧。」

我乾咳了一下後，正打算要接過來，但白榮燦手卻稍微地往後縮。

「我來幫你戴。」

誰戴都沒關係吧……我靜靜地放下手，白榮燦食指往下，做出要我轉身的手勢。我坐在床上，背對著他。我感覺到他向我的背後靠近，接著眼前便被黑色蕾絲遮蓋了。跟想像的不同，我幾乎看不到前面。雖然也有可能是因為房間昏暗的關係。

兩條繩子綁在我的後腦杓。他撥開我的頭髮、打上結的動作非常順手。有時候他在這些意想不到的事情上面做得如此順手，都會讓我有種微妙的感覺。我無法理解這是什麼樣的心情。是因為我不想承認，明明我跟他同年——當然，他比我還要早了九個月出生——但是感覺卻比我老練的關係嗎？不過，這也不是不開心或是鬱悶的感覺。

「轉過來。」

他用低沉的聲音命令我。我戴著眼罩，轉身回去面向他。不知道是不是因為只有開檯燈，蕾絲以外的世界非常黑暗。我從有如黑色網子紋路的縫隙中間，隱隱約約看到白榮燦的樣子。

「果然很適合。」

講話的語氣也不是在開玩笑。聽到他說很適合，讓我都好奇我的樣子了。因為白榮燦的眼光好到常會讓我非常震驚。

他的上半身向我靠近。在模糊的視野中似乎還能看到他又長又濃密的睫毛，接著他親吻我。本來只是發出「啾啾」聲的輕吻，漸漸越來越濃烈。

感覺很奇怪。因為戴著眼罩，看不清楚前面，但是同時感受到粗糙的蕾絲觸感，還有他柔軟雙唇的觸感，讓我的身體開始微微地發熱。這麼一想……我們已經好幾天沒做愛。因為他去出差了。

「呼哈……」

嘴巴一分開，他就發出小小的呻吟聲。接著我看到他鮮明的兩顆眼珠。就算被眼罩遮住，還是能看到他善良的眼神。他緊緊抱住我。

「回去睡吧，我去洗澡。」

用力抱緊我的手鬆開了，在他挺起他的上半身之前，我抓住了他的大衣衣襬。

「……我……好像會睡不著。」

白榮燦因為被我抓住，動作突然停了下來，接著又再次彎下腰，親了我的臉頰。我感覺到他的呼吸氣息從眼罩上方掠過。

「那我去洗個手就好。」

「嗯……」

白榮燦一下子就洗完手回來，他坐在床下，開始把我的衣服一件件脫掉。伸進襯衫裡的手又溼又冰涼，讓我的身體縮了一下。褲子和內褲都被脫掉之後，他不知道何時恢復到原本溫度的手，鑽進了我的雙腿之間。粗大的大拇指一次就找到我的洞。當他一用力按壓時，心理上的快感就先掃過腦海。這隻手指頭馬上就會鑽進孔內的期待感，已經讓我開始興奮。

雖然戴著眼罩閉上雙眼，但是我依舊能明顯感覺到白縈燦上下掃視我的身體。有種我被窺探光的感覺。

「是不是太久沒做，馬上就站起來了呢。」

他輕輕逗弄我的性器。

「啊嗯……」

他沒有上下來回刺激，光是指尖一碰就讓我感到酥麻。這都是因為累積好幾天的關係。早知道找他來個電愛……不對，我在想什麼。

他沒有撫摸我的性器，而是用手擴張我的後面。當我下半身感到酥麻融化時，褲子的拉鍊就被拉了下來。我都已經被全身脫個精光，但他只是脫掉了大衣，三件式西裝依舊穿得好好的，這讓我有點鬱悶。當我聽到喀噠的聲音後，也感覺到撫摸我後面的手指上潤滑液的觸感。噗滋噗滋的聲音和溼滑的觸感，強烈刺激著我的五官感受。

白縈燦把我移動到床下，讓我坐在他雙膝中間，然後把他的拉鍊拉下來。從黑色蕾絲縫隙隱隱約約看到了肉棒。我知道他想要做什麼。我把臉往前伸，用嘴巴含住他。

不知道是不是因為戴著眼罩，感覺非常的奇怪。白縈燦放進我嘴裡的巨大肉棒，觸感也很陌生。不知道是不是因為受心情影響，他那邊似乎比平常還要更大……

「我不在的時候，你有自己來嗎？」

但因為嘴裡含著肉棒，沒辦法回答。白縈燦輕輕撫摸我的頭髮，突然把手往下伸抓住我的屁股，似乎是想要確認。因為突然往下的動作，他的肉棒刮過我的上顎，鑽到靠近小舌的位置。我忍住沒有咳嗽。

「這裡除了我的肉棒，不准放別的東西進去。」

白榮燦低沉的聲音打中了我。本來想要跟他辯解，我自己的洞要怎麼用跟你有什麼關係，不對，從一開始裡面就沒有要放什麼東西，但他的手撫摸著我的後腦杓，像是在輕輕搔癢一樣。雖然他沒有抓著我的頭硬壓，但還是感覺莫名的壓迫。我的頭上下移動，認真地吸吮他的肉棒。舌頭感受到肉棒上的凹凸紋路，甚至能感受渾圓的龜頭和起伏的血管。雖然我的喉嚨發出難聽的作嘔聲，但我就像是在吃一個非吃不可的東西，不斷地又含又吸他。

一直到我的下巴快要麻掉，他才把我的臉抬起來。因為剛才的努力，眼罩下方流下了一道淚水。白榮燦用手幫我擦掉眼淚。襯衫袖釦在昏暗的光線下還是發出微微的光芒。而且儘管如此，他的袖口還是一點皺褶都沒有，非常乾淨整齊。

「為什麼哭了，這樣讓人受不了。」

「啊，我沒有哭。是因為喉嚨被頂住……」

白榮燦向我親了過來，讓我沒辦法接著把話說完。怎麼會有這種瘋子。突如其來的吻，讓我身體忍不住往後退。雖然想要脫掉他的衣服，但我的手不聽使喚。過了一下子他才把臉移開。眼罩另一側的白榮燦，眼神看起來很明亮，不對，是發出微弱的光芒。我的腳隨後便被掰開。

「就算這樣還是忍著啊。」

不知道為什麼，這一句話平凡無奇的話語，卻讓我有種酥麻舒服的感覺。他一瞬間就把保險套套上了肉棒。莖身一碰到我的下體，讓我反射性地急吸了一口氣。他塗抹在我體內的潤滑劑非常溼滑。我已經做好準備，面對即將要進來的壓迫感，但他拉起我的手腕，讓我坐到他的腿上。

「你來動，今天如果是我動，你會受傷。」

帶有分量又銳利的說話聲。我騎到他身上，用手摸索並抓住他的肉棒，然後對準我的後孔。

「呼……」

我把肉棒慢慢地、小心翼翼地放進已經被撐開的洞裡，慢慢坐到他身上。連摩擦著大腿的西裝褲觸感都刺激著我。大約放進去一半的時候，我就開始擺動身體。兩手撐在白榮燦的下腹。雖然他穿著襯衫還加上背心，但還是可以感覺到他結實的腹肌。

「賢秀，可以再動快一點嗎？」

「嗯……」

光是放進去就已經很難了，竟然還說要快一點。我漸漸開始覺得眼罩很礙眼。沒辦法看清楚躺在我下面的白榮燦表情，讓我覺得很煩悶。正打算要把它脫掉，白榮燦卻抓住我的手腕。

「再一下，好嗎？你太適合這個眼罩了。」

白榮燦用比平常更快的速度、帶有點沙啞的聲音說。我放棄脫掉眼罩，然後再次擺動腰。我能清楚感受到潤滑劑溼滑的觸感，但好像覺得還不夠。比他動的時候感覺還要不舒服。就算我一邊回想著被白榮燦抽插的感覺一邊認真地擺動，卻還是比他主動擺動腰身時還要遠遠沒有快感。

不知道白榮燦是不是感受到我的不滿足，他開始輕輕地由下往上頂。就算他只是輕輕擺動著腰，快感卻突然增加。

「唔嗯、唔、嗯！」

含糊不清的呻吟聲中帶有鼻音。肉體撞擊的聲音中，夾雜著潤滑劑溼黏的聲音。白榮燦突然挺起上半身，一下子把我抱起來。我嚇了一跳，手緊緊環抱他的脖子。

他把我抱著走向廚房。出完差回來還去了公司聚餐，應該會很累才對，但他力氣真的很大。站在鏡子前面的他坐到餐桌椅子上，接著讓我坐在他前面。我們就這樣親吻了一下。我的嘴唇被吻破了，有點刺痛。

「轉過去。」

是要從後面進來嗎？如果坐著從後面進來，會進去得太深……我不喜歡……他把我的身體轉過去，然後掰開我的雙腳。我原本想要坐回他的大腿上，卻愣了一下。我一時忘記餐桌對面有一個全身鏡。

透過蕾絲，我隱隱約約看到自己戴著眼罩騎在他身上的樣子。白榮燦用一隻手摟住我的腰往後拖拉。他的龜頭頂端碰到我的尾椎骨。我已經撐開的洞被突然插入的異物感嚇了一跳，上身忍不住往前傾倒，差點就要摔下去。他的手緊緊抓住我的胸口。

「還好嗎？」

「嗯……唔嗯！」

在我回答完之前，插進我後面的肉棒開始抽動。白榮燦比平時更像頭野獸。從我們緊貼的肌膚，我可以明顯感覺到他現在有多麼地興奮。還有從他由下往上頂的動作、把我上半身緊抱到快碎裂的手臂、在我耳邊激烈的喘息聲，這些都比平常還要猛烈好幾倍。看來這幾天他累積了不少。

他半彎著身體、踮著腳尖坐著，我被他這樣抽插到一半，突然身體被抬起騰空。他把雙手放到我的膝蓋下方，然後恣意地抬起我的身體又放下來，一邊變換角度一邊猛烈撞擊。

我戴著眼罩，視線四處游移。鏡子就在我前面，讓我不知道該把眼睛放到哪裡。雖然被蕾絲遮住視線模糊，但是我也很難就這樣看著我們兩個人做愛的樣子。

不知道是不是發現我視線不知道該往哪裡擺，白榮燦抓住我的下巴，硬是讓我看著鏡子。這時我才意識到，這傢伙是故意帶我到鏡子前面。我眼睛緊閉、搖搖頭。

「怎麼了？不喜歡嗎？」

如果我說不喜歡，這傢伙就會更加欺負我，所以我沒有回答，只是把嘴巴緊緊閉上。這時他的肉棒還在不斷「啪啪啪」從下往上抽插。

白榮燦突然從椅子上站起來，依舊抱著我。我就這樣被他插著，然後像是貨物一樣被抬到半空中，接著走到鏡子前面把我放了下來。

白榮燦依舊穿著西裝。像他這樣子操我，應該也會變得狼狽才對，但不管是他向後梳的頭髮，還是他的黑色西裝，都還是非常整齊，沒有任何一點皺褶。我的一隻腿被他的手抬起，全身赤裸只戴著蕾絲眼罩，然後彆扭地站在他前面。

他把我的一隻腿抬在半空中，然後再次開始抽動。從鏡子上可以清楚看到，被掰開的腿中間他不斷進出的肉棒。我因為他每一次的抽動而興奮的樣子看起來很陌生。

「賢秀。」

我眼睛緊閉。白榮燦輕輕含住我的耳朵後放開。

「你有感覺的樣子看起來很迷人，為什麼不喜歡看？」

哪裡迷人，丟臉到我都想死了。在這種情況，我的洞為了繼續享受這個快感而緊緊吸住白榮燦的肉棒。

「賢秀。」

他又再次叫了我的名字，一隻手朝我的臉伸過來。他把眼罩的右邊稍微拉了下來。一直很狹小的視野也跟著被打開了一半。他從我臉上放下來的手輕輕摸了我的肚子。

「你……知道嗎？」

白榮燦輕輕按壓我肚臍下方和下腹部中間的位置。

「每次我操你的時候，我的那裡會從你的肚子上凸出來。」

他接著說的話讓人覺得可笑。

「你在說……唔……什麼鬼話……！」

說話要合理啊。我的眼睛還是看向了鏡子。白榮燦把我的右手放到肚子上，然後他放慢速度，把肉棒一下一下慢慢地、深深地插進來。沒想到，我好像真的感受到了起伏。也許是我腦袋有問題。

「賢秀，你太迷人了。」

突如其來的稱讚讓我的臉漲熱。都是因為他，我看到自己在鏡子裡興奮的樣子。在這種情況還能說出這樣的話嗎？但是，他說的似乎不是表面話，讓我更不知道該說什麼了。

「好迷人。」

甚至還「啾」一聲親了我的後腦杓。

仔細想想，白榮燦不管什麼時候都很真誠。雖然有時候也有會用開玩笑武裝自己，但是對我做的任何身體動作跟告白都是真的。

高潮湧了上來。本來在想要不要乾脆閉起眼睛，不過最後還是放棄了。我就這樣低頭看了自己噴在鏡子上的精液。就這樣面對著自己渙散、皺起的表情。就在我看著被白榮燦弄壞的徐賢秀時，注意力移到了站在身後的他。

看到依舊保持完好的白榮燦，心裡的確是有點鬱悶，但他在這之間表情也改變很多。他緊咬成一字型的嘴，好像是在生氣；微微皺起的眉頭，看起來很嚴肅；銳利的眼光，看起來就像是頭野獸。甚至還看到他額頭上突出的血管。

我跟他透過鏡子對看，他的眼神裡似乎在冒火。我沒有避開，就這樣跟他對看，接著我又再一次高潮了。同時，我也感覺到他射精了。

白榮燦透過鏡子一邊看著我一邊輕咬我的肩膀。就算他看起來有控制力道，但不知道是不是因為敏感，我的背脊痛到毛髮豎起。

我撐住鏡子、大口呼吸。本來咬住我肩膀的嘴，輕輕親吻了我的脖子和背。我感覺到他的呼吸氣息散在我的肩膀上。包覆住我手臂的手掌也很溫熱。

他擁抱我一下後，小心翼翼地把肉棒抽了出來，接著抱住我的腰，坐回去餐桌椅上。我跨坐在他的大腿，茫然地看著他拿掉還沒軟掉的肉棒上的保險套。

當我稍微回過神後，突然覺得只有我被玩弄而感到鬱悶。我脫掉眼罩，丟向還穿著西裝的他的胸口。

「你也戴！」

「我也？」

「對！」

雖然很幼稚，但這也沒辦法。雖然老實說是很爽，但總是只有我在戴這種東西，讓我覺得很不公平。

「那好吧。」

沒想到白榮燦這麼爽快地回答。他的大手一直在翻弄著黑色蕾絲眼罩。白榮燦停下手的動作，突然看著我咧嘴笑。我感到很不安。這小子這樣子笑的時候，擺明就是要耍什麼小把戲。

果不其然，那小子沒有用那個漂亮的蕾絲眼罩遮住眼睛，而是稍微往下放。黑色蕾絲降落到粉紅色白榮燦的小弟弟上面。我無言以對。

「喂！誰叫你戴在那邊！」

「怎麼了，不行嗎？」

「不行。」

本來想把蕾絲搶過來，但它已經被白榮燦用手包覆在他粉紅色的小弟弟上了。白榮燦用一隻手擋在我的胸口，然後開始上下搓揉被眼罩包住的肉棒。

「呼哈……等一下……」

「神經病……！」

好不容易買了這個，竟然把它用在那邊。不對，不是這個問題。就算覺得白榮燦很荒唐，但是眼睛還是一直往下看著他的傲人肉棒。蕾絲上透出肉棒上凹凸的紋路。那小子漂亮的粉紅色跟黑色蕾絲很奇妙地非常相配。雖然覺得很悶，但是我眼前那個眉頭些微皺起的臉，真的是性感到不行。

「……如果你覺得這樣還不滿足……那我……」

「親我就好。」

他一說完話的同時嘴巴就靠了上來。舌頭交纏了一會兒。我感覺到白榮燦憋住呼吸。我也感覺到下面……套弄的手。

「你再做的話，就沒辦法上班了。」

我不得不同意當我們嘴巴一分開後他所說的話。沒錯，如果再這樣抽插，明天可能就要坐甜甜圈坐墊了。我跟白榮燦的鼻尖驚險地碰撞。視線再次往下移。剛剛遮住我眼睛的蕾絲眼罩，現在包覆著他的肉棒，給了我另一種的興奮感。嗯……這種道具偶而用一下還不錯……我輕輕抓住他的手背。指尖感受到他手背骨頭突起的觸感。

「呼哈……馬上就要射了。」

「要我用……嘴巴接嗎？」

是不是太超過了？我一說出口就後悔了。接著，白榮燦深吸了一口氣。

一看到他顫抖的肩膀、緊咬住雙唇，我就看得出來他要再次達到高潮了。我把視線些微往下移。黑色蕾絲上噴灑白色精液，那個景象非常……值得一看。

我托住他的臉輕輕一吻。要跟他說「以後偶爾也在我面前自己擼」嗎？不知道為什麼，白榮燦如果一聽到我這麼說，似乎就會興奮地說「要再擼一次給你看嗎？」然後來場精液淫身秀。沒錯，我決定在心裡面想想就好，然後就用手摟住他的脖子。

洗澡的時候，他不斷嘰嘰喳喳地說「出差的時候做了什麼、吃了什麼」。不管去哪裡回來，他一定都會詳細報告，這樣子的他讓人感到安心又可愛。

白榮燦讓我坐在馬桶蓋子上，連腳都幫我擦乾淨。雖然我是怕癢的人，不喜歡被這樣觸碰，但是實際讓他擦了之後，卻只覺得很舒服。

「咦，這是什麼的疤痕？」

他指著我腳趾下的小小疤痕。

「……小時候在湖邊傷到的。」

然後我接著說。

「我媽媽說我很煩人，所以我生氣跑走時傷到的。」

白榮燦輕輕摸著疤痕周圍，然後又重新用手揉捏我的腳背。

「是因為在湖邊傷到的，疤痕才長得像可愛的蝌蚪呢。」

他接著說出來的話讓我噗哧笑了出來。

如果這句話是別人說的，那我應該會大發雷霆問「是拿別人的不幸來開玩笑嗎」但是白榮燦說出口，卻不會讓我感覺很差。他連我的不幸都能化解開嗎？我甚至還想過，我這樣不是會把晦氣給了他嗎？

但我現在知道並不是這樣。他只是想要跟我一起順流而下而已。我們彼此的晦氣隨著歲月的流逝，漸漸被流水洗滌乾淨。因為你跟我都不是一灘死水。我們正往同一個方向流動著。

「你坐這裡，我也幫你洗腳。」

「喔耶，真的嗎？」

白榮燦大力扭動著他的屁股，很興奮地跟我交換位子。我把他巨大的腳放到我的膝蓋上。

「賢秀。」

「嗯？」

「要再多買一個眼罩嗎？一個給我的小貓咪用，一個給我的小弟弟用……」

「你真的是。」

因為太無言以對，我對著那小子的臉噴水。浴室裡充滿笑聲。

他伸出手把我拉過去，我也欣然地進到他的懷裡。

FUCK-PECT BUDDY

06

【戀愛法則（高中生AU）】

HYUNSOO～^^
................/////
LOVE U♡♡♡
I LOVE YOU,TOO
LOADING...

BAEK YOUNGCHAN X SEO HYUNSOO

「作業一定要做，然後要預習到兩百一十二頁。知道了嗎？」

下課鐘聲響，數學老師走出教室。我打開兩百一十二頁，本來想用原子筆標記下來，但是墨水出不來。我拚命地畫，最後還是放棄了，然後拿起了自動鉛筆。

「呼……」

我不自覺地嘆出一口氣。但不是因為作業的關係。

隨著冬天的接近，我也就陷入苦惱之中。那就是我必須找一個能替代自己家，能讓我消磨時間的地方。

當然回去家裡也沒什麼問題，只是如果媽媽跟她的另一半來家裡，我常常都會覺得待在家很不自在而不得不出門。天氣不冷的時候，還可以在家附近到處閒晃消磨時間，但冬天很難找到可以久待的地方。

不知道大家為什麼這麼興奮，下課時間一到，馬上就開始吵鬧嘻笑。我把練習用筆記本還有教科書整理好收進抽屜。我打開包包拉鍊，想要準備下一堂課的東西。

「徐賢秀。」

因為聽到有人叫我名字，我便轉頭回看。班長站在一旁。那小子巨大的體型擋住我臉上的光，這讓我感覺很不好，因此皺起了眉頭。

「要借你筆嗎？」

我沒有回答，而是直直盯著他的臉看。那傢伙的臉跟我不一樣，線條比較粗也比較爽朗。不知道是不是因為這個原因，他看起來比我還要成熟。

「你那支好像寫不出來。」

因為我沒有回答，那小子立刻用尷尬的語氣接著說。我再次彎下腰，從包包裡拿出書本和筆記本。

「不用了。」

我一回答完，本來照在臉上的影子就消失了。

「喂，白榮燦！看那傢伙，很搞笑。」

聽到有人叫班長的聲音，他立刻就往那個方向走去。不知道是在跳舞還是在運動，他抖動肩膀、扭動屁股的樣子很滑稽，但是我沒有笑。

準備好下一堂課的東西後，我打算去樓下的商店買筆，接著拿起了皮夾、從位子上站起來。我跟坐在同學之中的班長稍微對到眼。我先躲開了他的視線。

＊＊＊

班上的同學可以分成三類。受同學們歡迎的人、受老師喜歡的人、同時受到老師跟同學喜歡的人。我不在這三類裡面。在學期間，沒有做任何討人喜歡的事，也沒有結交朋友的才能。但是，我一直都不會覺得不自在。

「喂，你去哪裡了？」

我在三樓走廊上遇到了班長。他笑的樣子看起來很溫和。那傢伙是屬於第三類的人，也就是不會跟我有交集的意思。但是，為什麼常會遇到他呢？我把新買的筆偷偷藏在制服襯衫裡面。

也對，這小子都是這樣溫和地笑著靠近任何人。大部分的人都喜歡這小子溫和的笑容。特別是年紀大的人更吃這一套。但是，對我是沒有用的。

我敢打包票，班長一定討厭我。要不然，我已經找不到他每次這樣跟著我、一直來煩我的理由了。

「喂，要去在亨家玩 PS 嗎？」

就算我每次都拒絕那小子，他還是每次都來問我。今天是「要去玩 PS 嗎？」上週是「要踢足球嗎？」上上週是「要一起做作業嗎？」。而每次我的回答也都一樣。

「不要。」

「哎呀，在亨說他這次買了《Eldritch 3》，一起去玩吧。」

而每次這小子也都不會一下子就放棄。不理他才是上策。要是找藉口回他，他只會更煩。

「拿著槍瘋狂射擊，那種射擊的感覺真的是……哇讓人受不了。有很多人都沒辦法打敗中間的小王，怎麼樣？練習一下就可以了，我可以教你。」

當然，就算我不找藉口，那小子也會自己在那比手畫腳、擺出架式。我沒有回答他，正打算打開後門走進去，那小子的手臂突然橫穿到我眼前。我轉頭看著他。他比我高、體型也比我大，卻沒有感覺到很大的壓迫感。反而……

「你不去嗎？」

到底是為什麼硬要再聽一次我的回答？又大又清澈的眼睛看著我微笑。是他常常露出的那個微笑。班長對任何人都會露出的微笑。我突然很好奇，要怎麼做才能像他一樣笑呢？如果笑變成一種習慣，會是什麼樣的感覺？

「嗯。」

我一回答，他的大眼就微微地垂了下來。那小子用手稍微鬆開了領帶。

這個學校的學生穿的制服全是白色襯衫搭配藏青色領帶，但奇怪的是，那小子穿起來的樣子卻很不一樣。緊貼胸口的版型和繫在腰上的皮帶，似乎都有一種微妙的成熟感。這是因為他塊頭大才會有這種感覺吧。

而且班長在下課休息時間，或是午餐時間，都會到外面去活動身體。無論他是去踢足球還是去打棒球，都不關我的事，我很不喜歡流汗，所以不要把我一起帶去就好。

「好吧，那也沒辦法了。」

這時青筋凸起的手移開，然後門才被打開。班長用下巴示意我進去，我立刻走了進去。鋒利的筆蓋刺到我的手腕。

「徐賢秀，你作業都做完了嗎？」

坐在我旁邊的人問。我點了點頭。他一個人在嘟囔，大致聽一下，似乎是在說沒有做功課的事情。因為不是在跟我說話，我也就不去在意，然後把課本打開。但是，這小子叫什麼名字啊。

我把新買的筆整齊地放在鉛筆盒裡。如果按照自動鉛筆、水性筆、原子筆、立可白、尺這個順序放，那鉛筆盒的樣子就會整齊剛好。我用大拇指搓揉橡皮擦，擦完之後把它塞到鉛筆盒最上方的位置。

班長跟其他人打鬧一會後回到位子上坐。他的位子就在我正後方。

「徐賢秀，你抄的英文筆記讓我看一下。」

如果說英文筆記，應該指的是上個禮拜課堂上寫的吧。我還記得，那時候班長因為一些事情突然沒來上課。

「快點快點嘛。」

這小子要跟我借東西還敢催促我，這讓我很不爽，但我什麼話都沒說，默默從抽屜裡把筆記拿出來，傳到我肩膀後方。

「謝啦。」

我一點也不想知道這小子為什麼曠課。我沒有興趣去一一了解、也不好奇別人的私事。特別是跟我相距十萬八千里遠的班長的私事更是如此。

而且再怎麼說，他也是我的競爭者。這裡所謂的「競爭者」指的並不是同班同學都是競爭者，這種模糊不清、抽象的定義。我跟班長實際上是真的在爭奪班上第一二名。也許班長就是因為這樣討厭我，而我會討厭班長的理由，就是因為那傢伙討厭我。

上課的時候，那小子從後面戳我的側身。本來想要回頭看，但聽到了有東西沙沙作響。為什麼一定要這時候拿給我？下課時間再給我啊。為了不要被老師發現，我小心翼翼伸出手接了過來。

那是一包小熊軟糖。給我這個是要我吃嗎？這小子以為我是五歲小孩嗎？實在太讓人啼笑皆非，我便回頭看他。看到笑到眼睛瞇起來的臉，也不忍心罵下去了。

＊＊＊

放學時的公車總是擠滿人。我因為討厭擁擠吵鬧，所以會故意晚點離開。反正沒有任何一點想早點回家的欲望。

我不知道為什麼班長會比較晚離開教室。那小子那麼喜歡人群、那麼喜歡在人群中嬉鬧，卻硬是要拖拖拉拉，然後待在教室裡不知道在做些什麼事情，不過我一點也不好奇。

我把背包背好，走出大門。天氣有點涼颼颼。就算把開襟外套扣起來，身體還是會發抖。大部分的學生都已經放學了，所以大門口冷冷清清。

我感覺到後面有人，轉頭查看，便看到班長蜷縮著他巨大的塊頭向我靠近。那小子連外套都沒有穿起來。

「唉唷，好冷、好冷。徐賢秀，一起走吧。」

制服襯衫上只披著外套，當然會冷啊，真是愚蠢的傢伙。班長走到我身後，然後把上半身貼了上來。他的手碰到了我的手臂。

「煩死了，不要靠過來。」

我警告他也沒用。那小子反而還「嘻嘻」笑，更加緊貼我的身體。

「喂，你回家後要做什麼？」

「寫作業。」

「寫完作業呢？」

「讀書。」

一點都不好笑的回答，班長卻又「嘻嘻」笑出來。看來那小子只是在嘲笑我。我嘆了一口氣，他就像是掛在我身上的尾巴一樣，跟著我走去公車站。

走在冷冷清清的巷弄裡，那小子一直嘰嘰喳喳說些沒用的話。說著跟隔壁班的誰打賭輸了、哪個老師只會叫我做事，全部都是些不重要的閒聊。一開始我還會敷衍回應那個喋喋不休的小子，而接下來我甚至連回應都覺得麻煩，所以我就不再說話了。

「啊，對了。徐賢秀，你喜歡花嗎？」

「……花？」

這次的問題太出乎意料，所以我也就不得不反問他。說什麼花，忙著準備入學考試的高中生，哪會喜歡什麼花……

「在進入冬天之前，順著那邊那個五金行的溝渠走一段路，會有盛開的波斯菊。」

如果是那邊，離學校並不遠。不知不覺已經到了公車站，我們並排站在一起。那小子跟我的身高差距又讓我看得很不順眼。

「就……如果可以，之後一起去看看。」

班長用有點不好意思的語氣接著說。不知道是不是太冷，他的臉漲紅，眼神也變得呆滯。為什麼突然要這樣？……哎呀，還避開我的視線了。那小子想敷衍帶過似的，指向車道方向。

「啊，你的公車來了。」

然後把我推向公車停靠的地方。

「明天見。」

我連再見都來不及說，就被推上了公車。我看到車窗外班長走路的背影。真是一個讓人難以理解的小子。

我抱著包包坐在位子上，突然有了一個疑問，那小子怎麼知道我搭哪一台車呢？

……應該是隨便猜的吧。

沒錯，應該是隨便猜的吧。我身子傾斜、額頭靠在車窗上。我心不在焉地看著旁邊經過的夜景。車窗上倒映著我滿臉倦容。銳利的眼神跟像是在生氣的臉，看了很不開心，所以我就把視線往前看。

下車後走大約五分鐘的路，就會看到五層樓的公寓社區。接著從大門口再往內走兩分鐘，就可以看到我住的那棟樓。

我沒有立刻走進公寓，而是站在遠處往上看。看到我家窗戶的燈亮著，我就這樣轉過身去。

不想回家的我，坐在遊戲區的鞦韆上玩了一會手機遊戲。直到電池沒電了才起身。但是，家裡的燈依然亮著。

「唉……」

我輕輕嘆了一口氣後開始苦惱。要就這樣回家嗎？我打開包包翻找時，突然想起剛剛那小子說過的話。

『順著那邊那個五金行的溝渠走一段路，會有盛開的波斯菊。』

反正也沒有什麼地方可以去，我考慮了一陣子後，開始往公寓社區的大門方向走。

其他人夜深了都是會回家休息，對我來說，夜晚是流落街頭的時間。所以，我很討厭晚上。

從我們家到班長說的溝渠需要走一段路。我到那邊的時候已經很晚了，然後腳非常痛。我是為了什麼走來這裡？我一邊後悔一邊在板凳上坐了一下。這個溝渠充滿髒水又布滿青苔，上面像是橋梁的東西看起來非常荒涼。不是什麼絕景。

這裡很不適合總是吵吵鬧鬧、跟誰都能相處融洽的白榮燦。如果是那個傢伙，應該更適合更明亮耀眼的地方吧。

他說沿著溝渠走會有盛開的波斯菊，看來離開滿花的地方還有段路。難道是還不到開花的時間嗎？還是已經全凋謝了？我心裡帶著遺憾跟空虛從板凳上站了起來。

我放棄在外面消磨時間準備回家時，發現前方好像有什麼東西，所以我停下腳步。

雖然天色昏暗看不清楚，但也不是看出來，那個體型跟那個身體曲線，就是我們班班長白榮燦。

我急忙躲到橋下。雖然在這個陰影下應該看不見，但我還是儘量將身體蜷縮起來。

幸好他似乎沒看見我，就這樣走了過去。我小心翼翼不讓身體沾到骯髒的泥土，然後稍稍把頭探了出去，盯著那小子的背影。

差點被發現……

我輕輕地嘆了一口氣。雖然不是做什麼壞事，但如果被發現他告訴我後，我就立刻跑來這裡，這樣好像是很丟臉的事情。

我打算等班長走遠後再起來，所以強忍著腳痛。那小子把手插在制服口袋，腳步沉重地走著。耳朵還戴著耳機。雖然他的樣子跟平常一樣乾淨整齊，但看起來好像有哪裡不一樣。

……他的背本來就這麼寬大嗎？

要不然是因為晚上，所以看起來比較寬大嗎？

而且……他本來會這樣垂頭喪氣嗎？

仔細一看，也好像是在哭。班長那傢伙在哭？這太離譜了。在哭的班長就不是班長了。可能是因為食物被搶走而哭吧。我歪著頭，直到那小子完全消失在黑暗中，我才站了起來。

我往班長的反方向走，一路上都感到心神不寧。不管怎麼想，那個背影都十分的陌生。要是跟平常開我玩笑的他相比，更是如此。

他是有什麼煩惱嗎……
雖然跟我也沒什麼關係。
我緊咬住嘴唇一邊踢著石頭。一股不知名的情緒油然而生。
但是，這種陌生的情緒沒有維持多久，因為隔天早上遇到班長時，他看起來又跟平常沒兩樣。
「喂，週末要不要去滑滑板？我來教你。只要讓我培訓十分鐘，馬上就可以這樣，唰唰！」
看到那小子揮舞雙手、大動作蹦跳的樣子，我噗哧笑了出來。昨天是因為太暗了我才看錯的吧。本來動作浮誇的班長看到我笑了之後，動作突然停了下來。
「怎麼了？繼續說啊。」
「啊？」
滿臉通紅的班長，就像隻張著嘴、呆滯的鯽魚，在半空中迷了路。接著他才緩緩放下他僵住的手。
「我說……要一起去滑滑板嗎？」
「不要。」
我立刻回答他後，本來呆滯的臉立刻扭曲。這樣還蠻好玩的。
「啊，什麼嘛！害我還那麼開心！」
那傢伙用他野蠻的壯碩體格推我、壓我。就算我大喊不要這樣，他還是不為所動。

總之，我自己下了個結論，就是看到的那個「在哭的班長」都是我的錯覺。

為了歸還跟老師借的練習冊，我在午餐時間去了樓下的教師辦公室。雖然教師用的練習冊上面已經印好了解答，不是很好閱讀，但是有總比沒有好。買新的又很浪費錢。一般人買了練習冊，前面的部分都會認真學，所以只有第一章會寫字，但我不是。看完目錄後選擇必要的部分學習，這是我的訣竅之一。也多虧這個方法，幾天就看完跟老師借的練習冊。

我打開教師辦公室的門正打算走進去的時候，我看到班長站在走廊盡頭的輔導室前面。他什麼時候下來的？我本來打算就這樣經過時，看到那小子的表情非常僵硬。這一點都不像班長的表情，沒有他特有笑瞇瞇的笑臉，看起來好陌生。

「是啊，就別太難過了，一切都會好起來的……」

導師輕輕揉捏著班長的肩膀。如果繼續看下去可能就會對到眼，所以我就直接走進教師辦公室了。

把練習冊還給老師上樓後，看到班長的位子是空的。桌子乾淨到連包包跟書都沒有。

「……他去哪了？」

我問了旁邊的同學。

「聽說班長的媽媽病倒了。」

什麼，病倒了？難道不久前還笑嘻嘻的傢伙是因為這件事才垮下臉的嗎？雖然我們關係不是很熟，但心裡還是感到不自在。雖然已經打開好課本準備上課，但是剛剛看到的他的表情，在我腦海中揮之不去。不對，反正這是別人的事，我輕輕搖了搖頭，硬是把他那個樣子甩掉。

下午的課結束到了晚餐時間，班長還是沒回來。我一直不斷反覆想著要傳訊息給他然後又放棄。沒有跟朋友相處過的我，遇到這種情況，我也不知道該說些什麼安慰的話才好。

我手伸進抽屜想要拿出鉛筆盒，卻抓到一個發出沙沙聲響的東西，就拿出來一看。是昨天從班長那裡收到的小熊軟糖。

＊＊＊

班上成績前五名的人會自動進到資優班。而資優班每週會有三次校內自主課後輔導課。雖然就算翹課也不太會被罵——成績可以進到資優班的人，根本不會有想翹課的念頭——但因為上課的品質還不錯，又很適合拿來消磨時間，所以我每次都會出席。

正式課程跟自習結束後，我跟平常一樣，拿著包包下去一樓往資優班去。有三四個其他班的學生已經到了。那些人的臉孔已經很熟悉，但是我還不知道他們的名字。

「喂，謝啦。」

我背後傳來了聲音。這個與年紀不配的低沉嗓音是班長。那小子巨大的塊頭似乎就從我身旁經過，然後把我的筆記塞到我胸口。

「我每次都有這種感覺，你的字跟你真的很像。」

班長隨口丟出一句話，把包包放了就離開教室。因為還有一點休息時間，他大概又去後院或是體育館活動他那笨重的身體。我沒說話，然後回到座位上。字當然像主人啊，要不然呢……雖然是一句不怎麼樣的話，卻讓我心裡癢癢的。

口袋裡傳來震動。我拿出手機看，是媽媽。

爲什麼還沒回來？媽媽出去一下，記得吃晚餐。

我沒有回覆她，直接把手機放回去口袋裡。我進資優班的事情都說了多久了，每個禮拜都是同樣那幾天會晚回家，媽媽到現在都還記不住自己兒子什麼時候、幾點回家。因為學校餐點很不好吃，所以常常沒吃晚餐這件事也不知道。甚至，現在都已經八點了，早就過了晚餐時間。

幸好今天晚上有資優班課程，不用整晚在外面遊蕩。我輕輕嘆了一口氣後打開課本。本來要把我借給班長的筆記本放回去包包裡，看到筆記本上面突出一個尖尖的東西。我用手拉出來看，是一個摺得很工整的紙條。

如果晚上跟我出去玩，我就請你吃辣炒年糕。

看到班長寫的字，我就反覆思考剛剛那小子說過的話——你的字跟你很像。班長的字也跟班長很像。線條流暢、端正、沒有任何歪斜的字體。

「這什麼啊……」

我嘸著嘴把紙條插回去筆記本裡。我看著我筆記上打開的紙條苦惱著。「晚上跟我出去玩」這句話就是要我翹掉現在快要開始的資優班課程，然後跟他去玩。

現在肚子開始餓了起來。學校後面的辣炒年糕店我也去過很多次。舌頭似乎感覺到了那個甜甜辣辣的味道，讓我吞了口口水。就算這樣，怎麼可能翹課呢？一般人這時候會怎麼做呢？我又沒有翹課的經驗。

早知道就吃晚餐了……

我一邊責怪自己一邊偷偷環顧著四周。今天翹課的人很少，那就算出去應該也不會被發現吧……

我緊閉嘴巴、苦惱了一下子，最後拿起開襟外套站了起來。我做了不像我會做的衝動決定。

就算不問那小子，我也清楚知道他在哪。我看過好幾次他晚上拿著球，自己一個人在後院運動的樣子。

果不其然，一到後院就看到上半身脫光、正在運球的班長。

已經進入深秋，天氣變得涼颼颼的，那小子看起來卻一點都不覺得冷。反而好像還流了汗，上半身隱隱約約閃著光。跟平常不一樣的是，那小子把頭髮梳得乾淨俐落，顯露出他筆直的髮際線。

不知道班長是不知道我已經來了，還是假裝不知道，他繼續運球然後投了好幾次籃。是因為晚上的關係嗎，平常看起來很討人厭的小子，現在看起來卻不怎麼討厭。

我坐在花圃上欣賞他運動的樣子。班長的動作相比他的塊頭還要靈活。穿上運動鞋的腳緊密防備的樣子，就好像前方有個對手，他的手也幾乎沒有離開過籃球。雖然本來就知道他肩膀很寬大，現在仔細一看，那個斜方肌真的不是鬧著玩的。手臂上也有著非常緊實的肌肉。

讀書都已經很忙了，我很好奇他是什麼時候練出那樣的肌肉，還是他天生就是如此。我怕我的手臂會被拿來比較，所以我縮起我穿著開襟外套的身體。

「不是說要去吃辣炒年糕？」

我等到不耐煩，就從花圃上站起來說。他很快速地轉了一圈，「碰碰碰」運著籃球向我靠近。我們在黑暗中對看著。他的臉跟平常不一樣，面無表情。原來運動時會是這樣的表情。

班長就像是要向我衝撞上來一樣，但我沒有躲開。那小子眼睛直直盯著我看，一邊運球一邊向我靠近，直到我面前才驚險地躲開我。我這時才鬆了一口氣。

我回頭看，白榮燦轉眼間已經穿上制服襯衫。

「我說要跟我去玩才會請你吃吧。」

「那我就跟你去玩。」

白榮燦只把扣子扣到胸口，制服領帶也隨便掛在脖子上，然後看著我笑了出來。有什麼好笑的。我不知道為什麼感到尷尬，但我沒有躲開他的視線，而是微微皺起眉頭。那小子把包包背在一側肩膀向我靠近，然後拍了我肩膀一下。

「肚子餓了，先吃飯再去玩吧。」

他說會照約定請我吃辣炒年糕，我也就乖乖地跟著他走。他在小吃店點了辣炒年糕、餃子、泡麵、紫菜飯捲，甚至還點了炸物，整個桌子就像是要垮了。我還在擔心這怎麼有辦法吃完，但是班長一下子就把所有盤子清空，讓我根本是白擔心。

「你平常在家都在做什麼？」

每次都是那小子問我，這次換我問他。

「平常在家照顧妹妹。」

「你有妹妹？」

「嗯，她脾氣非常不好。」

我看著那小子搖搖頭，一邊想像他年紀還小的妹妹的模樣。但是，實在想像不出來。

話說回來，聽說他媽媽生病了，他不是應該要去照顧她嗎？這樣子跟我在一起好嗎？他都沒有提，可能是沒什麼大礙，但是……

「你……不用去醫院嗎？」

因為很有罪惡感，最後還是小心翼翼地問他。班長點了點頭。

「不是什麼大病，而且親戚也在。」

「那真是好險。」

比起擔心沒見過面的白榮燦的媽媽，我比較在意自己的罪惡感是否有減輕，而我對因為罪惡感減輕而感到安心的我，覺得更有罪惡感了。

因為太不好意思，所以我低著頭、吃著辣炒年糕，這時班長的手突然伸進我的視線範圍。這個還不熟悉的距離感讓我全身僵硬。那小子倒是一臉不以為意地擦了我的嘴角。

「啊，明天又要去找導師接受輔導，好麻煩啊。」

看著這小子若無其事地丟出這句話之後，繼續吃著他的辣炒年糕，這樣好像只有我自己一個人在不好意思，讓我覺得有點不開心。我找回一時飛走的魂，重新拿好叉子。被那小子摸過的嘴角在發燙。這個辣炒年糕也沒這麼辣啊。

「……導師是因為喜歡你才這樣吧，會擔心你。」

我硬是擠出話來，然後喝了湯潤喉。我說的是事實，白榮燦是老師寵愛的學生。我可以確定，要是隨便抓一個我們班的人問，都會同意我說的話。

「但是喜歡跟想做的事是兩回事。我也喜歡老師，但只要講到大學的問題，就會變得情緒緊張。」

他的解釋更讓我詫異。以班長的成績，是可以挑選學校的，為什麼要緊張呢？

「你要去哪間大學？」

「我想要去可以拿獎學金的地方，但老師要我申請更好的學校。」

啊，現在我明白了。我們的導師野心很大，也說服過我好幾次，要我申請更好的學校。

「……他也這樣跟你說？」

「你也是？」

我點了點頭，班長就帶著同病相憐的眼神苦笑著。

我還以為他完全不擔心大學的問題。

不對，老實說，我還以為像班長這樣人，人生是沒有什麼事情要擔心的。我自己在猜想他不會像我一樣，不喜歡回家、到處遊蕩；因為大學問題跟導師吵架；咬緊牙根只為了增強自己的自信心。

我嘴裡咬著叉子，觀賞著班長吃得一臉幸福的樣子，然後我就悄悄地把餐盤推出去。

「你要吃炸物嗎？」

「喔耶，真的嗎？謝謝！」

那小子連拒絕都沒有拒絕，立刻把餐盤拿走，沾著辣醬汁，然後一口塞進嘴裡。他把臉頰塞滿咀嚼的樣子有點可愛，我只能把剩下的炸物都給他了。

班長帶我去的地方就是昨天那個溝渠。難道我昨天來這裡的事情被發現了？我帶著緊張的心情，偷看走在我旁邊的那個小子。但是，從他白淨的側臉，我看不出任何端倪。

「到了晚上，沒有什麼地方可以去，所以偶爾會來。」

我被他不經意說出口的話嚇到，視線就停在他身上。

「這裡沒什麼人煙，就算一直在這也沒有人會說什麼，也可以在這裡運動。」

班長的聲音比平常還要沉重。他本來就是聲音這麼低沉的小子嗎？我也很羨慕他有著比我還要成熟的語氣，我的胸口也莫名地跳動著。

「小心，這裡很滑。」

他突然緊抓住我的手……用講的就可以，何必硬要用手抓呢？我的手被那小子抓著，沿著溝渠慢慢地走。我心想，我們這樣是不是靠太近。班長的身體散發出淡淡的肥皂味道。好奇怪。為什麼剛剛才流了汗的傢伙，身上會散發出這麼好聞的味道呢？

「看那邊。」

班長說完我立刻抬起頭。那小子抬起手指向遠處。雖然已經晚上天很黑，但還是能看到盛開的波斯菊。

「我說的沒錯吧。」

回頭看著我笑的臉，看起來自信滿滿。

「喔，真的。」

當我一回答他，看他說著「心情很好」又嘻嘻笑著的樣子，根本就像隻小狗。如果白榮燦是隻小狗，一天應該要帶牠散步五十次才行。

我們一邊走在溝渠上一邊聊著瑣碎的事情。不對，準確一點來說，大部分是白榮燦自己一個人拚命在說話。我今天知道了幾件新的關於他的事情。他跟他妹妹年紀相差很大，還有很意外的是，他喜歡自己一個人邊走路邊聽音樂。

那小子昨天也是自己一個人戴著耳機在這邊散步嗎？在這個跟他很不搭，又雜亂又黑的溝渠上。

「很漂亮吧？」

那小子問。我沒有反駁他，點了點頭。

雖然是又髒又雜亂的溝渠，但是那小子是怎麼知道，走一段路之後就會有這樣盛開著花朵的地方呢？我再次意識到，我對他有很多不了解的地方。而我也對自己一直抱持的偏見感到羞怯。

我個性跟別人不一樣，不會從第一章開始照著章節順序學習，並且跳著使用練習冊。這個叫白榮燦的小子似乎也是一樣跳著學習。

「……那個……」

我乾咳了一下，然後小心翼翼地接下去說。

「我晚上也常常沒事做。」

當然，準確一點來說應該是「我晚上沒有地方去，常常到處遊蕩」但我不管了。

「如果無聊可以找我。你的筆記不是偶爾會抄得亂七八糟嗎？我也可以幫你。」

我說著說著，班長一反常態沒有任何回答，我就把頭抬了起來。我從沒看過那小子的臉變那麼紅。不會吧，難道是突然心臟衰竭？我沒再說下去，直直盯著他看。

「……不想要就算了。」

「要。」

在我說完話之前，那小子就回答了。臉雖然依舊漲紅，但是表情僵硬。我臉上沾到什麼東西了嗎？我打一下那小子的手臂後就轉過身去。

「走吧。要沒有車了。」

「我還以為你討厭我……」

「什麼？」

我轉過身正要跨出去第一步就停了下來。班長趕快搖了搖頭，從我旁邊繞過去站到我前面。

「沒什麼。喂，你會打籃球嗎？」

是我聽錯了嗎？我緊緊跟在那小子的旁邊。不知道是不是因為不會冷，制服襯衫依舊解開到胸口位置，而上面的黑色領帶則晃來晃去。

「有人不會打籃球嗎？」

「足球呢？」

「會啊。」

「那為什麼不踢？」

「因為我不喜歡流汗。」

班長像是突然有所領悟而點了點頭，然後立刻陷入沉思。我邊偷看著那小子的側臉，然後邊跟著他的步伐走。現在一看，他的側臉真的非常……清秀。我突然想起那小子說過的話，他說如果沒有穿制服，大家都會以為他是成年人，而他也為此感到鬱悶。

「那麼遊戲呢？為什麼不玩遊戲？」

他突然大聲問讓我嚇了一跳。你沉思了一陣子，就是為了這個問題嗎。

「因為很無聊。」

「哇……」

讓人出乎意料的反應。一般當我說很無聊的時候，大部分人的反應都是覺得我裝什麼了不起，或是想要試圖說服我說也是有好玩的遊戲。但是那小子把他原本就很大的眼睛瞪得又大又圓地盯著我看，似乎是真心嚇到了。

「怎麼了？有什麼好驚訝的？」

「你好酷喔。」

他接著說出口的話，我不知道如何做反應，所以就只能嘴角上揚笑了出來。總之，就是個很難預測的傢伙。

「那麼你喜歡走路嗎？」

「嗯。」

「太好了。那你可以跟我一起走。」

這次他瞇著眼睛、清新爽朗地笑了。不管怎麼想，除了小狗之外，我已經想不到其他詞彙來形容他這一刻的表情了。我半反射性地伸出手摸摸他的頭，而班長就算被當成小狗，似乎還是心情很好地「嘻嘻」笑。

我們約好偶爾放學後一起做作業或是一起念書，接著就在公車站分開。我搭上公車一坐到位子上就看到那小子在外面跳著、對我揮著手。

公車離開車站後，我突然想到了一件事，然後打開了包包前面的袋子。而伴隨著沙沙聲拿出的東西，是他給我的小熊軟糖。

我放了一個進嘴裡。自從小時候吃過之後，就再也沒有吃過軟糖了，甜甜的、軟軟的。我正打算再吃一個的時候，突然發現軟糖包裝後面寫了些什麼。

「在我看來，你是個非常善良的傢伙。」

我一直反覆讀了好幾次白榮燦清楚、端正的字體。我頓時間覺得不好意思，就搔了搔臉頰。有人說過我善良嗎？連我媽媽都不怎麼說我善良……

那小子用原子筆小小地寫在看不清楚的邊角，是因為他也會害羞嗎？我用大拇指輕輕摸著那些字，突然感到心癢癢而笑出來，我趕緊摀住嘴巴、看向窗外。

我的臉映照在車窗上，今天笑起來的眼睛還不算難看。

回到家的時候沒有感覺到任何動靜，我還以為媽媽不在家。當我穿過昏暗的客廳往我房間走去的時候，看到媽媽的房間開著燈。

「媽，我回來了。」

我聽到房間裡有小小的電視聲音。媽媽沒有回答。

「妳睡了嗎？」

我把額頭靠在門上，手握著手把。我正打算轉動門把時停了下來，然後就這樣把手放掉。因為，我聽到電視聲音裡夾雜著媽媽微弱的啜泣聲。

我就這樣轉身回房去，放下書包、脫掉制服。正準備要去浴室時，手機震動響了。這時候應該不會有人打來，覺得很奇怪，確認一下手機畫面。收到了一個未知號碼的訊息。

賢秀，明天學校見唷^^

雖然我苦惱了一下到底是誰，但是要猜出傳訊息的當事人是誰一點都不難。不過，我有告訴過他我的電話號碼嗎？我歪著頭看著手機，一下子就猜到答案了。那小子是班長，所以才會知道電話號碼啊。雖然我在學期一開始也有拿到班長的電話號碼，卻因為覺得麻煩，根本沒有儲存起來。

我苦惱著要回傳什麼，最後就只打了「嗯」然後回傳。接著就把班長的電話存了起來。本來名字輸入「班長」，但想想等到畢業之後也是得重新修改，所以就又改成「白榮燦」。

一走到客廳，就又感覺到家裡再次被一片黑暗襲來的感覺。媽媽房間的燈已經關上，我瞥了一眼後就走進浴室。

＊＊＊

空氣中瀰漫著一股冰冷的味道。從天未亮的凌晨和冰涼的空氣，就可以明顯感受到天氣變冷了。如同往常，從下了公車後，我戴上了套在制服襯衫外的帽T兜帽。因為時間還很早，學校前面還是非常冷清。

教室裡一個人都沒有，但是門已經開了。我最先看到的是，放在我後面座位的黑色背包。早上打開教室門、最先進教室的人都是班長。我一點都不想知道也不好奇，這小子比上學時間還要早到學校是在做什麼。我現在滿腦子都是第一節課的小考。

我打開課本，聽到窗外「碰碰碰」的運球聲音，看來是有人在外面打籃球。我把包包掛起來，解開綁在椅子上的坐墊繩子。就算再忙，也是要撣一撣坐墊。我走到窗邊，拉開所有的窗簾，然後打開一扇窗。

這時候我才知道製造噪音的罪魁禍首是誰。穿著制服的白縈燦，用一隻手把籃球投向牆壁。

那小子抬頭往上看，手繼續把籃球丟向牆壁。雖然我們高度相差兩層樓，但是那小子面無表情、直直盯著我看的眼神卻很清晰。我沒有躲避他的視線，直直地跟他對看。

微妙的眼神爭鬥。我胸口跳動著，抓住坐墊的手也不自覺地用力。早上特有的寂靜氣氛和花圃中的草味充斥在我們之間。甚至有了周遭環境漸漸停住的錯覺。

「碰、碰」籃球碰撞牆壁的速度漸漸放慢。漸漸沒力的投球動作，讓籃球最終不再是從牆壁上反彈回來，而是滾了下來。這時白縈燦才舉起他的一隻手，而本來一直僵硬的表情也露出微笑。我沒有笑，只把拿在手上的坐墊往外面伸，然後拍打掉上面的灰塵。

過沒多久，白縈燦就回到教室。我把書打開，準備著第一節課的小考，一些已經到學校的同學也開始吵鬧起來。

突然有個東西被放到書本上。是白縈燦的筆記本。我抬頭看著那小子。

「喂，你怎麼解這題的？」

筆記本上寫的是資優班的習題。那小子露出不好意思的表情、搔著後頸。

「唉唷，我怎麼算都算不出來。你微積分不是很厲害嗎。」

我輕輕清了一下喉嚨，然後把壓在課本下的計算紙打開。

「看好了，我解給你看。」

因為紙張差點滑出去，白榮燦就幫我接住它。我跟那小子的指尖微微碰觸到。我注意到我們的手的形狀不一樣、大小也不同。他的手比我大，指關節也比我粗。這都是因為他很常打籃球的關係吧。

白榮燦向我靠近。我的手臂碰到了那小子的側身；肩膀碰到了他的胸口。我又再清了一次喉嚨，然後開始動起自動鉛筆。

「你看，這裡的圖形長這樣，這些實根總和……」

為了要仔細看我的計算紙，那小子稍微彎下腰，我立刻感覺到我們的距離變得有多近。領帶拂過我的側臉。白榮燦一隻手橫跨過我的背，撐在椅背上。

那小子身上散發淡淡的洗髮精味道。是非常清爽、成熟的味道。在講解的時候，感覺都像是在呼吸著他身體的味道、還有他微熱的體溫。

「這個為什麼會變這樣？」

講解到一半的時候，白榮燦指著其中一個部分問。那小子本來撐住椅背的手，不知道什麼時候已經移到我左手臂旁邊、撐在桌子上了。我的後頸、肩膀、背都感受到了那小子的體溫。他的臉也就在我旁邊。他的姿勢幾乎就跟從背後擁抱沒什麼兩樣。

「這裡為什麼變這樣呢，是因為為了找出這個總和……」

因為不好意思把他推開，所以假裝沒事地繼續解說。

我一解完後，白榮燦一邊驚嘆一邊挺起身子。

「哇，徐賢秀解說得好清楚！你都可以當老師了啊。」

「不要那麼誇張。」

因為太讓人尷尬，所以我用手背打了那小子的肚子。白榮燦瞇著眼睛笑。

「咦，這是你畫的嗎？」

那小子笑一笑後指著我計算紙角落的塗鴉。那也不是什麼了不起的東西，是我簡單速寫學校附近的風景。

「只、只是個興趣……」

因為太害羞，我把計算紙蓋起來，用銳利的眼神瞪著他，帶著「如果再說要看，我就會揍你」的氣勢。但是白榮燦沒有鬧我、也沒有說要把圖再讓他多看一下，只是突然一臉認真地感嘆。

「哇，你連圖都畫得這麼好。你還有不會做的事情嗎？」

我感覺到我的臉漲紅。現在可以走開了吧……距離朝會時間很久嗎？白榮燦好像還有什麼話要說，慢慢地收走他的筆記本。接著，他好不容易才開了口，這樣很不像他。

「那個，如果可以……可以教我微積分嗎？就在今天放學後。」

唉唷。是我沒預想到的提問。我把計算紙收進去，然後苦惱著該怎麼回答。今天……是沒有什麼特別的事……

「我會再請你吃辣炒年糕。就去你家讀書吧。」

白榮燦的語氣有點慌張地接著說。

「不行，我家很髒亂。我媽媽也不喜歡我帶朋友回去。」

我幾乎是下意識地回答。我不讓別人看到我的空間，也就是我跟我媽媽的生活空間。

白榮燦思考了一下，提出了一個替代方案。

「那麼，要來我家嗎？如果來我家，我可以煮泡麵給你吃。今天家裡沒人。」

雖然不是不能拒絕，但那小子的眼神看起來非常懇切，我也拒絕不了。是啊，微積分很重要。我點了點頭。

「好耶。」

那小子興奮起來，還做出了加油手勢。我不懂為什麼我總是會把目光集中到那小子平整制服襯衫的肩膀和手臂上。

＊＊＊

白榮燦的家跟我想像的不一樣。不知道是不是因為那小子長得白淨端正，我一直堅信他是富家子弟。但是，他邀請我去的地方是一個平凡的公寓住家。

「請進。要喝水嗎？還是要可樂？」

「給我水，謝謝。」

「坐在餐桌的椅子，包包可以放那邊。」

我瞄了一下掛在電視旁邊的全家福照片。看起來像是剛拍沒多久的全家福照片，有那小子、他媽媽、他妹妹三個人。

白榮燦把裝了水的杯子放到我前面。我從書包裡拿出筆記本和鉛筆盒。

「你媽媽還好嗎？」

「嗯，雖然還在住院，但似乎已經有好轉了。」

那小子把裝了可樂的杯子放到餐桌上後，就坐到我的旁邊。我想了一下，為什麼他不是坐對面，而是坐在旁邊，但馬上就理解接受了。如果要看解題過程，那就要坐在旁邊啊。

白榮燦打開記有答錯題目的筆記本，我一一幫他解開這些錯誤的題目。那小子非常認真地聽我解說。他點點頭，有不懂的部分也會說，也會把重點抄下來。我一題一題教那小子的時候，看到他完全理解的樣子，讓我感到非常自豪。

「來，現在你來解一題看看。」

「嗯。」

看著他自己解完了題目，只要再跟他解說一下，那這個章節大致就可以結束了。那小子拿走筆記本，開始一臉認真地解題。

白榮燦在解題的時候，我打開了其他的書來讀。大約過了五分鐘吧。

「賢秀。」

那小子叫了我。

「嗯？」

「你用什麼肥皂？」

肥皂？為什麼突然說肥皂？我眼睛看著書本、頭歪一邊。

「就用家裡的。」

「因為味道很性感。」

……什麼？

我轉過頭去想問他在說什麼鬼話，而白榮燦的臉就出現在我面前。他是什麼時候靠那麼近的？我屏住呼吸。白榮燦說出這樣的鬼話，表情卻很認真。不對，因為太過認真，我也沒辦法反駁他。

「為什麼這樣盯著……」

……我看，我果然沒辦法把這句話說完。都是因為我感覺到那小子的手指頭，從我下嘴唇輕輕滑過的觸感。

「你的嘴唇非常柔軟……」

我身體裡不知道是什麼東西「怦怦」地跳動著。雖然他說我的肥皂味道很「性感」但是實際上那小子的洗髮精味道也有微妙的刺激感。「怦怦」跳動的聲音更大了，甚至都要震耳欲聾了。白榮燦輪廓鮮明的鼻梁、微微下垂的眼睫毛，就像是要把我吃掉一樣，但是動作卻像是慢動作鏡頭一樣，慢慢向我靠近。

接著，那小子的嘴唇碰到了我的嘴唇。

就像是稍微掠過一樣親吻了一下。

結果，現在已經不是件小事了。

我眨著眼，一再確認眼前白榮燦的樣子。我現在跟這小子……在做什麼？

我的臉一下子發燙起來。慢半拍的反應也讓我覺得很丟臉。雖然我不知所措，但眼前的白榮燦卻看起來安然無恙。

「我跟你親親，你生氣了嗎？」

而且竟然還這樣厚臉皮地問。問我討厭親親嗎？念書念到一半嘴巴被親，還被問這個問題……因為太荒唐了，我嘴巴只是一開一闔、說不出話來。我想要躲開他的視線。白榮燦並沒有抓住我，而且我身體只要稍微往後靠，就可以拉開這個會讓呼吸氣息交融在一起的距離，但是……

「要不然，是討厭我嗎？」

因為我沒有回答，那小子就換了一個問題。

我大口地吸了一口氣。我感覺到我的身體因為這個微妙的情緒而不斷發抖，接著我突然站了起來。白榮燦坐在椅子上，眼睛瞪得又大又圓，抬頭看著我。我完全不想收拾我的東西，就只有迅速拿起我的包包和外套。

「下次先跟我說了再親，你這個王八蛋！」

我大吼完之後，就跑出那小子的家。

我不停地往公車站跑。我跑到上氣不接下氣，但是熱燙的臉卻一點都沒有冷卻下來。我一臉茫然地等公車，然後摸了一下自己的嘴唇。腦海中浮現白榮燦的嘴唇觸感，同時背脊也感到一陣酥麻。而且……這個觸感這麼短暫，好可惜。

我是在發神經吧。

沒錯，跟像白榮燦一樣的神經病往來，我也跟著變神經了。這是在作夢。我的初吻對象不可能會是同班班長白榮燦。我眼睛緊閉後睜開，用手拍打自己的臉頰，但是那小子的嘴唇觸感，就像是壓指紋一樣，一直留存在我身上了。

當我蜷縮著肩膀坐著的時候，手機響了。我一開始還以為是媽媽。

好，我下次一定會每次都說了才親。

「這個……」

傳訊人是白榮燦。我這時才想起來我說了什麼後才跑出來的。

回家小心。^^

「這個神經病……！」

看到第二則訊息的表情符號，不知道為什麼就有種輸了的感覺。我用顫抖的手把手機放回口袋裡。剛好公車也到了，我快速地搭上車。

這件事好詭異。明明感覺我輸給那小子了，但為什麼心情還不差？就只有感覺到興奮和顫抖而已。

我緊抱著比剛剛還要鬆垮的包包、坐在位子上，然後再次打開手機。我一看再看那些訊息，顫抖的感覺好不容易才冷靜下來。

但是讓我感到浮動的情緒，卻一點都冷靜不下來。這個隨著公車的搖晃一起蕩漾的心情；這個像是頭頂被灌滿熱水的心情。

這就是心動。

我看著車窗外。看見遠方跟他一起走過的溝渠。就算是在景色昏暗的情況下，我還是可以找到盛開著波斯菊的地方，因為他幾天前才帶我去過。

公車經過溝渠後不知不覺就到了公車站。有兩三名乘客下車。大約是在我家跟白榮燦家中間的位置。我一直到這時候都還在苦惱。我抱著包包、焦躁不安地咬著嘴唇，一直到門關起來我才突然站起來。

「司機大哥，不好意思，我要下車。」

一下車之後，我就開始朝來的方向逆向跑回去。漲紅的臉都還沒退去，手也還在發抖，但是這都不要緊了。

無數的光芒湧向我。這的確是我這麼久以來，沒有在外面遊蕩的夜晚。

FUCK-PECT BUDDY

07

【Fuck-pet Buddy（獸人AU）】

HYUNSOO～^^
................/////
LOVE U
I LOVE YOU, TOO
LOADING...

BAEK YOUNGCHAN × SEO HYUNSOO

《City Casual 休閒之都》是韓國最著名的男性時尚雜誌。這個以最好的福利為傲的公司，有各式各樣的獸人在這工作。

我們組的王牌李宥晴是兔子獸人，許主任是狸貓獸人。還有，幾乎可以說是休閒之都支柱的金部長，是擁有黑灰色皮毛、非常帥氣的領頭狼獸人。然而，只有我是貓科的。

當然，也有人隱藏自己是什麼樣的獸人。不管是臉或是手腳，都不會顯露出其種族的特性，如果又把可以顯現野獸特徵的耳朵和尾巴藏起來，那麼再怎麼仔細看，也無法分辨出他的種族。要把耳朵和尾巴藏起來並不困難。

我沒有特別想要隱藏我貓獸人的身分。因為我一絲不茍地整理我的皮毛，所以我黑色的耳朵跟尾巴都非常乾淨。有些公貓會非常膚淺地到處散發自己的氣味，但我跟那些傢伙不一樣。

以休閒之都的公司氛圍，幾乎沒有人會隱藏自己的種族。由於這裡是韓國男性時尚界的先驅，大家反而搖動著尾巴，像是在炫耀著自己的皮毛保養得多麼漂亮，也沒有散發出野獸的味道。

擁有黑色的皮毛也會有不方便的時候。像是每天早上都要除掉黏在襯衫上的毛，或是只要稍微一不整理，毛就立刻會黏成一團這一類的事情吧。

我對自己又烏黑又長的尾巴，還有總是將細毛修整乾淨、尖尖立起的這一對耳朵感到驕傲。我是一隻很有氣勢的貓獸人。

「徐賢秀，你為什麼可以把皮毛整理得這麼好？貓也會掉毛啊。」

當有人這樣問我的時候，我都會更加豎起耳朵地回答。

「這取決於你怎麼做，如果你很勤勞，那當然也能做到。我就算不是呈現人類樣貌的時候，也常會梳理自己的毛髮。不對，我每一天都會刻意用貓的樣貌，全身梳理一次。」

「哇，真的嗎？」

「是的。就算再怎麼好的梳子，也比不上自己直接梳理。」

然後還會故意自豪地翹起尾巴。對方就會一邊讚嘆一邊點頭。

反正，我是不會信任那些隱藏自己種族的傢伙。我覺得這些傢伙一定心懷不軌。

這是我會討厭白縈燦的第一個理由。白縈燦總是隱藏著自己的種族。

白縈燦也許是熊獸人。看到那樣的塊頭，不是熊獸人還會是什麼。但是，看到那傢伙每天早上比別人提早一個小時到公司，做著伏地挺身的樣子，看起來又不像熊。

又或者白縈燦是禿鷹或是寒鴉那類的猛獸。這不可能。那樣的塊頭會在天上飛？我冷笑了一下。我可以拿我的鮭魚貓罐頭來打賭。

他最有可能的種族是狼。想到那傢伙的食量，就覺得非常有可能。

當然，不是所有狼都是這麼貪吃的。看休閒之都最優雅的金部長就可以知道，這都是對狼這個種族的偏見。

從這傢伙有著犬科野獸特有的豪邁笑聲跟愛湊熱鬧的樣子來看，這個懷疑也就變得合理了（怕會引起誤會，我要補充說明一下，我唯一喜歡的犬科只有金部長，其他的犬科都不行！）白縈燦一定是狗或狼其中之一。但他的塊頭那麼巨大，應該是狼。

但是狼的階級制度很重，所以大部分都會表現出自己的種族。而且，還有一個讓人懷疑的地方。之前金部長生氣的時候曾經突然大聲狼嚎，白榮燦就在她旁邊，卻沒有跟著狼嚎。如果在狼的旁邊嚎叫，他們不是都會忍不住跟著叫嗎？

不過，不管那小子是體型巨大的大型犬還是狼，跟我一點關係都沒有。白榮燦跟我就不是同路人。除了因為要設計從他那拿到的企畫案，或是去跟他做確認，抑或是偶而會一起公司聚餐，要不然我們都不會對到眼。

當然，白榮燦偶爾也會逗弄我。偶爾留言給我的時候，會在便條紙的角落畫上一隻黑貓，然後寫著「徐組長～^^加油唷～呵呵」；或是故意想要惹我生氣，就坐在我旁邊把他的味道沾上來；路過我身旁的時候，會把額頭伸過來，把他自己的味道，沾到我全身上下。

但他不知道我是誰嗎？我是貓類中的黑貓，是最高雅的種族。不管白榮燦是什麼種族；不管那傢伙想要耍什麼把戲，我都完全無視他。

他每天早上在就快要遲到的同事面前嬉鬧說「嘻嘻，不讓你過！」或是他胃口超級好、聲音很大，這些事情都跟我沒關係。

至少到那天之前，我都是這樣想的。

＊＊＊

《休閒之都》是流行的先驅，所有的東西都是最現代的。公司聚餐文化也是如此。跟一般滿是野蠻野獸的公司不同，我們不會去 KTV 大聲吵鬧，也不會逼人喝酒。

那天包括許主任和金部長，我們五個人一起去公司聚餐。那個寫著「一口氣喝掉半瓶伏特加就免費贈送五杯生啤酒」的傳單就是一切事情的導火線。我們被免費這兩個字蒙蔽雙眼，就像是約定好的一樣，跟著上面畫的簡易地圖來到新開的酒吧。

我原本以為當然會是金部長去挑戰，但是她說：「進入中年後，肝不像以前那樣了。」其他四個人包括我一致看向白榮燦。他是我們之中長得最像會喝酒的人，而事實上也是最會喝的。

「唉唷，我不要挑戰。燒酒可能還可以，但伏特加一下就會醉倒的。」

真的是虛有其表。不管怎麼想，那個傢伙一定是狗沒錯。狗很膽小又很愛裝病。就因為那個傢伙裝病，全部的視線都集中到我身上。雖然我能夠喝酒，但是如果喝醉了就很難控制外貌的變化，所以不太想喝。以前有一次喝太醉，我就變成貓咪的樣子，然後在一個陌生店家的盒子裡一直待到凌晨。

我正在苦惱的時候，白榮燦那傢伙突然把手擋到我面前。

「哎呀，徐組長不行啦，我來吧。」

……他說什麼?這個無知的狗崽子……他本來要站起來，我抓住他的肩膀讓他坐下來。

「我來挑戰吧。」

我一站起來，金部長就用擔心的眼神看著我。

「徐組長，你可以嗎？」

我沒有回答，而是從椅子上起身。我用兩隻手在我耳朵上「唰、唰」各擦了一下，然後把剛送過來的半瓶伏特加拿到嘴邊，接著「咕嚕咕嚕」一飲而盡。我一把空瓶「碰！」放到桌上，大家就像是看到英雄一樣敬佩著我。我豎起耳朵、自豪地抬起下巴。哼，這也沒什麼嘛。

但問題是在過了十分鐘之後。本來不應該繼續喝贈送的生啤酒，但我硬是要喝個一兩口，這就是災難的源頭了。我開始感覺到醉意。

「徐組長，你還好嗎？」

「組長好像喝醉了。」

金部長跟許主任過意不去地看著我。我一看到許主任圓圓的狸貓耳朵抖動，身為貓的自尊心就受到傷害了。我突然站起來往廁所走去。我先用冰水洗臉，甚至還做了伸展運動，但這樣反而讓酒氣更快上來。

然後走出廁所的時候，我不自覺地用了四隻腳走路。都是因為喝醉，沒辦法控制自己的變化。

「徐組長，不是那邊啊，過來這裡。」

我不自覺地往酒吧角落的空箱子走過去，直到聽到金部長的聲音，才往我們那一群人的位子走去。反正，都是因為變成貓的樣子，才會想到處鑽進去的關係……我一邊狠狠指責剛剛那個喝掉伏特加的自己，一邊坐到座位上，然後把四隻腳往身體裡面蜷縮進去。

坐在旁邊的白榮燦低頭看我。

「我的徐組長，你喝很醉嗎？」

「喵。」

誰是你的徐組長。本來應該這樣回他，但是用貓的樣子就只能發出貓叫聲。那傢伙是犬科，應該是聽不懂我說的話，所以才敢這樣摸我的頭吧。

「如果喝醉了，要不要我帶你回家？」

「喵。」

我自己會回去，還有不要再摸了，你這頭野獸。

「嗯，好啦、好啦。等等一起走吧。」

詭異的是……他笑開的臉……看起來一點都不像狗。

我抬頭看了一下白榮燦，接著就將身體蜷縮成一團，開始打起瞌睡。我索性就睡了起來，當我睜開眼睛的時候，我已經不知不覺地在某人的膝蓋上了。觸感非常柔軟又很溫暖，感覺很舒服。熟悉的香水味道也很棒。

我的頭在不知道是誰的膝蓋上磨蹭，接著又睡了一下子。我似乎在睡夢中的時候，用爪子抓了皮帶。接著當我稍微睜開眼睛的時候，在我眼前的是一個飄忽晃動的絨毛玩具。我立刻睜開眼睛。

這個又厚實又毛茸茸的酷玩具是什麼？在我還來不及想到時，我的前腳就已經先伸出去了。「啪！」我抓住在皮椅上晃來晃去的那個東西。那個玩具就像是有生命一樣，從我手中溜走了。

我還是第一次看到這麼棒的玩具。雖然我獵捕過無數的逗貓棒，但這個玩具移動的樣子就很不一樣。我內心深處的本能反應也被激發出來了。

凶猛野貓的狩獵本能發動，我也不由自主地猛力撲向玩具。有非常多的毛、還有金色跟黑色條紋的玩具在椅子上不停搖晃、誘惑著我。

雖然已經喝醉了，但試了三次之後還是抓到了那個玩具，因為我可是又敏捷又帥氣的公貓。我把那個充滿金色毛和黑色毛的東西往嘴裡放，然後咬了下去。

「啊！」

我被這個慘叫的聲音嚇到往後退。我抬頭往上看，白榮燦正低頭看著我。他滿臉通紅，還有掩飾不住的慌張感。

咦……？

我這時才發現到，我竟然抓著白榮燦的尾巴在玩。我因為覺得丟臉耳朵平貼。就算再怎麼醉，也不能把別人的尾巴當成玩具一樣狩獵……我身為貓的自尊心啪啦一聲崩塌了。

「那個，徐組長。」

那小子好像要說些什麼。不知道他是不是喝醉了，滿臉通紅。我看到他頭上冒出圓圓的老虎耳朵。

白榮燦不是狗也不是狼，是老虎。

「那個……」

我丟下正打算要說話的那個傢伙，變成獸人的樣貌從位子上站起來。對其他人打招呼要打不打的，然後就這樣走出酒吧。

＊＊＊

隔天偏偏是平日，也就是要上班的意思。我的頭就好像要裂開了，也沒辦法去梳理毛髮，所以我也不管這散亂不堪的毛髮了。

只是看到白榮燦的臉就丟臉到想死。我竟然身為貓的自尊心都沒有，因為有東西在前面晃動，就伸出前腳……再加上那小子還是老虎！如果那小子是隻狗，我還能試著辯解，但是貓科最了解貓的本能了。

我把黏在襯衫上的毛清掉後，做了一次深呼吸。沒錯，貓如果醉了，是有可能會咬別人的尾巴的。如果我早點知道白榮燦是老虎，那在我就會立刻知道，在我眼前的毛茸茸條紋玩具是白榮燦的尾巴，所以這全部都是白榮燦的錯。

我穿著清理乾淨的襯衫去上班了。我如往常一樣，停好車後照著後照鏡，檢查自己尖尖的耳朵。除了沒有梳理，其他看起來都很乾淨俐落。

我沒想過偏偏會在電梯遇到白榮燦。今天比平常還要晚出門嗎？但是要是他才剛剛停好他的 Land Rover，我應該不會沒看到……

應該是有什麼原因才會等在電梯前面吧。這跟我一點關係都沒有。

「徐組長，早安！」

那小子跟平常一樣很開朗地打招呼。雖然跟平常一樣，沒有看到他的耳朵跟尾巴，但是我似乎可以看見昨晚看到的，又厚又毛茸茸的尾巴，還有圓圓的耳朵。

「唉唷，肚子好不舒服。徐組長，你肚子應該也不舒服吧，吃這個吧。」

電梯上樓的時候，他遞了一個東西給我。是高級化毛膏，甚至還是我常吃的牌子。我的胃很敏感，所以只吃固定的牌子。難道是特地買給我的？不對，不可能。因為白榮燦也是貓科……所以是吃剩下的吧……老虎也要吐毛球嗎？總之，我的心情有點平靜下來了。

「……謝了。」

「那個，還有啊……」

那小子抓了抓後腦杓。他跟平常愛湊熱鬧的樣子很不一樣，一副害羞的樣子很奇怪。

「啊，沒事。」

賣什麼關子。臉都紅了、講話還支支吾吾，看起來很詭異。雖然不知道他要講什麼，但如果我繼續聽下去，感覺化毛膏會被搶回去，所以我就沒有追問下去了。

那天跟平常沒什麼兩樣。休閒之都跟平常一樣忙碌。因為就要到截稿期了，辦公室裡開始充滿緊張的氣氛。比起截稿期，截稿前的氣氛更是緊繃。因為再過幾天後就必須通宵加班，所以在還能準時下班時，把事情儘快處理完會比較好。

我依舊為了達到最高效率，用力按著自己疼痛的頭，盡可能地專注。我專注到連在人類樣貌時看不見的鬍鬚都跑了出來。

到了下午左右。幫李宥晴看了她的草案，然後去一樓咖啡廳買了咖啡回來。剛好跟從廁所出來的白榮燦對看到。我原本以為白榮燦會跟平常一樣，一邊嘻笑一邊作弄我，然後向我靠近，偷偷把味道沾到我身上。

但不知道為什麼，白榮燦完全沒有作弄我。反而避開我的視線，好像假裝沒看到我，然後默默走回去辦公室。而且還滿臉通紅。

「哼。」

我因為說不出話來，而冷笑了一下。

「為什麼突然這樣？是無視我嗎？」

不管白榮燦有什麼事、要不要理我，都不關我的事，我覺得我還是快點進去把工作完成吧。

我喝了一口買來的咖啡，打開第一個草案的檔案。訊息的通知亮了，是白榮燦。

雖然有點突然，但你下班後有空嗎？我想要跟你談一下。

我瞪大眼睛，再確認了一次畫面。跟他平常傳的訊息不一樣，沒有表情符號、不帶玩笑的語氣，甚至沒有打錯字，但的確是白榮燦傳來的。

就

本來想要打「就現在講吧」但我把它刪掉重新輸入。

嗯。

好，那就一起吃晚餐吧。

他立刻就回覆了，似乎是一直在等著我回答。我就好像是在做什麼勾當，害怕被別人看到，於是立刻把對話窗縮小，窺探在辦公桌隔板對面的白滎燦。

白滎燦正看著螢幕。他現在戴著偶爾會戴的銀框眼鏡。乾淨俐落的油頭造型跟看起來精明的眼鏡還滿搭配的。

我之前一直都不知道，白滎燦身上也隱約有著精明銳利的氣氛。我本來以為他看起來就是很隨和，但他的眼睛、線條厚實的下巴、寬大的肩膀，都隱約有著食肉動物的感覺。甚至我都還覺得，為什麼我會一直看不出他是隻老虎。

「咳咳。」

因為覺得很不好意思，我便乾咳了一下後，繼續盯著草案檔案看。為什麼模特兒穿的衣服偏偏是黃色跟黑色的呢，好像在螢幕上看到了白滎燦毛茸茸的尾巴，我趕快緊閉眼睛後再睜開。

＊＊＊

大部分的貓獸人都討厭夏天。因為天氣很熱、又讓人精神渙散，會一直想隨便找個地方躺下來。

幸好這個討人厭的夏天只剩下幾週就結束了。而且過沒幾個月，就會有寒流來襲了。雖然天氣還很熱，但我跟白榮燦都還是穿著長袖襯衫。當然在休閒之都沒有服裝規定，所以就算不穿西裝也不會有人講話，而依照各自種族的風格搭配俐落的服裝就像梳理毛髮一樣重要。

白榮燦今天穿著帶有草綠色色調的深木炭灰褲子配上白襯衫，這個造型跟那小子的塊頭搭配到不行，我的眼睛都會一直往他的大腿看過去。

我跟白榮燦都對晚餐沒想法，所以我們沒去餐廳而是去了酒吧。我們點了簡單的下酒菜，在等啤酒送來之前時，氣氛非常尷尬。我乾咳一下後，假裝用手背梳理耳朵，然後偷看那小子的臉。都還沒開始喝酒，白榮燦的臉已經微微泛紅。是因為燈光的關係嗎？

「……所以……你是要說什麼？」

我受不了這種尷尬氣氛，所以就先開口問。白榮燦抓起先送來的簡單下酒菜吃，但似乎是被嗆到了，還咳了幾聲。

「沒有，那個……也不是什麼大事。就只是想說偶爾可以跟同事一起喝一杯酒。」

那個發出尷尬「哈哈」笑聲的笑臉很不像白榮燦。這小子明明就在隱瞞什麼。我直直盯著他看，白榮燦看到我的眼神後突然說出一句話。

「那個，要摸我的尾巴嗎？」

這時服務生剛好把啤酒和下酒菜送來。服務生一臉像是看到了奇怪的東西，來回看著我們兩個，我則是愣住、張開嘴瞪著白榮燦那個傢伙。

「……啊？」

我好不容易才擠出一個字的疑問句。白榮燦因為覺得難為情而抓了抓後頸。同時，那小子的頭上也冒出兩個圓圓的耳朵。厚實又帥氣的玩具，不對，他的尾巴也彈了出來。粗大的尾巴一開始搖晃，我差點就不自覺地跳過去，但我勉強忍住了。

那小子一臉慌張，急急忙忙換了個姿勢，然後把耳朵和尾巴藏了起來。看來他自己也沒意識到會彈出來。

「那個……因為你好像喜歡我的尾巴。」

我的臉一瞬間開始發燙。神經病，你在說什麼。

「才沒有。」

「……沒有嗎？」

白榮燦用失望的語氣反問。準確一點來說，我喜歡的不是「白榮燦的尾巴」而是又厚實又毛茸茸的玩具。所以，我沒有說謊。

「沒有。」

我更果斷地回答。白榮燦用了一個難以形容的表情抓起乾物下酒菜吃。我也拿起了啤酒杯。

我不得不去偷瞄沙發的位置，心想那小子會不會再露出厚實的尾巴。這純粹只是身為貓的本能。

本來想說喝完一杯啤酒就要離開。畢竟，白榮燦有沒有特殊癖好——像是讓別人摸他尾巴——跟我一點關係都沒有，我打算回家看看書就睡覺。

但是當那小子帥氣的尾巴突然又冒出來在我眼前晃的時候，我也不自覺地瞳孔放大、呼吸變得急促。凶狠勇猛、野性粗暴的貓的本能，從我的脊椎貫穿而過。「我要抓住它！」、「我要把手放上去！」我無法克制自己湧出的本能反應，正要把手伸到桌子上時……

「我們要回家玩嗎？」

那小子抓住了我的手腕。那個不像白榮燦會做出的認真表情，不知道什麼時候已經靠到我的面前。他嘴角上揚地笑。

看起來厚實的老虎耳朵和那小子方正的額頭，在酒吧的昏黃燈光下閃耀。我也不自覺地點了點頭。

坐在白榮燦 Land Rover 的副駕駛座，我一直在努力壓抑住興奮的心情。但是我呼吸變得急促，我無法忍住前腳，不對，是我一直發癢的手。如果是勇猛的貓，就不可能會錯過獵物；會堅持到最後，最終獵捕到牠。優秀的貓直到成功獵捕前，會一直想著獵物、分析獵物。

所以，我才一直想著白榮燦的尾巴。白榮燦尾巴毛茸茸的觸感，優雅又輕盈搖動的樣子，一直不斷浮現在我眼前。

都怪我凶猛野性的本能太強烈，在快到達白榮燦家時，我已經變成了貓的樣子。他輕輕地把我抱下車，尾巴也正顯露起來。

我被白榮燦抱著，前腳胡亂踢，想要抓住在他背後的尾巴。一進到他家，那個帥氣的玩具（白榮燦的尾巴）散發出的味道讓我更興奮了。

「等一下，不要抓壞了……！」

白榮燦把我放到地上後坐了下來。我幾乎是纏在他的尾巴上面緊緊抓住。

「哎呀，徐組長，這樣我會痛……」

雖然那小子在哀號，但是我聽不到。我已經被這個帥氣的尾巴迷住了。當尾巴「唰！唰！」搖擺的時候，我的身體也跟著一起「唰！唰！」跳，幾乎都快要頭暈了，但我不可能放過它。第一次有這麼毛茸茸、觸感又這麼好的玩具。

我已經完全忘記我在抓的東西不是玩具，是白榮燦的尾巴。我伸出腳指甲用力去抓，並用前齒狠狠地咬。

我本能地打定主意，要把那個玩具咬到碎裂，但後頸突然被抓住。變成貓的身體升到半空中。接著，白榮燦的臉緊緊貼到我面前。

「我不是說不要抓壞嗎。」

那對金色眼睛像是在燃燒一樣發亮，還伴隨如虎嘯一般、震撼胸口的低沉聲音。頓時間，恐懼感貫穿我的脊椎，我乾嚥了一口口水，然後不自覺地變成人類的樣子。

緊接著，白榮燦讓我趴在地上後騎到我背上，然後咬住我的肩膀。是騎乘行為。雖然痛是會痛，但是因為這有損自尊心，我忍不住怒吼出聲。

「媽的，放開我……！」

一邊罵髒話一邊掙扎，但一點用都沒有。鼻子撲來一陣充滿刺激的味道。是公老虎的味道。跟白榮燦平常散發出來的味道截然不同。很明顯，他一直以來都隱藏著這個味道。白榮燦輕輕舔了我的耳朵，我感到全身酥麻。我再次吼叫一聲，還露出尖銳的虎牙，但那小子似乎完全沒看到。

「以後如果乖乖聽我的話，我就每天讓你摸尾巴，怎麼樣？」

接著他在我耳邊深情地細語。我點了點頭。問題不在於那傢伙該死的尾巴。是那個小子壓住我、騎乘上來的行為，讓我的自尊心全部被粉碎。

這個時候白榮燦才從我背上站起來。身體被放開的同時我也變成貓的樣子，在白榮燦家裡到處跑。但是，沒有可以躲藏的地方，所以我不斷到處亂鑽。

「徐賢秀！」

我被他像是老虎的怒吼聲嚇到，急急忙忙跳了出來。然後那傢伙巨大的身軀把我就地壓制住，接著還聽到東西破碎的聲音。

我向後看，差點要暈過去。巨大的老虎正向我撲過來。

「嘶哈！」

我盡可能找到最窄小的地方，然後先把頭伸進去，急忙挪動身體鑽進去後，把身體蜷縮起來。他向我撲過來的地方有玻璃碎片，還參雜著不知道是什麼的液體。我不知道被打破的瓶子是什麼，但看到上面貼著外語標籤，應該是很貴的東西。一個看起來跟我身體一樣大的老虎腳，若無其事地踩著玻璃碎片走過來。走到我前面的時候，又重新變回人的樣子。

「唉……真是的。徐組長，快出來。」

雖然不知道那是什麼，但是是因為我的關係才打破的吧……？闖禍了就該道歉，但因為我覺得很委屈又很羞愧，所以不敢走出去。

「還不快點出來？」

很生氣的聲音。我不知道被打碎的東西是什麼，但看起來應該是很重要的東西。該怎麼辦……白榮燦嘆了一口長長的氣。我的身體更加蜷縮在一起。

「喵嗚嗚……」

我垂下耳朵低聲嗚咽。

「出來，你會被玻璃扎到。」

他說話的聲音更溫柔了。沒錯，做錯事就要道歉。我挪動著身體從流理台下走出來，然後變成人類的樣子觀察著他的臉。白榮燦一臉無奈的樣子開始撿起碎裂的玻璃。

「……對不起。雖然我不知道那是什麼，但是我會賠給你。」

正在撿玻璃碎片的白榮燦突然站了起來。我又像個傻子一樣，身體一震蜷縮了起來。

「打破的人是我，為什麼你要賠？」

我沒有料想到那小子會這樣子問，我就更像個傻子一樣眨著眼睛。

「還有，你知道這是什麼嗎？」

我覺得好丟臉。我一直以來都是個優雅的公貓，竟然闖了這種小貓才會闖的禍，然後被這小子罵，這讓我丟臉到不行。

「嗯？你要賠償我，那你知道是什麼嗎？而且這也不是你打破的。」

那小子又問了一次。白榮燦面無表情的樣子很陌生。他本來面無表情就是長這樣嗎……我這時才想到，我沒有看過白榮燦面無表情的樣子。

「不管是什麼……我都會賠給你……」

我好不容易才回答白榮燦，他馬上苦笑了一下，然後用手輕輕捏住我的鼻子後放開。看起來已經消氣了。我的臉開始發燙。

「真的是……」

小聲嘀咕的聲音，讓我覺得更羞愧了。不管怎樣說，再這樣下去我會很難保持清醒，感覺又會闖出其他禍，所以我急急忙忙站起來。

「那個，我，要離開了，你把銀行帳號給我，我再把賠償費用轉給你……」

「你說什麼？」

他這次的聲音語調更高，就像是要生氣了一樣。我尾巴的毛都炸開來。

「你、你知道我的電話吧？對不起。我一收到簡訊就馬上轉給你。」

我把散落在地上的外套和公事包拿起來，急急忙忙往玄關跑去，但是因為不知道怎麼開門鎖，手就一直摸索著門。我想要離開這個充斥著老虎味道的地方。笨蛋徐賢秀，這麼著迷這個玩具……

「你要去哪？」

我似乎聽到背後傳來吼叫的聲音，接著就有一隻手伸過來撐在門上。我乾嚥了一口口水，我現在感覺非常驚慌、不知所措。

白榮燦的手抓住我的手腕，慢慢把我的手放下來。我也沒想到要甩開他，就只是傻傻地望著那個傢伙。

「進來。」

我就像是被什麼東西附身，往裡面走了進去。

「坐好。」

然後我就乖乖地坐在地上。我這時眼睛都還沒有離開過那小子該死的尾巴。

不知道白榮燦是不是發現到我的視線，他把尾巴跟耳朵收起來、斜靠在凳子旁邊。我心裡覺得可惜，然後轉移視線。我一時無法適應突然變得尷尬的氣氛。

我偷偷地環顧他家四周。他家角落有一個大箱子，看起來比我的箱子大了十倍。雖然箱子非常地大，但我知道那是貓科獸人都會準備在家裡的一個箱子。與此同時，我也真正感受到那小子的確是隻老虎。

那麼酷又那麼大的箱子……我又想到剛剛那小子短暫變成野獸的模樣，我的背脊立刻發涼。我儘量不表現出肩膀顫抖的樣子。

「賢秀。」

「喔、嗯？」

他不過是叫了我的名字，我為什麼要嚇到。真是太糗了。我在內心責罵自己，然後抬頭看了白榮燦。白榮燦這次的面無表情跟剛剛截然不同。看起來好像比較沉重，還是該怎麼說……

「那個……」

怎麼了，這樣賣關子。氣氛也變得很奇怪……不對，其實只有我一個人在尷尬而已。我緊咬著嘴唇、盯著他看，示意要那小子快點說，這時包包裡傳來震動的聲音。因為嚇了一跳，差點又要變成貓。

「我先回家了。今天的事情……很抱歉。」

我現在總算可以逃離白榮燦的家了。是媽媽打來的。我第一次覺得接到媽媽的電話會這麼開心。

回家的路上，我整個人都呈現呆滯的狀態。鼻尖上還沾有老虎的味道。

我回到家之後沒有去洗澡，而是呆滯坐在地上。我看了一下手上拿的鮭魚罐頭，然後嘆了一口氣。

「這是怎麼回事……」

白榮燦竟然不是狗……這件事就讓我的腦子一片茫然，然後還在老虎家裡闖禍。似乎可以聽到獸人徐賢秀穩固的貓生裡出現了斷裂的聲音。感覺就好像「碰！」的一聲，被留下了一個又大又厚的腳印。

＊＊＊

隔天，我跟平常一樣時間上班，但是沒有看到白榮燦。那小子總是比我早三十分到，要不然至少也會比我早十分鐘到公司做伏地挺身跟伸展運動，今天沒看到他，就讓我覺得很不自在。

看來今天是有什麼事情讓他晚到了。

雖然現在距離上班還有一段時間……我一個人坐在過分安靜的辦公室裡，打開行程表，此時還是想到了那個小子。不是想到他厚實的尾巴，而是他靠到我面前、那對閃耀的金色眼珠子，還有從喉嚨深處發出的嘶吼聲。

我趕快打開通訊軟體，從朋友名單中找到一個天氣很好的山景照，然後點了下去。第一次看到這張個人照的時候，還覺得他的興趣很像老人，但自從知道他是老虎之後，這張照片看起來就不一樣了。

我深深吸了一口氣，點開對話窗，然後輸入文字，一副要把那些文字用力塞進去的樣子。

我再次跟你道歉，我打破

「早安。」

了。

聽到熟悉的聲音讓我嚇了一跳，所以直接把訊息視窗關掉。我嚇到尾巴都膨脹起來了。

白榮燦正走進辦公室。他沒有做伏地挺身，也沒有對我舉起手，就這樣坐到位子上。我已經錯過回答他的時間，所以只是乾咳了一下，然後假裝專心、盯著螢幕看。我的目光一直往那小子那邊看，我不自覺地開始偷看他。

白榮燦沒有跟平常一樣梳油頭，他瀏海放下來的髮型，看起來似乎有點疲倦。我這才意識到，我第一次看到他這麼散亂的樣子。

他生病了嗎？

我也不是特別擔心。不對，的確是擔心。如果那小子不舒服，東西就會延遲確認，那這樣子就影響到日程。我的尾巴敲打著椅子邊緣，努力試著擺脫這些想法。

我現在的心情非常不自在。我搖了搖頭，然後抓著滑鼠。不要再想了。我把這些雜念抹去，盯著螢幕看。

突然注意到了月曆。我對這個日期感到莫名不自在，所以一直盯著它看，然後我才察覺到我的發情期已經快到了。

我沒吃藥……

小動物獸人在發情期時，有的時候也會不吃抑制劑，只靠自己忍耐。他們的發情期短且頻繁，也不會特別表現出來。

但是貓和狗不一樣。如果不吃藥、強忍的話，就會生病發燒。

只有一天應該沒關係，因為之前也有過一天沒吃。我想是因為心情的關係，才會讓我的下腹感覺到微微地發癢。

＊＊＊

到了截稿期，辦公室整體的氣氛都會變得緊繃。通宵工作的人很多，也會經常不吃午餐。

我那天也因為工作太多而沒吃午餐。我請李宥晴幫我買三明治，然後自己一個人留在空蕩的辦公室裡整理草案。

茶水間裡傳來了聲音，但我一開始並沒有去在意。因為我們茶水間裡的沙發常會被用來小睡，特別是在截稿期，有時候會有些人不吃午餐去那邊睡覺。

我本來想戴上耳機好集中注意力，但是突然間，茶水間那邊傳來痛苦的呻吟聲。這次本來也打算置之不理，但是這樣好像太沒人性了，我還是過去敲了敲門。

「是誰在裡面？還好嗎？」

「……沒事……」

痛苦呻吟的聲音中傳來小小聲的回答。這顯然是白榮燦的聲音。我以為他出去吃飯，結果是自己一個人在那邊不知道在做什麼。雖然我也可以不理他，繼續完成已經延遲的草案，但我沒辦法當個這麼冷淡無情的人。我又再次敲了門。

「那個，如果不舒服要不要去醫院？要不然就早點下班回去休息。」

雖然他自己應該會照顧自己的身體，但是到了截稿期，情況就不一樣了。總之我們是一起工作的關係，如果那小子的身體狀況不好，那也會造成我的麻煩，就只是因為這樣。因為裡面沒有回答，所以我就抓住了門把。

「我要進去了喔。」

我一打開門就有一股老虎的氣味撲進我鼻子裡。我反射性地縮了起來，但這不是我的錯。像我這樣的中型動物，如果聞到猛獸的味道就會保持警戒，這是我的本能。

但是我克服本能，往躺在沙發的那個小子跑過去。因為白榮燦身體不斷冒汗、還蜷縮起來，一眼就能看出他身體不舒服。

「喂！你沒事吧？」

「嗯……」

白榮燦勉強用跟蚊子一樣小的聲音回答。那小子眼睛睜不開、痛苦呻吟的樣子，看起來很可憐。我把手放到他的額頭上，他的額頭非常滾燙，讓我嚇了一跳。

「起來。」

「我沒事……你出去吧……」

哪裡沒事。你這傢伙等等晚上有義務要看我的草案。我抓起白榮燦沉重的手臂勾在我的肩膀上，硬是把那傢伙攙扶起來。

「去醫院吧。」

我發出吃力的聲音，拖著那小子往茶水間門的方向走。真的是，也太重了吧。

我想要抓住門把，但身體卻往旁邊斜過去。是白榮燦把我拉了過去，我跟他因此都滾到地板上。

「喂！你在做什⋯⋯！」

我想要從那傢伙的巨大身軀上爬起來，白榮燦則用手摀住了我的嘴。我因為嚇到還差點打嗝。

「不要大吼大叫，我頭很痛。」

那道穩重的眼神、還有低沉的聲音都好陌生。我原本只是發愣低頭看著他，然後感覺到下面被一個厚實的東西碰觸到。這時腦海突然掠過一個想法，難道是⋯⋯

那小子手沒力地滑落下去。老虎的味道像是貫穿了我的身體裡面，讓我快要窒息，我強忍住這種感覺，然後硬是要讓自己空白一片的腦袋動起來。不對，不需要動腦。

不管是誰都看得出來，現在就是老虎的發情期。

小動物獸人發情期時不會那麼嚴重，所以不用特別去掌控，但是像是老虎這種猛獸就不一樣了。他們都會經歷非常強烈的發情期，所以一般都會吃抑制劑。

「你的抑制劑呢？如果在包包裡，我就去幫你拿來。」

「⋯⋯我沒有⋯⋯」

我本來想要責罵他說「你不帶著發情抑制劑，到底在做什麼」但我還是閉上嘴了。

我突然想起昨天在那小子家，因為我的關係打破的那堆罐子。

原來被打破的是抑制劑啊。

徐賢秀，你真該死。你闖的禍可不小了。這樣做根本就像是把貓的箱子撕碎一樣。不對，說不定還比那個更嚴重。

「……我可以怎麼幫你嗎？」

「不用……」

看著那小子無力地回答，我更感到自責了。該怎麼辦，老虎發情抑制劑也不是那麼好找。

「那個，我去幫你買藥回來，如果你有處方箋……」

在我把話說完之前，白榮燦就一把抓住我的手腕。我感覺到手掌上毛茸茸的毛。

「你出去吧。」

喉嚨發出嘶啞低沉的聲音不像是人類，比較像是野獸。看到他露出的尖銳虎牙還有金色眼珠，我才意識到他現在正勉強地克制住自己。硬是控制住自己獸人的樣子。還有……發情……

「如果不想被我的爪子撕裂就出去。」

說出這麼讓人毛骨悚然的話的白榮燦好陌生。我眼前的白榮燦，跟平常愛開玩笑的白榮燦完全是不同人。

「還不出去？」

如果現在不立刻離開這裡，那可能就會像他說的，被老虎的爪子撕碎，而因為感受到這樣的威脅，我可悲的本能比起逃離，更優先做出的反應是全身僵硬。

一開始我以為是因為那小子是個猛獸，所以我才一動也不能動。但我跟那小子都是貓科，我們的發情期會重疊純屬巧合。

白榮燦就在一瞬間騎到我的身上。他的手越過我的頭，「喀嚓」把茶水間的門鎖上。厚重的肉團頂在我的下半身，老虎的氣味依舊刺鼻，但是這次有點不一樣了。

「徐組長，這是最後機會了，你還不出去嗎？」

他的聲音混著嘶啞的聲音，眼珠都還變成金色的，不知道為什麼卻看不到這小子的耳朵和尾巴。就算我可以猜想到他死命地克制自己，但我的腦子漸漸變得遲緩。

白榮燦的味道本來就這麼好聞嗎？我現在很想把我的身上的味道沾到他的條紋上。原來這就是想被老虎抓住吃掉的感覺。不對，我在想什麼……

如果跟那個小子平常關係不錯，不對，至少關係不要那麼差的話，那我就不會有這麼強的自尊心了吧？

「……如果我不出去你會怎樣？」

我變成一隻在猛獸面前虛張聲勢的貓。

我們彼此撲向對方，甚至不知道是誰先開始的。

就在一瞬間，褲子的腰帶被解開、拉鍊被拉下來。我們就像打架一樣糾纏在一起，但是絕對不是在打架。

白榮燦讓我趴在地上，然後把我的內褲拉下來。我用指甲在茶水間的沙發上頭抓搔，還發出「嘶哈」的聲音威嚇，但他似乎完全沒有聽見。

他把我緊緊壓制住。我不知道老虎的力氣大到這種程度。不管我再怎麼掙扎，都毫無作用。偏偏又是被白榮燦壓制住，真的是鬱悶到受不了。

但我的自尊心會像那天破掉的藥罐一樣碎成一塊塊的，是有其他原因，這都是因為這時聞到那小子的老虎氣味後忍不住興奮的下體。所以說你早該吃發情期的藥啊，笨蛋徐賢秀。

這樣子好嗎？跟老虎做這種事，不對，跟同事做這種事情好嗎？嘴巴上說不要，身體反應卻很誠實。我勃起的肉棒已經硬到不舒服的程度了。

我的下半身被脫光。白榮燦從我背後壓住我的身體。我的屁股中間有個厚實的東西鑽了進來。就像一般野獸一樣，他的生殖器要命的巨大。

「唔嗯……」

雖然我被壓在下面拚命掙扎，卻一點也逃脫不了白榮燦。他緊咬住我的耳朵。「嘶哈」我的喉嚨發出悲鳴。

「你在還能出去之前就該出去的。」

白榮燦貼到我的耳邊細語。我全身毛骨悚然。正當我想著「我死定了」接著就感覺到臀部強烈的疼痛。

「啊呃……！」

太痛了。我伸出手亂揮舞，但被那小子壓制住的身體動也動不了。我會就這樣死掉吧。

正當淚就要流下來的時候，白榮燦的手突然握住我的下體。

「徐組長，你也發情了啊？」

「啊，你在說……」

本來要問他「你在說什麼」但是沒把話講出來，雖然覺得很鬱悶，但白榮燦說的沒錯。硬挺的肉棒讓我覺得很害羞。白榮燦用他厚實的手揉捏我的，另一隻手則摸索著我的後門。

「放鬆。」

那小子命令我。但是巨大得快要撕裂我撕裂的肉棒正要插進我的裡面，這樣怎麼有辦法放鬆呢。

「放、鬆。」

這次他的命令更強勢了。要是平常我就會回罵他「你竟敢命令我」但今天沒辦法這樣做。

「沒、沒辦法……」

我好不容易才發出一點聲音。因為那該死的發情，我後面的洞含住了白榮燦的那根東西緊縮著。白榮燦貼著我的後腦杓，發出嘶啞的聲音。我又感覺到背脊發涼。

「呼哈……忍不住了。」

你說什麼？你是禽獸嗎？本來想要這樣問他，但接著而來的疼痛讓我眼睛閉了起來。

「啊！唔呃……！」

因為我死也不要在他面前示弱，我就只能咬緊牙根忍住。交配的時候不要喊出聲音，是我身為貓最後的自尊心。

這件事好奇怪。當那小子的巨大肉棒真的開始進來之後，我的身體開始有了反應。就在感到疼痛的同時，也有一股快感湧上來。每當白榮燦的肉棒頂到我裡面的某一處時，感覺就像是被電擊棒電到全身一樣。

「啊！唔唔！啊！」

我不發出聲音的決心不到五分鐘就沒用了。我大聲發出自己都沒有聽過的聲音。被壓在那小子下面喘氣的我，本來應該要覺得丟臉，但我卻一點都不覺得不好意思。

白榮燦突然把我的身體抬起來。我一下子就變成背對著他、坐在他的腿上的姿勢。當我一看到跟平常一樣的公司茶水間，就有點回神了。不能在這個地方做這種事、也許會有人進來，一想像到這些，我眼睛就緊閉了起來。這麼一想，門是不是鎖上了……？

我連眼睛都沒辦法睜開，只能一直用力壓抑著湧上來的快感。但是隨著白榮燦的動作，我的感覺開始一一被打開。我坐在白榮燦的腿上，他每一次由下往上頂著我的時候，我的身體都無法反抗地被搖晃著。快感從下方，沿著我的脊椎一直往上爬。

毛茸茸的老虎手握住我的肉棒套弄著。我不知道他是故意的還是剛好，在我感覺達到極限快要射精之前，那小子的手就會鬆開，然後不斷反覆這樣刺激我。

我轉頭過去，大力咬住白榮燦的手臂。就算尖銳的虎牙劃過那小子，對他卻是一點攻擊力也沒有。

「唔呃！啊！啊啊！」

我眼前冒出星星。白榮燦的力氣大到只要動一下大腿，就能讓我彈跳起來。我的腰被他的手緊緊抱住，現在也脫逃不了了。我感覺就像是被插在火棍上面。

「徐賢秀。」

白榮燦在我正後方叫我。我不知道為什麼他要叫我的名字。

「你，本來在發情的時候，就是這麼性感嗎？」

「唔、你、你在說什、麼。」

我是真的不懂那個小子在說什麼。我的魂都已經快要飛了，為什麼還要問這個。

「為什麼我每次都不知道？」

「呼哈、唔嗯、因為、吃了藥……」

為什麼要問廢話？不只我，大部分的貓一般到了發情期都會吃藥。雖然有人先天發情比較沒那麼強烈，所以不會吃藥，但這也不重要……

「以後都不要吃藥，讓我操好嗎？」

「怎麼、唔、你、瘋……」

我本來要說「怎麼會有你這種瘋子」，但發出來的聲音已經沒辦法完整組成一個句子了。我感覺到下體被塞得很滿，但是我沒辦法分辨是白榮燦的肉棒太大，還是我的後面太緊。

白榮燦本來只有一直把大腿往上輕頂，但他突然抓緊我的腰，從下往上非常大力地頂上來。我感覺到老虎巨大的肉柱粗魯地插進我身體最深處。

「啊……！」

「滴答」我聽到了有東西滴落的聲音。我低頭查看。茶水間的地板被我的精液弄溼了。

「爽到射很多喔。」

「唔、唔嗯、停、停下來……」

我全身不停顫抖，眼前一片空白，第一次感受到這樣子的快感。雖然覺得鬱悶，但我的確就像白榮燦說的「爽到射了很多」。老實說，這樣比抓逗貓棒，還要更爽上好幾倍。眼淚不自覺地從眼角流出。雖然的確想哭，但不是因為這樣才落淚的。

白榮燦把他的嘴貼到我的肩膀上。被咬在衣服上的觸感好陌生。

「什麼停下來，我都還沒開始。」

說完後還加上了老虎怒吼的聲音。接著，我的身體就被往上抬，白榮燦把我抱了起來。

「呃啊……」

因為嚇到還差點打嗝。那小子就這樣把我抱著，然後開始擺動。每一次由下往上插入的動作，那炙熱的東西都會插進我身體深處再拔出來。幾乎要讓我的魂都飛了。

「唔嗯、啊啊、啊！」

才剛射精完，現在又感覺到滿滿的快感。這樣下去我不會暈過去嗎？如果跟老虎做愛做到暈過去，不會被吃掉嗎？如果白榮燦把我吃掉怎麼辦？

就在我胡思亂想的時候，我在沒射精的情況下達到第二次高潮了。我的洞不斷夾住插進我身體裡的肉棒。我快不行了。

「賢秀。」

我不知道為什麼那小子要一直叫我的名字。在公司應該要叫職稱啊。對啊，這裡是公司……我在公司交配……

「你的洞好緊，我那根好像會被你夾斷。」

「唔嗯……沒、沒有……」

我不自覺發出了鼻音。我絕對沒有想要撒嬌，就只是已經精神恍惚了。被抬到半空的身體不斷被搖動著。

「沒有？」

我的身體又突然被抱起來。白榮燦抱著我轉過身去，他把我的腳掛在茶水間其中一面牆上的洗臉台上。我從面前的鏡子可以清楚看到，我跟白榮燦交配的樣子。巨大的肉棒有規律地在被分開的雙腳間抽插著。

白榮燦映照在鏡子裡的生殖器，一點也不像是老虎的生殖器——雖然這是我第一次看到老虎的生殖器——是漂亮的粉紅色。顏色很漂亮，但上面突起了許多凹凸不平的血管，看來就像是個漂亮的凶器。而且最重要的是，實在……實在太大了。

我啞然失色地看著鏡子。那個東西……現在是進到我身體裡面了嗎……？我竟然跟有這麼樣一個巨物的老虎交配，而且還是跟白榮燦。我乾嚥了一口口水。直到白榮燦貼近我耳邊深吸了一口氣，才讓我勉強回過神來。

映照在鏡子裡的白榮燦，跟我認識的白榮燦好像是不同人。微微雜亂的頭髮和金色瞳孔，看起來非常凶暴。在這種時候還能控制自己的外表，把耳朵和尾巴都收起來，真的很神奇。但是光看他金色的眼珠和凶狠的眉宇，毫無疑問是隻老虎。

他把我的腳往兩邊拉開，讓我的屁股更抬高了一點。從鏡子可以清楚看到被插入的部位。接著他又開始往上頂。

「你看，非常緊啊，你沒看到嗎？」

「我、我不、唔、知道、唔。」

因為沉浸在快感之中，我聽不到白榮燦說的話，也聽不到自己說的話。全身就像是變成電導體，十分酥麻。

我看著巨大的粉色老虎肉棒插入我身體內，而我同時也很在意那件皺在一起、掉落在沙發上的褲子。這樣不會有皺褶嗎？其他人不會懷疑嗎？會不會有人正在外面聽？雖然很古怪，但我一想到不知道會不會有人進來，就變得更加興奮了。聲音越來越大，我忍不住摀住了嘴巴。

白榮燦抽插了一陣子之後，突然停下動作。我被抬在半空中，雙腳不斷顫抖。我絕對沒有故意夾緊後面的洞。

「發情期時射在裡面會怎樣？」

聽到白榮燦這麼一問，我全身神經都緊繃了起來。看到他金色的眼珠，就知道他已經失去理智。當然，我也一樣失去理智了，但是是從不同意義上來說。

他把我輕輕地放到地上，讓我緊貼著洗臉台站著。當腳碰觸到地板的時候安心了一下下，但是這次他一把將我的屁股往後拉。已經拔出大約一半的肉棒又立刻再次插了進去。

「唔嗯……！」

要是平常的我，絕對不可能發出這種鼻音。

「嗯？會怎樣呢？」

白滎燦又再問一次，肉棒也一邊插了進來。不知道是不是姿勢的關係，感覺比剛剛插得更深了好幾倍。

「我、我是、公的、沒、沒辦法……懷孕……！」

我幾乎是邊哭邊喊。我聽到背後傳來白滎燦低沉的笑聲。我說的又沒錯，有什麼好笑的。

我抓緊洗臉台，不斷被從後面插入。因為正面對著鏡子，我連頭都不敢抬起來。我完全不知道接下會發生什麼事，但這時卻又達到高潮了。因為踮著腳尖勉強站立，腳也忍不住不停顫抖。白滎燦開始扯起我的尾巴。

「嘶哈！」

我不自覺地發出威嚇的聲音，裡面同時也跟著緊縮。白滎燦抓著我的尾巴，放進嘴裡一口咬住。我嚇了一跳，立刻轉頭看他。他難道是瘋子嗎？為什麼要咬別人的尾巴？我不記得是從什麼時候開始哭的，但視線已經因為淚水而變得模糊。

在淚水另一頭的白滎燦，表情看起來比平常還要凶狠好幾倍。那小子這樣子的表情，又嚇到了我。咬著我的尾巴的白滎燦，一點都不像是在嬉鬧。尖尖的虎牙抵在我黑色的毛皮上，老實說，我感覺真的……非常性感。

白榮燦開始用力咬我的尾巴，同時我也蜷縮起來。我的臉貼在洗臉台上，沒辦法呻吟，只能不斷喘著氣。後孔被插入的酥麻快感，跟順著我尾巴下來的快感融合在一起，我就像是煙火一樣炸開了。我不知道這是什麼樣的感覺。等到白榮燦放開他咬在嘴裡的尾巴，我才查覺原來尾巴是我的敏感帶。

白榮燦沒有講任何話，只是抓著我的腰繼續抽插。大腿碰觸到白榮燦的西裝的觸感、抓住我的腰的手、像是要把我吃掉的赤裸眼神，全部都很刺激。我把尾巴翹高，勉強承受住讓我非常吃力的白榮燦肉棒。現在像是要撕裂的疼痛消失了，只剩下快感，身體就像是要浮起來。

「唔嗯……啊……啊！」

不知道過了多久，突然間，白榮燦的性器猛力一撞，好幾股黏稠的液體往我肚子裡面傾瀉。

「唔……！這是什麼……」

「還有什麼，是我的精液啊。」

我本來想反駁說「我說我是公的沒辦法懷孕」但我沒說出口，只是忍住了呻吟。

後來才發現，接收著他的精液的同時，我竟然又射精了。

「呼……」

白榮燦在我的後腦杓呼出熱氣。我能感覺到插在後面的巨大凶器還在抖動。難道現在還在射嗎？到底射了多少？

最後，我後面熱燙的肉棒拔了出來。同時，一堆溫熱的液體也往下流瀉出來。因為感覺很不是滋味，讓我差點要罵出髒話。如果要拔出來就要講啊。

我轉頭想要推開還壓在上方的身體，這時我才意識到，白榮燦碰觸到我脖子的呼吸氣息有點奇怪。

「白組長？」

白榮燦全身的重量全部壓到了我的身上。我努力維持這個十分吃力的姿勢。當我終於看到他的臉時，他眼睛閉起來的樣子怎麼看都不對勁。

「喂！白組長！醒一醒！」

他身上散發出熱氣。我拖著他巨大的身軀，好不容易讓他躺在沙發上，叫了救護車後，趕快清理我和他的下體。

「你再忍一下。」

白榮燦睡著了，我把手貼在他的額頭上。他的身體發著高燒，這讓我突然感到很害怕。白榮燦的大手垂到了沙發下，我把他的手拉起來放到他的胸口。

我在那之後才感覺到自己後面傳來強烈的疼痛。

＊＊＊

最後白榮燦被救護車載走。同事們都在問怎麼會這樣，我只能隨便編理由說是太過勞累、積勞成疾。

雖然我竭盡全力處理快截稿的草案，但根本沒辦法集中注意力。因為感到心煩意亂，我找了幾個可以裝飾家裡的逗貓棒，但是能讓我滿意的連一個都沒有。為什麼上面的毛都看起來好像很廉價、粗細和顏色也都很不怎麼樣。我嘆了一口氣，把瀏覽器關了起來。

「那個，設計組的同事。今天要去聚餐嗎？如果有時間就跟我們A組一起去吧。」

朴俊範經過我們組位子的時候問。這個臭小子，直屬主管都身體不舒服提早下班了，難道他都不擔心嗎？我沒回答只是盯著他看，朴俊範就不好意思地離開我們的位子了。

我把螢幕遮光罩放下來，試著搜尋各種資料。「猛獸發情期症狀」、「猛獸發情期症狀與過勞生病類似」、「……疼痛程度」。

然而，越是搜尋越是感到自責。雖然聽過像是老虎這種猛獸發情時會很難受，卻從來不知道會這麼嚴重。白榮燦毫無血色的臉，隱隱約約浮現在我的螢幕前面。

不管怎麼樣我都放心不下，所以下班後就立刻去了白榮燦家。在路上我經過了幾家藥局，他們都說像是老虎這種猛獸的抑制劑要有處方箋才能購買，所以我還是一無所獲。最後我則是買了炸雞。還是兩隻雞的套餐。

我站在白榮燦家玄關前面躊躇了一陣子，甚至還有其他住戶用了可疑的眼神看著我。我已經很久沒有覺得自己這麼愚蠢了。

唉，我到底為什麼要來這裡……

當然，白榮燦是我的同事，不可能變成一夜情的對象。不對，如果之後又跟剛才一樣，發情期重疊在一起，有可能又會做那些事……而且，就只有那一次可能還不錯……但我們又不是以後不會再見面。

我們明天馬上就要面對面工作了。所以，今天、現在不管怎樣都要做出決定。

我絕對、絕對不是擔心白榮燦，絕對不是。都是因為如果那小子不舒服，就一定會影響工作的關係；因為猛獸在發情期時，身體都會像是過勞生病一樣；因為發高燒、身體不舒服，無法活動身體的關係。同事生病來探病才有道義吧。就只是因為這樣。

徐賢秀，打起精神。

就算去到老虎家裡，只要打起精神就可以。難道會被吃掉嗎？

我做了一次深呼吸後就敲了敲門。

「那個，白組長……你在家嗎？」

我倒寧願白組長不在家，但這是不可能的事。我把耳朵豎起來貼在門上，結果門突然從裡面打開。我嚇了一跳，差點就要整個人黏到了門板上。

我最先注意到的是白榮燦圓圓的老虎耳朵。有黃又有黑的耳朵微微下垂，然後瞥見到他耳朵背後的白色圓形斑點。

不是跟平常一樣穿西裝的他，感覺氛圍很不一樣。白榮燦不是穿襯衫而是T恤，身上還散發出柔和的肥皂香味。是很不適合他的草莓香。

「那個，你還好嗎……？」

雖然我知道不可能會好，但我還是問了。不管怎麼說，把抑制劑摔破的人是我……所以我也不可能裝作不知道，就這樣下班回家。我突然舉起買來的炸雞，就像舉起武器一樣。「兩隻雞」這幾個字讓我覺得很丟臉。我應該只買一隻就好嗎？就算是白榮燦，兩隻也有點多吧……

「如果還沒吃晚餐就吃這個吧。」

白榮燦呆呆地看著我。眼珠雖然沒有呈現金色，但我還是很緊張。他把門又打開了一點，接著用下巴示意我進去。我尷尬地走了進去。

我把炸雞放在桌子上，然後慌慌張張走到房子的中間傻傻地站著。

「你要喝什麼？咖啡？果汁？」

白榮燦講話的鼻音很重。一眼就可以看出來他很不舒服。我倉促地點了點頭。白榮燦的眉頭似乎皺了起來，然後立刻乾笑了一下。這種沒有任何嬉鬧的笑容也好陌生。

「我問你要喝什麼。咖啡跟果汁選一個。」

「啊……果汁。」

我茫然回答後，白榮燦就轉身過去。我眼睛不知道該望向哪邊，只好看著我買的那兩隻炸雞。老虎一般都會喜歡炸雞嗎？我還以為他一看到就會立刻拿出一隻起來啃。如果是以平常白榮燦的食量，這一切就很正常，但奇怪的是，那小子竟然一點都不在意炸雞。

「身體還好嗎？不需要再去看一下嗎？」

「我拿到處方箋了，過幾天就會好了。」

本來想跟他說「就算這樣，如果還是很不舒服，是不是再去看一下會比較好？」但這句話聽起來似乎太雞婆了，所以我就沒有說了。雖然發情期本來就是個自然現象，但這也是個人私事……一想到這個，我突然感覺自己似乎侵犯到白榮燦的私人領域了。

在拿到金黃色的柳橙汁之前，我稍微環顧了一下他家。

之前來的時候沒有心思去注意，但現在仔細一看，發現他家非常整齊乾淨，裝潢也非常高級。黑白色調為主的牆壁、一塵不染的高級原木家具、很明顯是特大尺寸的雙人床、旁邊甚至還有又大又酷的貓科專用箱。

現在一看，牆壁的一角還有一個巨大的貓抓板。看到那個現代又時尚的北歐風格設計、跟我差不多高的貓抓板，我就想到那巨大又尖銳的老虎爪子，不禁豎起了耳朵。

不管怎麼說，這裡的確像是在休閒之都工作的猛獸的家。這傢伙看起來特別不一樣了。

「你為什麼會來這裡？」

白榮燦問。我喝了一口果汁，視線偷偷地移開。

「因為我想你應該很不舒服……」

我絕對沒有說謊。就算只有那麼一丁點……也確實是在擔心。

他呆呆看著我的眼神讓我很害羞。因為不知道為什麼害羞就讓我更害羞了，他本來就是會這樣盯著別人看嗎？本來就是這樣，像是要吃掉、吞下去……

白榮燦本來直直盯著我的眼神變得柔和，然後笑了出來。他嘴角上揚的笑容不像是在嘲笑。

「果汁喝完就回去吧，明天還要上班吧，徐組長。」

然後他輕輕按著我的肩膀，讓我坐下來。我沒有反問他說「你不是也要上班嗎」而是乖乖地坐在椅子上。白榮燦走到床上躺了下來。巨大的老虎尾巴雖然微微露出了棉被外，但奇怪的是，我今天一點都沒有想要獵捕的感覺。

我看了看袋子裡要涼掉的兩隻炸雞，又再看了看喝不完的果汁。我輕輕地嘆了一口氣。好像現在才突然回過神。

不知道白榮燦是不是睡著了，床上沒有任何動靜。我注意到棉被頂端微微露出的老虎耳朵。

徐賢秀，你在做什麼……

我替自己感到羞愧，忍不住就搓了搓臉。

畢竟在主人已經睡著的家裡繼續待著也很不好，但如果這些事都是因我而起，我就這樣消失離開也很不好意思。

突然聽到了白榮燦小小的呻吟聲。他蜷縮著巨大身軀躺著的樣子讓我感到很抱歉，也突然感到有點擔心。我靠近他，把手放在他的肩膀上。

「白組長，你還好嗎？如果還是很不舒服，要不要再去醫院？」

我摸了摸他的額頭跟脖子，幸好沒有發燒。

「我沒事，你快走吧……」

被我吵醒的白榮燦嘀嘀咕咕。老虎耳朵被我的手碰到後抖動了一下。

「徐組長，你不是討厭我嗎……」

聽到他接下來說的話讓我僵住了。

那個小子說我討厭他？

雖然沒有人不知道，我跟白滎燦的關係不好這件事。直到昨天，不對，就算是幾小時前，如果有人問我是不是討厭白滎燦，我一定會立刻點頭。

但奇怪的是，我這次很不想爽快地回答這個問題。是因為這傢伙不是犬科嗎？不對。雖然我不知道原因、也不知道怎麼樣解釋，這就好像是舌頭舔不到鮭魚罐頭裡剩下的魚肉，有種讓人很難忍受的感覺。

「……快睡吧，小老虎。」

我強忍著這個莫名的心情，輕輕拍打白滎燦的背。白滎燦發出平穩的呼吸聲然後再次入睡。

我坐在那小子的頭旁邊直到深夜，一動也沒有動。不是因為老虎的氣味，也不是因為感到自責。

只是因為白滎燦睡著的臉跟平常很不一樣，看起來很孤單，他雖然是野獸一般的臉孔，但是看起來很溫順，這讓我的視線沒辦法移開他。就只是因為這樣。

＊＊＊

白榮燦隔天午餐過後才來上班。幸好他的臉色好了很多，也沒有不舒服的樣子。

「大家都享用過午餐了嗎？」

看到白榮燦跟平常一樣，一邊厚著臉皮大聲呼喊一邊走進來的樣子，我也稍微放心了。

下午有一場會議。為了發想出下一期的報導內容，企畫組所有組員跟其他組組長級以上的主管都要參加。經過將近三小時的會議後，討論出了幾個還不錯的想法。其他組主管先離開了會議室，企畫組和金部長繼續留下來，開了約二十分鐘的最後統整會議，然後也就到了快要下班的時間。

「那麼白組長，今天或明天去店裡確認好單品，如果可以，也過去一下攝影棚。」

「好的，部長。」

「如果需要人手，就把朴俊範帶去。」

「不用了，我一個人可以。」

難得帶著爽快的心情準備下班的時候，收到白榮燦的訊息。似乎是剛剛才離開會議室，什麼時候已經坐下來了。反正，動作真的很快。

徐組長~~明天一起去久違的外勤，怎樣^^

接著他連續發了好幾張正在跑步的熊、雄赳赳走路的熊、工作中的熊貼圖。

我突然間有了各種想法。

不管怎麼說，我跟那傢伙發生的事情不是一場春夢，而是不爭的事實。甚至是在大白天！在神聖的辦公室！我都已經尷尬得要死，白榮燦卻一點事也沒有的樣子面對我，這讓我覺得很不開心。

因為我打破了他的抑制劑，所以他打算使喚我來代替賠償吧？要不然……這是一種威脅？但是我已經買了炸雞給你了，而且是兩隻。我的尾巴拍打著椅子。

我為什麼要

我的訊息本來是想要打「要跟你去外勤，帶朴俊範去」但接著又收到另一則訊息。

不管怎樣，我都要找有品味的人一起去現場……嗯……所以我認為白組長就是最～～～適合的人選^^嘿嘿

看完這則訊息後我的心動搖了。沒錯，有像我這樣經驗豐富的專家去現場看，是很重要的一件事……

我把輸入訊息欄位上的字一一刪掉，然後打開了行程表。就算去出外勤，好像也不會特別影響到日程。大不了就加班而已。

結束後，我讓你來我家摸尾巴。

接下來傳來的訊息，只有文字沒有任何貼圖，徹底打中我已經動搖的心。

＊＊＊

隔天下午稍晚，我跟白榮燦按照預定提早下班去出公差。

今天外勤要做的任務有兩件，一是去店面確認符合這次拍攝概念的單品，一個是去了解攝影棚的狀況。雖然這種事情很常請攝影組的人去做，但是休閒之都是分工精細且非常要求專業度的雜誌。攝影組大部分是負責拍攝，所以由企畫組做事前安排才是最正確的。

一到店面，已經在等待我們的店員就出來迎接了。接下來他們也立刻到倉庫跟我們說明介紹。寫著「休閒之都」的移動式衣架上掛著各種西裝和配件。

「請您確認，確認完再跟我說。」

店員走出倉庫後把門關上。頓時一片寂靜襲來。為什麼要把門關起來，應該要開著啊……因為有點尷尬，我抓了抓後頸。

白榮燦不像我感到尷尬，而是已經開始翻開衣架、確認單品。他把西裝和配件拿下來分類的樣子，看起來非常熟練。

我站在一旁整理白榮燦已經先分類好的東西。眼神不自覺地往旁邊偷瞄。白榮燦的側臉一點都沒有平常嬉鬧的樣子。

這麼一想，我從來沒有看過白榮燦在外面工作的樣子。雖然每天都看到他在辦公室工作的樣子，但是企畫組在辦公室內的工作內容，大部分就是面對著螢幕。

不知道是不是因為不怎麼講話，跟在辦公室工作的白榮燦比，在外面工作的白榮燦看起來還要更認真好幾倍。穩重的眼神、俐落的動作，看起來就像是另外一個人。也對，可以進到我們公司，就不可能會隨隨便便做事。其實看到那小子寫出那些精準到位的企畫書也能知道。

我們選出符合攝影概念的單品後，依照搭配進行分類，再經過一陣討論後，排除了幾個單品。但是有一個小問題。那就是跟白榮燦企劃的內容相比，這個剪裁似乎看起來更為休閒。

「如果能試穿就更好了……」

「是啊。」

看著掛在衣架上的數套西裝，我們擺出差不多的姿勢，都抓著下巴苦惱著。

白榮燦看了看我、又看了看西裝，然後最先開口講話。

「徐組長，你來穿吧。」

「什麼？」

我嚇了一跳，差點還從位子上跳起來。我的尾巴毛髮豎立起來，接著搖了搖頭。

「不行。」

「為什麼？」

白榮燦面無表情地反問。我突然啞口無言。那當然是……我又不是模特兒……

我還在苦惱該怎麼回答，白榮燦就把一套西裝遞給我，我慌忙地接了過來。看來他不是在開玩笑。平常白榮燦很愛開玩笑，但今天一點也不。

「穿穿看。今天必須確認才行。」

「尺寸應該不合……」

「不會，這是徐組長的尺寸。」

他自信的語氣讓我全身發麻。這小子是怎麼知道我的尺寸？應該……是用肉眼來猜的吧？我稍微確認了一下西裝標籤，讓人意外的是，真的是我的尺寸。我必須認同那小子的眼力。

我也只能解開領帶，走到衣架另一邊。等把褲子脫掉的時候，我才想到我早上穿了吊帶襯衫夾出門。依序解開夾子後，換了另一件襯衫穿。

我在換衣服的時候，白榮燦則是確認掛在衣架上的其他單品。看起來是在一一確認質感。

「……這些平常都是白組長親自確認嗎？」

「嗯，雖然也可以交給攝影組去做，但還是由我親眼確認比較安心。」

這應該是因為攝影組品味不夠或是無法完全相信，但白組長卻只是這樣簡單地帶過。真是個性圓融的人啊。

穿上新的襯衫，在把褲子拉起來之前，我準備夾上襯衫夾，但是沒有鏡子實在很不方便。雖然我很吃力地把夾好了夾子，但還是沒辦法看到後面穿起來的樣子。

在外面翻著衣服的白榮燦不知道是怎麼發現我的動靜，他探頭過來我這邊詢問。

「還可以嗎？需要幫忙嗎？」

「啊，不用，我可以。」

不知道是不是聽出我聲音的慌張，他向我走了過來。就算已經做過那件事，但被看到只穿著內褲的模樣還是非常丟臉。可是伸手遮擋也只是更滑稽，所以我就只是半蹲站著。白榮燦到我面前彎下腰，突然把手伸出來。

「你要幹嘛！」

白榮燦就像是沒有聽到我大喊，直接把手伸過來，抓住了一個襯衫夾，接著就這樣把手往後面伸過去。屁股被白榮燦的手輕拂過，接著傳來一聲輕快的「喀」聲，夾子就固定在襯衫上了。

我拉一拉襯衫衣襬確認。不會不舒服，也不會太鬆。

白榮燦原地站起，我再次感覺到他的塊頭有多麼巨大。他兩隻手就像是要把我整個人抱住一樣伸到我的背後。我清楚感受到他拉著我襯衫的手和從大腿掠過的指尖。

因為太害羞，本來想要乾咳蒙混，但是白榮燦的肩膀就在我面前，所以我連呼吸聲都沒辦法發出來。夾上夾子的聲音聽起來特別大聲。白榮燦的手放開了襯衫夾，走到我的面前。他的手指輕拂過我的大腿。

「怎樣？會不舒服嗎？」

「……不會，沒問題，夾的緊度剛剛好。」

不知道為什麼聽起來有點情色，我視線轉了一圈，再抬頭看向白榮燦。在我面前的臉笑開了。他本來就是個滿臉笑容的人，但奇怪的是，我今天卻不好意思看著他的臉。

「那麼把褲子穿上出來吧。我在那邊等你。」

白榮燦從我面前離開後，我才放鬆呼出了一口氣。看來我似乎是不自覺地忍住了呼吸。

我迅速拿起褲子，這時我才發現遠離我的白榮燦後頸變紅了。難道他燒還沒退嗎……？我絕對不是在擔心，只是因為在意才會盯著他看，突然，他的頭上冒出了老虎耳朵，當然還有厚實帥氣的尾巴。

一直以來都隱藏獸人樣子的白榮燦，看來今天是因為身體不好，所以耳朵才會冒了出來。假裝不知道應該比較禮貌，所以我用衣架遮住一半的身體，然後把褲子套到腿上。我的目光會一直集中在厚實的尾巴上，這也是沒辦法的事。

我穿上褲子後，整理自己的服裝儀容，當我走出去的時候，已經看不見白榮燦的耳朵和尾巴了。雖然覺得很可惜，但我沒有表露出來。

我乾咳了一下，他就轉頭看我。這不是我平常會穿的樣式，所以感覺很不自在。這樣全黑的西裝搭配貼身剪裁的襯衫穿起來感覺很彆扭，所以我不太常穿。

「我不知道這樣有沒有穿好。」

為了要掩飾自己的尷尬，我一直摸著自己的衣襬。不知道白榮燦懂不懂我的心情，一直盯著我看。他的目光太過直接，讓我有點害羞。

「為什麼這樣盯著我看？」

「因為很帥啊。」

因為太害羞才問他，但他立刻說出口的答案，讓氣氛變得更尷尬了。我乾脆就當成是我聽錯了，直接忽略。

我一邊確認其他配件，一邊偷看白榮燦的樣子。我並沒有任何意圖或是陰險的想法，只是因為剛剛看到的厚實尾巴還殘留在我腦海裡。我的尾巴拍打著大腿，一邊想擺脫腦海裡的想法。

「我很好奇一件事，為什麼你硬是要隱藏自己的種族呢？」

我不經意隨口一問。而我的手則一邊挑選跟衣服搭配的口袋巾。

「大家不是都會害怕肉食動物嗎，我擔心大家會怕我。」

白榮燦回答。這個答案似乎不是非常沉重。他翻找著衣架的眼神裡透露出微妙的失落神色，這是我的錯覺嗎？

「……我不怕。」

這次不是公貓在虛張聲勢，是真心的。準確一點說，老虎白榮燦不是猛獸，所以我並不會害怕。

我感覺到白榮燦的目光。他怎麼好像在笑……難道在嘲笑我？我這麼想著，野台起了頭。白榮燦一跟我對看後就立刻躲開我的視線。即使如此，他嘴角的笑容也躲不過我的眼睛。

我正想要對他說些什麼，但又把嘴巴閉上了。因為看到他的臉微微泛紅，努力壓抑住自己笑容的模樣，他看起來不像是在嘲笑的樣子。

白榮燦乾咳了一下後稍微低頭往下看，我也跟著他的視線看過去。我的尾巴不經意地碰到站在旁邊的白榮燦的身體。我嚇了一跳，立刻收回來。這該死的尾巴瞞著主人亂跑。白榮燦又乾咳了一下，氣氛變得更尷尬了。

「這個怎麼樣？」

他遞了一條口袋巾給我。是一條淡淡的木炭色配上纖細條紋的口袋巾，跟我現在穿的西裝非常搭配。跟我黑色的毛也很搭配。

我再次真實體悟到，白榮燦就是《休閒之都》的編輯。果然不是白白占著公司的組長位子，很確實地展現出自己的眼光。

「到燈光下面看看。」

「現在？」

白榮燦一把抓住我的手。抬起顴骨微笑的臉看起來很開心，我也乖乖地讓他拉著走。

白榮燦拜託店員後，店員就借了簡易攝影棚給我們。「試穿過就可以了吧」白榮燦始終沒把我的話聽進去。

「開燈確認色調就好。嗯？」

「真的是，好麻煩……」

其實比起麻煩，更覺得害羞……但我不好意思這麼說。白榮燦把我推到燈光下。

「要做就要確實做到好。」

我無法反駁他說的「確實做到好」最後還是站到背景板前面。沒錯，這是工作，要確實做到好。

我很不自然地站在炙熱的燈光下，環顧著四周。幸好，簡易攝影棚裡只有我跟白榮燦。不會讓店員看到休閒之都編輯不自在的樣子，真的是鬆了一口氣。

「徐組長，擺個姿勢。」

「姿、姿勢？」

我身體靠在背景板上站著，我自己都覺得很不自然。我試著把腳斜斜伸向一邊，看起來好像更奇怪了。但是白榮燦突然「啪！」拍了一下手，差點被嚇到尾巴膨起來。

「哇，好帥喔，徐組長！」

他說帥……？我嗎……？這種陌生稱讚，讓我覺得很不好意思，而白榮燦則是把兩手的大拇指和食指擺成一個框，像是在拍照一樣向我靠近。

「哇，徐組長！根本就是模特兒！你就當下一期的模特兒吧！」

「不要那麼誇張……」

「啊啊，不能看這邊啊，要笑一個。」

「真的是。」

他讓我啼笑皆非，我就乾笑了一下。白榮燦還發出各種音效，用手擺出的框左右晃來晃去。

「哇，徐賢秀，你是我看過的貓中最性感的！」

「你在說什麼啊。」

奇怪的是，看到眼前嬉鬧的白榮燦，我的心暖了起來。我產生了一點勇氣。為了回應他的嬉鬧，我試著把尾巴伸直、斜斜站著，然後還把耳朵豎起來。

白榮燦看到我的回應後顯得更加興奮，於是變本加厲地嬉鬧起來。整個人躺在地上，然後像是拿著相機對準我，發出「喀嚓、喀嚓」的聲音；在地上打滾，發出「呼！呼！」的音效。甚至……

「我的小貓咪，喵喵！」

「宇宙無敵徐賢秀！」

「哇，看看徐組長尾巴的毛色！」

講了一些浮誇的稱讚用語。因為太滑稽，讓我大笑了好幾次。白榮燦看到我笑的樣子就更興奮，稱讚變得更加浮誇。

笑了一陣子之後我突然想到一件事。我對於白榮燦和休閒之都的白組長有很大的誤解。

煩惱那小子是狗還是熊，事實上一點意義都沒有。而且現在想想，那小子是老虎這件事，並不值得我那麼震驚。

我一直以來所認知的、那個叫做白榮燦的人並不是真正的白榮燦，可能只是我自己想像中的白榮燦吧。

他做的每一件事看起來都讓人討厭、跟我不合，還有當然不可能跟我同為貓科。這些完全都只是我一個人的想法。

「徐組長，太帥了！」

雖然不知道他是不是在開玩笑，但不斷對我說出那些讓我心癢稱讚的白榮燦，並不是存在在我想像中的白榮燦，而是真實的白榮燦。

而且我在真實的白榮燦面前這樣子大笑，我都懷疑自己這輩子是不是從來沒有這樣子笑過了。

第一次跟他出外勤就像郊遊一樣有趣。挑選剩下的單品時，白榮燦也是無止盡地不斷搞笑。他那種我未曾有過的熱鬧活力，看起來並不討人厭，反而讓我羨慕。

離開店面後，我們一起去附近吃晚餐。各點了一杯啤酒。

吃飯的時候，我對白榮燦有很多新的認識。知道白榮燦是老虎之後，我就認為那小子一定很懶惰，因為大部分的猛獸都是如此。但是，沒想到白榮燦很喜歡運動。

我認為白榮燦的老虎樣子一定會非常可怕，但是那小子說他的肚子上有個愛心花紋。

我以為白榮燦只吃肉，但是那小子竟然說他喜歡吃菜。

當我發現到自己完全不了解白榮燦後，覺得有點丟臉。我跟那小子並不熟，雖然一起工作，但又不是那麼熟識的關係，才會這麼不了解他。這樣子並不丟臉，但是對他懷有偏見才丟臉。

「徐組長好像好厲害。」

「什麼東西厲害？」

可能是啤酒喝太快，已經開始感覺有點醉了。我托住下巴，頭歪斜地凝視著白榮燦的臉。那小子的頭上好像冒出了兩個耳朵。

「每天都會梳洗皮毛，工作能力也很好。」

「喔，那個……」

本來想說「那個不是貓科的基本教養嗎」但這樣好像在自以為了不起，所以就只是清了清喉嚨。白榮燦看著我微微地笑著。這跟剛剛又是不同的笑容，有種被打量的感覺。我急著在心裡解釋，是因為啤酒喝太快的關係才會臉紅。

這裡提供的下酒菜是香蕉片，我拿了放進嘴裡。我會時常壓平摺起耳朵也是無可奈何的，誰叫那小子的視線會一直打量著我的嘴唇。

＊＊＊

我們照著白榮燦曾說過的「我讓你來我家摸尾巴」這句話，立刻就去了白榮燦的家。

雖然這不是第一次進他家，但感覺還是莫名地扭捏。而白榮燦的眼神卻是很興奮。

「放輕鬆吧。」

白榮燦把我的包包放在床下後這麼說。因為喝了啤酒已經有點醉意了，我就聽他的話放輕鬆，變成貓的樣子輕巧地往裡面走，然後走到廁所前面我最喜歡的小地墊上面坐著。雖然想要縮成一團麵包的模樣，但這樣子好像很沒有禮貌，所以我將前腳站得直挺挺地坐著。

「我有東西要給你。」

白榮燦打開碗櫥，然後突然遞給我一個東西。是鮭魚罐頭，還是我吃的牌子。這小子是怎麼知道我只吃這個牌子的？而且那個還是特別限定版！

我瞪大眼睛望向那小子。他的臉稍微泛紅，而且眼睛還不敢跟我對看。為什麼會跟剛剛的氛圍完全截然不同？

「這是我收到的，你吃吧。」

要給我？他有什麼意圖嗎？我還在猶豫時，白榮燦把整個罐頭都倒在碗裡，然後放到我面前。香到不行的味道撲鼻而來。

「……喵。（謝啦，我要開動了。）」

他剛剛關上碗櫥之前，我好像看到好多個跟這個一樣的罐頭，應該是我看錯了吧。我很好奇，到底是誰會給老虎鮭魚罐頭。應該是非常奇怪的人。

我不再客氣，直接把整個臉埋到他給我的碗裡。好久沒有吃到特別限定版口味了。好吃到我的魂都要飛了。

「咕嚕、咕嚕！欸！欸！」

我不由得發出丟臉的聲音，但我停不下來。我眼睛閉上、耳朵豎起，把放在碗裡的鮭魚吸到嘴裡。白榮燦蹲在我旁邊把臉貼近我，一臉心滿意足。

「好吃嗎？」

「呼嗯！呼嚕！呼嚕嚕嚕呼！」

意思是非常好吃，那小子也是貓科應該會懂。

直到碗快被清空的時候我才突然回過神。我沒想過會被請吃罐頭……因為很不好意思，所以只好舔了舔已經空了的碗。

突然，我餘光看到有東西「唰！」地快速經過。我做出本能反應，迅速抬起頭。厚實的毛團玩具再次「咻！」地經過。

我再也忍不住撲了上去。看到黃色跟黑色相間的條紋，我才意識到是白榮燦的尾巴，但我已經停不下來。

我最後抓到了白榮燦尾巴，然後把那個毛茸茸的東西放進嘴裡、咬了下去，咬到一半我看了一下白榮燦的反應。他只是低頭看我，然後甩動了一下老虎耳朵而已。看起來有點羞怯。幸好沒有弄痛他的樣子。我用門牙輕輕咬完後放掉，然後用後腳「啪啪啪！」地抓它。把這麼酷的玩具抓在手裡讓我感到心滿意足。

把尾巴又咬又含了一陣子後我抬起頭，出現在我眼前的是巨大的毛屁股。屁股上有跟我的頭差不多大的兩團毛球。

這是什麼？我靠近那兩團毛球，用前腳試著拍打它。非常圓鼓鼓又鬆軟的觸感。雖然有點大，但這樣子已經能算是非常漂亮的毛球了。看起來很適合拿來狩獵。

我已經張開嘴露出尖銳的虎牙，但剛剛放掉的尾巴，突然從我眼前掃過、往後退了幾步。

被妨礙獵捕漂亮的毛球讓我一時覺得可惜，但我也差點就這樣斷氣。白榮燦不知道去了哪裡，接下來，一隻身材巨大笨重的老虎壓了上來。

「啊啊啊啊啊啊！」

我全身的毛都豎起、尾巴的毛炸開。我弓起身體往旁邊跳走。巨大的老虎再次變回白榮燦的樣子。我對自己的愚蠢感到無言以對。我明知道白榮燦是隻老虎，不需要這麼驚嚇才對。

「抱、抱歉。對不起。」

但是道歉的人卻是白榮燦。他似乎真的嚇到了，尾巴都藏了起來，但是耳朵卻藏不起來的樣子。看到他耳朵垂下的樣子，讓我覺得更抱歉。

我只是嚇了一跳才這樣子的……我磨蹭白榮燦的小腿，想表示說沒關係。我從他的腳旁經過的時候，也伸長尾巴磨蹭。我抬頭看了白榮燦，他的臉漲紅、一臉難為情。

我也覺得不好意思，所以變回人的樣子，但是愚蠢的尾巴，卻一點也不知道主人的感受，還繼續輕輕碰觸白榮燦的腰。我慌慌張張也快速地把尾巴藏了起來。

奇怪的是，那一瞬間白榮燦露出一臉遺憾的表情。

「那個……徐組長，你還在發情期嗎？」

因為這個突然其來的問題我抬起頭。白榮燦直直盯著我看。這應該會被認為是個沒禮貌的問題，但奇怪的是，我並沒有這麼想。是因為他毫無掩飾的眼神嗎？

「如果還沒吃藥，要我幫你嗎？」

還是因為他看起來很慎重的表情呢？

等我回過神的時候，發現自己已經在點頭了。

＊＊＊

我們沒有去床上，就像野獸一樣在地上打滾。雖然本來就是野獸……所以就像野獸那樣。

在我的襯衫被扯開之前，我的褲子已經先被脫下來了。我露出下半身，抬起屁股喘著氣。該死的本能還想念著白榮燦的老虎肉棒。我的肚子比我還清楚，那根東西放進我身體裡面，會有多麼舒爽。

但是可惡的白榮燦，似乎沒有打算要給我想要的東西。不然，他為什麼一直只用手指插我的洞呢？他的手指就跟老虎身材一樣粗大。但沒有任何笨拙的感覺。而我則像被鈍刀一下一下地挖掘著，雖然不痛，卻難以忍受。

「快、快點……嘶呀……」

因為太焦急了，還發出的禽獸的叫聲。身為獸人，這樣子很傷自尊心，但即使如此，我還是不斷發出吼叫。

白榮燦對我的身體似乎瞭若指掌，不斷撥弄我的洞。我知道白榮燦現在在探索我的身體。就像是猛獸抓到獵物後不會馬上吃掉，會先把獵物滾來滾去玩弄。我聽到手指沾滿潤滑液滏滑的聲音。

「夠了……不要弄了，快點……嘶呀……」

「嗯，等一下。」

這個禽獸到底要探索我的洞到什麼時候？我已經忍受不了，轉頭回去看他。我想著應該要騎到白榮燦身上，把那根肉棒插進我的後面，就這樣撲倒他。不對，準確一點來說，是試圖想要把他撲倒。

我之後才意識到我的腰被抓住了。就算我是坐在他身體上面，但我們的眼睛視線卻一樣高。雖然他的眼珠還沒有變色，卻已經閃著充滿欲望的光芒。

「我已經一直在忍耐，你還要一直刺激我？」

這個聲音無庸置疑是猛獸的聲音。當我一聽到他這麼講，我公貓的自尊心就碎裂了。我故意歪著嘴壞笑。

「誰叫你忍了？」

我馬上就後悔剛才那樣叫囂了。因為白榮燦接著用兩隻手把我的屁股用力掰開，然後把巨大的生殖器塞進我的洞裡。

「嘶啊！」

白榮燦就這樣開始由下往上撞。老虎生殖器撐開我緊實的內壁，不斷往裡面擠入。我就像要被撕裂了一樣疼痛，但因為白榮燦已經撥弄了很久，才讓我不至於被撕裂。

白榮燦就這樣開始擺動。我的身體伴隨著清晰的溼潤黏稠的聲音擺動著。

「啊！唔嗯！啊！唔嗯……」

因為沒辦法控制我的變身，虎牙就冒了出來。我用力啃咬白榮燦的肩膀，尾巴則不斷拍打地上。耳朵不斷抖動。我感覺身體好像不是我的了。因為擴散到全身的酥麻快感，讓我頭向後仰，不斷地呻吟。

「唔嗯、呼哈、啊！」

我放肆地大喊出聲。因為潤滑液的關係，溼潤黏稠的聲音聽起來格外情色。

這時我還在在意我身上唯一一件還沒被脫掉的襯衫。白榮燦似乎跟我心有靈犀，他正好也把手放到我的鈕扣上。但是那小子沒有把我的襯衫全部脫掉，而是把嘴巴貼到我露出來的胸口上開始吸吮。

我一時忘記老虎也是貓科，舌頭上也有刺刺的突起物。他舔過我的乳頭尖端的觸感，非常刺激著我。

感覺很刺但很舒服，感覺好奇妙。白榮燦一邊吸吮著我的胸口，眼睛向上看著我。他的眼珠顏色要變不變的，呈現出微妙的棕色。

「啊！啊啊！等一下！嘶呀！唔嗯！」

貓的叫聲跟人類的呻吟聲胡亂混在一起。因為後面被不斷抽插、胸口被吸吮讓我精神恍惚。前列腺液不斷地流出來。

我也不自覺地扭動起我的腰。一大波快感襲來。

「啊唔……唔嗯……那裡……」

雖然很不想承認，但白榮燦的交配技巧真的很棒。也許是因為巨大生殖器的關係，每次進來的時候，都讓我全身起雞皮疙瘩。而且感覺後面滿得讓我的淚都要流出來了。

我不知道白榮燦是怎麼知道的，但他總是可以準確頂到我的爽點。每當他的生殖器在猛烈頂著我內壁某處時，我都會瘋狂發出我這輩子從來不曾發出過的聲音。

我們換了個姿勢，他從後面插進了我的身體裡。之前那小子都穿著衣服，所以我都不知道，白榮燦果然就像頭老虎一樣，全身充滿肌肉。碰到的每一個地方都很結實，幾乎到了會痛的地步。

猛獸特有的結實肌肉用力地壓住我。雖然很重，但是那個壓迫感讓我感到更加興奮。

「啊！啊啊！唔嗯！」

白榮燦「啪啪啪」地撞擊到我的爽點的時候，都讓我大聲呻吟。我現在才知道，那時在茶水間的他非常地克制自己。現在舒服程度是跟當時完全無法比擬的。白榮燦衝撞上來的氣勢，就像是要把我弄昏一樣。

我感覺好像快要斷氣了。我趴在地上、抬起屁股，全身脫光被白榮燦抽插，這就好像作夢一樣。我的身體彷彿要消失了，只剩下末梢神經。我的尾巴直直翹起顫抖著，接著就隨意射精在地板上了。怎麼辦？等一下要擦嗎？我還擔心著噴在別人家地板上的精液。

就算白榮燦一直這樣子衝撞，但他腰部速度完全沒有放慢下來。我似乎永遠都沒辦法逃離那雙緊抓住大腿的手。老虎的精力本來就這麼旺盛嗎？他就好像是裝上了馬達一樣。

「慢、慢一點、唔。」

「慢一點？我不要。」

白榮燦的老虎尾巴悄悄地纏繞住我的腰上並加強了力道。本來就已經比我粗好幾倍的尾巴，連力氣都很大，我就好像是被手抱住了一樣。毛茸茸的觸感一碰到我的皮膚，就更加刺激到我。我一邊顫抖著屁股一邊「嘶啊」喊出聲音。

剛剛才射過而已，現在又想射了。我勃起的生殖器碰到白榮燦的尾巴。他的毛雖然很柔軟，卻很有刺激性。我的前列腺液沾到白榮燦尾巴的毛上，然後還在上面瘋狂磨蹭。

「唔嗯、唔唔……好像要射了……」

「等等。」

這是什麼命令？我正覺得很荒謬，白榮燦的手就緊握我的肉棒。他連手都這麼厚實，似乎深怕別人不知道他是老虎。他的手本來就這麼粗嗎？本來是要讓我忍住才握住的，但這樣反而更刺激，讓我更想射了。

「手、手、放開。唔嗯……」

我一邊用手指甲在地上抓一邊哀求，但是白榮燦就像是沒有聽到一樣。我的臉頰磨蹭著地板轉頭回去看。

果不其然，那小子的神色已經變得不一樣了。他眼神渙散、呼吸急促，就這樣失去理智似的操著我，就是個不折不扣的野獸。

他上半身突然朝我彎了下來，插入的角度一下子改變了。我感覺到本來就已經很緊的內壁被用力擠壓，本來被他舌頭刺激的乳頭摩擦到地板，忍不住感到疼痛。

「賢秀……」

我正想說些什麼，但他叫了我的名字後，我也不自覺地僵住了。只不過是叫名字，感覺卻很奇怪。

「太爽了，爽到快不行了。」

貼在我耳邊細語的聲音也好奇妙。他的腰「啪啪啪」不斷插入的動作，讓我想射精的感覺直衝上腦袋，但是白榮燦的手好像絕對沒有要放開的意思。我很想射精，但因為肉棒的頂端被手堵住，射精的感覺一直湧上來卻無法消散。我的眼淚都快要流出來了。整條脊椎都像是被衝擊著一般。

「唔唔、唔、好、好痛、好痛。」

雖然不會痛，但是好像要這麼說，那小子才有可能會放手。可惜事實卻完全不是我預想的那樣，緊縮的內壁好像反而更刺激了白榮燦。

「放、放手。唔、嘶呀！斯哈！」

他壓制住我、咬住我的肩膀，就像是在做著騎乘行為。我動也動不了，只能不斷嘶吼。即使喉嚨已經沙啞，連聲音都發不出來。

白榮燦咬住我的肩膀發出嘶吼聲。那個聲音不管聽幾次都沒辦法習慣。他放開我的肩膀後，輕輕舔了我的耳朵。他舌頭上的倒刺，讓我的耳朵感到刺痛。

「賢秀，我想把你吃掉。」

他說什麼……？吃掉我……？

我感到不寒而慄。我勉強把被壓住的頭轉過去確認白榮燦的樣子。他的眼珠不知道什麼時候已經變成金色的了。是對不折不扣的猛獸眼睛。

本來想問他「真的要把我吃掉嗎……？」但是他金色的眼珠正閃閃發亮地看著我。同時，我也感覺到我裡面突然變得很緊。白榮燦的生殖器變大了。

他的肉棒一直插到最深處後便停了下來，尺寸也變得更大了。這是我只有聽人說過的鎖結現象[3]。我想這就是他堅持要撥弄我後孔的原因了。

「啊呀！好、好痛！好痛！」

這次真的是痛到大叫。內壁像是要撕裂的疼痛跟強烈的快感同時湧上來。

「呼，等一下……」

白榮燦把大腿貼得更緊。我才在想著難道還能再深入嗎？而那該死的肉棒最後還是撐開了我的後孔，插得更加地深入。

「好痛！唔呃、呃……」

其實與其說很痛，「沒辦法承受這種感覺」的說法更準確。也不是高潮、也不是疼痛，

3 譯註：動物交配時為防止射精前雌性逃開，因而利用陰莖膨脹來鎖住雌性。

是一種貫穿脊椎，然後蔓延開來的感覺，而且我也無法釋放出來。

「唔……」

更慘的是，白榮燦的肉棒在射精的同時也變得更大了，感覺就好像他的肉上冒出了刺，扎在我的內壁上。我感覺到一股一股的精液往我身體裡面傾瀉。每射一次，我的內壁就像是要被撕裂了一樣緊縮著。

「啊……唔嗯……好像、要被撕裂了……」

「太……呼……太爽了……」

白榮燦現在似乎還是聽不進我的聲音。我好像就要被塞滿內壁的肉棒弄死了。眼淚一直流。這時候一股酥麻的快感從我腰部擴散開來。交配是這麼辛苦又這麼舒爽的嗎？

白榮燦的精液又突然再次傾瀉出來，刺激到我敏感的身體內部。我感覺到肚子裡裝滿他的精液。

他同時也放開了抓住我肉棒的手。但是，不知道為什麼精液沒有流出來。明明爽到不行卻沒有射精，只有射精的快感湧上來。

「唔嗯……」

我不知道是淚水還是汗，把我的臉都弄溼了。我除了在地板上磨蹭著臉頰跟哭泣以外，什麼也不能做。

從後面操我的白榮燦把肉棒慢慢地拔出來。現在結束了嗎……？當我這樣想的時候，已經拔出一半的肉棒又再次猛力地插了進來。發出了噗滋黏稠的水聲。

「唔呃！不要做了！」

「再一下，好嗎？」

他從背後抱起趴著的我。白榮燦的尾巴末端輕輕搔癢我的胸口，他的腰快速地前後擺動。白榮燦的大腿肌肉不斷撞擊我的屁股。

因為鎖結的關係，剛剛漲得非常大的肉棒就維持這樣的大小，插進我的身體裡又拔出來。我的上半身被白榮燦緊緊抱住，不停掙扎著，但我就像被真的老虎壓制住一樣，根本無法抵抗。

我的身體被舉到半空中，但下一秒背就碰到了地板。就算這樣，那該死的老虎肉棒依舊插在身體裡。他用兩隻手把我的雙腳掰開，然後開始再次插入。

「唔！唔唔！啊！啊呃！」

肉棒反覆噗滋、噗滋抽插我已經被撐開的洞。每一次的抽插，白榮燦射在裡面的精液就會一點一點流出。我的屁股很快就溼成一片。

因為白榮燦體型的關係，我的雙腳幾乎是被抬到空中。我看到垂頭喪氣的肉棒在下腹部晃動，就像是無力的水龍頭一樣，不斷滲漏出液體。

現在連呻吟的力氣都沒有了。只能隨著白榮燦的動作而晃動，就這樣承受難以承受的快感。尾巴被自己噴出的液體弄溼，耳朵的毛雖然也已經是一團亂，但是我也已經沒有力氣整理了。

白榮燦把身體朝我彎下來。一碰觸到那小子已經溼透的全身肌肉，就感覺很不舒服……才怪，是很刺激。

「再來一次吧。」

「唔……你，你說什麼？」

現在不是正在做嗎……？正想要問的時候，就聽到了老虎低沉的咆哮。白榮燦的兩隻手各緊緊抓住我兩邊的手腕。接下來我突然了解到「再來一次」的意思。那小子正插在我洞裡肉棒又再次變大。

「嘶呀！呀！嘶哈！」

我一邊掙扎一邊悲鳴，再次感覺到精液傾瀉在我的肚子裡。那傢伙竟然邊射精還邊擺動。他有規律地繼續抽插，力氣也非常粗暴，但也同時用力地頂著我的爽點。

「嘶呀……！呀！唔……」

我又再次達到高潮了，在我跟白榮燦之間流出了一點溼潤的東西。我已經流到沒有東西可以射了。

白榮燦的那根終於拔出我的身體。我雙腳大張、眼神呆滯地望著白榮燦。我看著巨大粉紅色老虎生殖器晃動的樣子，就這樣昏了過去。

＊＊＊

一睜開眼睛，我就立刻爬了起來，肩膀發出僵硬的喀喀聲。我抓了抓黏成一團的頭髮，就被眼前看到的景象驚嚇到。這裡……不是白榮燦的家嗎？

我光著身體坐在白榮燦特大尺寸的雙人床上。我慢慢看向旁邊，看到露出老虎耳朵和尾巴、以大字型趴著的白榮燦。同樣也是光著身體。

接下來則是一陣疼痛從下面傳上來。我慢慢想起昨天的事情。

徐賢秀，你真的瘋了。

我跟白榮燦交配了，甚至還發生了鎖結。而且今天……有一種奇怪的感覺，讓我不寒而慄。

「啊，公司！」

「什麼？公司？啊，公司！」

我先大喊出來，白榮燦接著突然爬起來大喊。今天也只能帶著黏成一團的亂髮去上班了。

我們兩個人一起進去浴室，開始沒頭沒腦的清洗。雖然不習慣跟別人一起洗，但這也是沒辦法的事。為了上班不要遲到，就算不是跟老虎，跟狗一起洗都可以。

我急急忙忙把毛吹乾，然後先穿上衣服、提起包包。雖然樣子非常狼狽，但只能在去的路上整理了。

「徐組長，一起走……」

白榮燦一邊扣釦子一邊跑過來。我們一起離開他家，然後就這樣往地下停車場去。雖然沒有協調過，但我們就像是講好了一樣，他走去駕駛座，而我則是坐到旁邊的副駕駛座。

「完蛋了。早上的會議怎麼辦？」

「現在出發就不會遲到了。」

白榮燦一臉堅定，踩下油門。坐在副駕駛座的我偷看白榮燦的側臉。

……非常認真呢。

從他握方向盤的手臂，還有他看向旁邊時傾斜的脖子線條，再次看到這小子認真的一面。直直望著他的時候突然互相對看到。我嚇了一跳，但白榮燦則是用下巴指著我的肩膀位置。

「安全帶。」

「啊……」

我急忙要把安全帶拉起來，但白榮燦就把手伸了過來。我的胸口和大腿被他的手輕輕掠過。我臉會變紅只是因為很著急，急急忙忙出門，還用跑的才會這樣。

我們到了公司，一直到午餐時間，我才發現我跟白榮燦的領帶對調了。白榮燦這個人反應很遲鈍，所以到了這個時候似乎都還沒發現到。但因為不是什麼重要的事，我也一直沒有說出口。已經到這個時候了，再交換也沒有意義。

工作的時候，因為後面很疼痛，吃了不少苦。這麼野蠻……還做到鎖結……我尾巴拍打著椅子側邊，眼睛盯著螢幕上顯示的工作內容。視線會一直往白榮燦的方向飄過去並不是我的問題，只是因為覺得很痛、很想抱怨、很煩躁、很不順心才會這樣。昨天被白榮燦的舌頭粗魯磨破的乳頭也很痛。

我都不知道做了什麼就這樣過了一天。因為乳頭太痛了，上班上到一半，我還偷跑去廁所把衣服脫掉檢查。被磨破發紅的乳頭立起來，看起來就好像小小的性器。因為又熱又刺痛，我很想要貼個胸貼，但是那種東西實在太傷自尊心了，所以我不想這麼做。公貓竟然要貼胸貼，而且還是因為交配的時候乳頭被咬了？這絕對不能讓別人知道。

看到組員們都下班後，我也要準備下班。我備份了今天的工作進度，又確認手機有沒有收到訊息或是來電，這時螢幕前突然有隻手伸了過來。

「我先走了，明天見。」

聲音雖然輕快，但是不帶嬉鬧的感覺。我很快把頭抬起來，看到沒有繫領帶的白榮燦。我今天被那小子繫了一整天的領帶就放在螢幕前面。

早上這麼手忙腳亂，不知道他究竟是什麼時候噴了香水，還是噴了放在辦公室的香水，我的領帶上面沾有淡淡的 Mister Marvelous 的香味。

所有人都下班離開後，我自己一個人留在辦公室，輕輕地把領帶放到鼻子上。一聞到這個清爽的味道，就好像在偷看白榮燦，有一種害羞的感覺。

＊　＊　＊

這幾天我們的相處很平淡。我不知道怎麼跟發生過兩次關係的老虎相處。我們不是只是尾巴交纏了幾次，而是做到了鎖結的地步。而且還是發生了兩次。雖然我不是母貓，當然不可能會……懷孕。

「唉……」

我嘆了一大口氣。我把正在製作的草案縮小，然後搓了搓臉。

「組長，你有什麼事嗎？」

李宥晴經過旁邊時問。雖然我趕緊搖了搖頭，但是耳朵卻是平貼著。

「喔，沒事。草案做完再寄給我。」

「好。」

看到李宥晴看到我的臉色後遠離，應該以為我在生氣吧。看到她的白色兔耳抖動一下，我又嘆了一大口氣。我竟然因為私事影響組員們的工作。這樣很不像我。

徐賢秀，你到底在做什麼……

我稍微抬頭看了辦公桌隔板對面。白榮燦戴著眼鏡在工作。我不知道為什麼我的眼睛經常飄過去。是在垂涎那小子的身體嗎？不對，不是這樣的。雖然，老虎獸人的身材真的是好極了……

我乾咳一下繼續盯著螢幕看，但一點都沒辦法專心工作。

你……是怎麼想我的？

我想問的話就像毛球一樣卡在喉嚨。我完全沒辦法看出來他把我當成什麼了。只是個同事？還是偶爾想要交配時可以做愛的對象？不管是哪一個，我都開心不起來。

當我還在胡思亂想的時候，白榮燦突然從位子上站起來，我的毛差點又要豎起來了。

「哎呀，今天為什麼這麼熱？開個窗吧。」

白榮燦依序把窗戶打開，他還是跟平常一樣厚臉皮。白榮燦把窗戶一個一個打開，慢慢向我這邊靠近。雖然我想要豎起耳朵，但還是會一直平貼下來。我在心裡安撫自己。

徐賢秀，不要怕。就算白榮燦是老虎，也不會把你吃掉。

當白榮燦把我後面的窗戶打開再次挺起上半身的時候，他的領帶掃過了我的肩膀。

「你，今天很帥喔。」

雖然是小聲的耳語，但依舊聽得非常清楚。仔細想想，白榮燦的聲音一直都是這樣。絕對沒辦法忽視或是假裝聽不見的堅實飽滿的聲音。

我感覺到自己的臉發燙，但是我繼續盯著螢幕看。螢幕後方傳來那小子甜甜的香水味。

＊＊＊

那天晚上下雨了，我也因此不得不取消下班後洗衣服的計畫。雖然打開了書本，但是卻一點也看不進去，也想不出來其他想做的事。突然覺得心情低落，所以呆呆地望著外面的雨。

他在做什麼呢……

正在看著雨嗎？吃飯了嗎？我對白榮燦的思念滿溢出來，嘩啦嘩啦落到窗戶上。我搖了搖頭，但還是隱隱浮現出黃金色的尾巴。我拿起手機又放下來好幾次。

突然聽到門鈴聲，我第一個想法是「我沒有訂貨啊」。不久前也才剛囤積了零食罐頭，因為沒有喜歡的逗貓棒，所以最後也沒有選購……

「是誰？」

我一打開門看到的是熟悉的臉孔，我的尾巴差點就當場炸開來。

「喂！你幹嘛淋雨……！」

白榮燦全身被雨淋溼站在外面。

我的天啊，貓科動物被雨淋溼成這樣。看到這個可怕狼狽的樣子，我全身的毛都豎起來。遇到這麼可怕的事情……白榮燦應該嚇壞了吧。但這樣還可以來到這邊，真的是英勇的貓科動物。（註：老虎跟其他貓科動物不一樣，非常喜歡水。）

「快點把水擦乾！天啊，太可怕了！」

我讓那小子進來後，立刻拿出乾毛巾從頭開始幫他擦乾。白榮燦全身溼得到好像不管怎麼擦都擦不乾。我的毛豎得更直了。

當我正很認真地搓揉，想要擦乾他的頭實，突然他的頭上冒出兩個圓圓的老虎耳朵。我差點下意識地用嘴巴去咬，但我靠著公貓的高度自制力忍住了。

「那個啊……」

坐在地板上的白榮燦抬起頭，抓住我正在幫他擦頭的手。那小子的表情非常嚴肅，我也跟著閉上了嘴。

白榮燦的耳朵垂了下來，眼睛直直地盯著我。我也因為很緊張，耳朵垂了下來看著白榮燦。到底是想說什麼，這樣吞吞吐吐的……

「我想跟你成為用同一個箱子的關係。」

我的尾巴不由自主地膨了起來，嘴巴開開合合。我不知道該怎麼回答他。

「徐賢秀，我喜歡你。」

這次尾巴膨脹了兩倍。我感覺到我的臉又熱又紅。

「用同一個箱子」這句話對貓科動物來說是最強烈的告白。但是……我突然想到白榮燦那個又酷又大的箱子，以我這個貓的身體進去，應該還占不到十分之一。白榮燦是老虎啊。如果跟他用同一個箱子，我說不定會被他壓在肚子底下……不對，這不是重點。

「我……」

我清了一下自己沙啞的聲音。

「我明白了，但是我個性很差、只知道工作、鮭魚罐頭只吃固定的牌子。」

「我知道。」

他立刻回答讓我覺得很不好意思，還有那個直盯著我看的眼珠。是什麼樣的老虎眼睛會這樣閃閃發亮。

「我會買特別限定版給你。」

如果說那一刻自尊心沒有受傷是騙人的。看來他以為我會被特別限定版的鮭魚罐頭誘惑吧。但是，我已經忍不住在流口水了。

「賢秀，我喜歡你。如果你想要，我可以每天都把尾巴放出來。我也不在乎被別人知道我是老虎這種小事了。」

我不知道該怎麼回答他。我只是一隻普通的公貓，個性很差、又敏感，甚至還去隨意玩弄老虎的尾巴。這樣的我有什麼好的。

突然覺得有種想哭的感覺。我因為公貓自尊心而總是梳理好自己的毛，但也是希望自己沒有用的一面不要被人發現。

白榮燦原地站了起來。我們視野的高度交換了。他溫柔地抓住我的手，當我的手腕被他的手掌完全覆蓋住時，感覺好奇妙。他的手本來就這麼大嗎？

「因為你的個性很差、只知道工作、只吃固定的鮭魚罐頭，所以我才喜歡。」

「……為什麼？」

我眼淚差點要流出來，我也不知道為什麼，但是我忍住了。公貓的自尊不允許我在老虎面前哭。

「因為那就是徐賢秀。」

雖然虎牙咬住肉的感覺很痛，但我還是緊閉嘴巴。我感覺全身一陣刺痛。

「因為我是公的，所以沒辦法幫你生下漂亮的小孩，但我還是可以讓你隨便玩我的尾巴。」

白榮燦把我的手抬起來「啾」的一聲親下去。

「所以說徐賢秀，跟我交往吧。」

我隨便點了點頭。因為不知道該擺出什麼表情，臉部表情也跟著扭曲了起來。

「我……」

「沒關係。」

溫和的老虎瞇著眼睛看著我笑。我什麼話都還沒說，什麼沒關係。

最後，眼淚不停地流下來。白榮燦一點也不慌張、也沒有嬉鬧，就只是把我拉過去抱在他的懷裡。我就這樣毫無羞恥心地在他已經溼透的懷裡哭了好一陣子。

＊＊＊

雖然我們已經開始談戀愛，但白榮燦跟我之間的關係卻沒什麼改變。我們依舊在休閒之都上班、一起共用貓科零食和貓抓板，然後就如他所說的，我們一起進到同一個箱子。

我們第一個約會地點是景福宮。我們一直參觀到下午，再一起繞著石牆走，一直走到腳痠為止，然後時間就到了晚上了。

變成老虎的白榮燦輕輕咬住變成貓的我的後頸，很自然地把我咬起來放到背上。雖然有一點嚇到，但因為視野變高後感覺很舒爽，我也就沒有對他抱怨什麼了。

我們就這樣在夜晚的街道上走了一會兒。光化門街道上的燈光很閃耀。白榮燦的背因為有肌肉的關係，比想像中的還要堅硬，但是可以直接在上面縮成一團的感覺也不錯。我仔細地用額頭在那小子的紋路上面磨蹭，想把我的味道沾上去。

隔天放假日早上開始，我用貓的樣子在白榮燦家打滾。我也是那時候才第一次看到白榮燦肚子上巨大的白色心形紋路。我的額頭瘋狂在他的肚子上磨蹭。白榮燦的肚子跟背不一樣，非常的蓬鬆柔軟。我鑽到毛裡面磨蹭身體，慵懶地待在裡面。

到了午餐時間，我們共享了一個鮭魚罐頭。我第一次知道老虎也會吃鮭魚罐頭。我還不習慣白榮燦巨大的舌頭在我面前上下舔食，但是那個鮭魚罐頭好好吃。白榮燦的味道也很香。

飯後用舌頭梳洗的時候，白榮燦把額頭伸向我，貼著我磨蹭。因為體型差異太大，我整個身體被他推開。我輕輕「喵」了一聲後，他這次就用巨大的舌頭不斷地舔我的身體。他的口水多到我全身都溼透了。

「喵嗚嗚嗚（毛都亂了啦）。」

白榮燦一聽到我的叫聲就停了下來，然後這次換成反著舔。但是我不是這個意思……不過算了……我也開始舔白榮燦巨大的前腳。

我感覺到我全身沾滿白榮燦的味道後，又開始想睡覺。身體非常疲憊。真是多麼安詳的休假日啊。金黃色的陽光溫暖了白榮燦厚實的腳，我鑽到了他的腳中間。

睡一覺醒來後我變成人的樣子，白榮燦則還是老虎的樣子，然後露出肚子躺著。我睡眼惺忪呆呆地看著他的樣子，忍不住笑了出來。

「真是幸福呢，小老虎。」

我用手掌輕輕撫摸他肚子中間巨大的白色愛心。那隻巨大的老虎腳便搭到我的肩膀上，用非常巨大的力量把我拉了過去。

「喂、喂！我會被壓死！」

我被埋在老虎的毛裡面，掙扎了一陣子後才爬了起來。白榮燦好像沒有醒來，眼睛還緊緊閉著。我輕輕地摸了他的鬍鬚，他巨大的鼻子就抽動了一下。我憋笑著。

「晚安，小老虎。」

我輕輕地擠進那小子的側身。我把身體蜷縮在老虎蓬鬆的毛之間，剛剛好完美貼合，感覺非常好。

「賢秀，晚安。」

我好像在睡夢中聽到他說話的聲音。我甚至不知道是不是在作夢。

眼睛睜開時已經是深夜了。白榮燦正在用老虎的舌頭舔我，這種觸感喚醒了我。我不知道為什麼衣服被脫光了，也不知道為什麼白榮燦還是老虎的樣子。

「嗯……好癢……」

與其說癢，其實更像是刺。舌頭舔過我裸露肌膚的感覺很刺激。我的身體慢慢熱了起來。

「唔嗯……夠了……」

溫暖溼潤的觸感，讓我身上疲憊的感覺都散去，也很自然地興奮起來。我突然感覺到我雙腿之間有個巨大……不對，連說巨大都還覺得愧對它的雄偉物體。

「這是什麼……」

我在半睡半醒中到處擺動我的尾巴，然後突然意識到在我雙腿中間的東西是什麼了。同時，我眼睛也一下子睜開。

老虎白榮燦正在舔我。當我確實感受到這件事後，耳朵的毛就豎了起來。白榮燦就像在擦拭自己的食物，不斷地舔著我的耳朵跟後頸。

勃起的老虎肉棒，比他獸人樣子的時候大了好幾倍。幾乎跟我的大腿一樣大。他嘶吼的聲音震動著我的全身。我的背後搭著一個興奮的禽獸，感覺很毛骨悚然。跟我大腿一樣粗的性器，不斷頂著我的後面。不是啊，這就物理上來說完全不可能啊。

「喂，你該不會是想要用現在這個狀態撲上來吧？」

我尷尬地笑了笑。但是，背後傳來的老虎呼吸聲變得更強烈了，肉棒也變得更硬了。我掙扎了一下想要逃脫，一下子就被白榮燦壓制住了。老虎驚人的體重，就像是要把我的身體壓碎了一樣。

「住、住手！不要這樣！」

白榮燦緊緊咬住我的肩膀。他似乎自以為不會咬痛我，但他的虎牙本來就又大又銳利，所以非常的痛。我害怕會就這樣被吃掉。

最後我變成貓，從他懷中逃走。白榮燦趴在地上、直直地看著我，然後突然翻過身去。這時候我才放心向他靠近，也跟著在他旁邊翻身露出肚子躺著。

白榮燦要再次翻身的時候，我差點就要被他壓在下面，但我是隻靈敏的公貓，不用擔心這種事情。快速躲開，然後一下子跳到他的背上。

因為是我才有辦法躲開。不管怎麼說，白榮燦真的是遇到了好對象。當我一這樣想，心情就變得很好。

＊＊＊

就算是休閒之都的菁英編輯，也一樣很討厭星期一。我敲敲自己每個週末都受苦受難的腰，一到公司就看到白榮燦。

「徐組長，早安！」

我在心裡噗哧一笑。剛剛都還在一起，說什麼早安。竟然都還沒有人來，我們都已經刻意避嫌了。

「是啊，真的好久不見。」

我一回答完白榮燦，他就不知道在開心什麼地嘻嘻笑著。我把保溫瓶放在桌上，然後打開電腦。

正想要坐下來就看到螢幕前擺了一個東西。我把裝在那個小小紙袋裡面的東西拿出來。是黃色跟黑色相間、老虎紋路的逗貓棒。我先稍微確認了一下走廊，看有沒有人走過來，然後身體斜斜站著，揮動著逗貓棒。

「這個是很漂亮，但是還是比不上原版的。粗細跟顏色都比不上。」

「唉唷，得寸進尺的徐組長。」

白榮燦瞇著眼睛怪裡怪氣地笑著。我也笑了出來，然後坐回自己的位子上。

我跟平常一樣，打開行程表、確認各個事項，這時候訊息軟體通知亮了。是白榮燦。

白榮燦：附件檔案：［特輯］讓皮毛更突出的蝴蝶結搭配.pdf 我的小貓咪~^^ 今天也要加油唷，呵呵

讀完他的訊息我就笑了出來。我把頭稍微向上伸出辦公桌隔板，然後就看到白榮燦的身影。圓滑的油頭稍微高出辦公桌隔板，然後立刻就看到一對眼睛。他發現我之後就露出了清爽的笑容。他的眼睛是這個世界上最沒有殺傷力的老虎眼睛。

我也對著他笑，然後重新握住滑鼠。我突然發現到領帶上散發出 Mister Marvelous 的香味。我拉起來一聞，上面還混著白榮燦身體的味道。

身體因為這個動作而變得有點歪斜，我重新調整好坐姿後，深深吸了一口氣，挺直了腰，就像是一隻完美的公貓。

跟平常一樣完美的早晨。

FUCK-PECT BUDDY

08

【冬天，你的肺還好嗎】

HYUNSOO～^^
................/////
LOVE U
I LOVE YOU,TOO
LOADING...

BAEK YOUNGCHAN × SEO HYUNSOO

早上，白榮燦碰觸到我身體的手臂，就像是又大、又硬、又熱的香腸一樣。這是誇獎。是種不知不覺引發我食欲的味道。等等，眼睛一睜開就有食欲了？我們沒有什麼相像的地方，但在這一方面竟然很相像，讓我在半夢半醒之間感到慚愧。

我睡在床的內側，所以都會先照到早晨的陽光，但是我幾乎很少先起床。

我都不知道我的愛人白榮燦睡了幾個小時，這件事也是我的罪惡感之一。五天有四天都是白榮燦先起床，然後用炯炯有神的眼睛看著我，看到他這樣的臉，我也就不得不有這樣的感覺。

當然，我也有比白榮燦早起的時候。我側躺著，觀看著那小子的臉慢慢被撒上清晨的陽光。意外的是，白榮燦睡覺的時候不會說夢話、也不會亂翻身，只是非常老實地躺著。他眼睛閉起來躺著的樣子，反而比醒著的時候看起來更穩重。我現在也可以理解，為什麼睡眠品質很差的我，跟白榮燦睡同一張床也不會有問題。

我現在這樣靜靜地看著他的臉，等到他睡醒，我也明白為什麼那小子每個早上都要直盯著我的臉看了。原來就是這種感覺。原來這就是跟喜歡的人住一起的感覺。

就算每天早上的風景都一樣，但都不會厭倦，這是非常幸運的事情吧？

今天眼睛一睜開，第一個想法就是看著白榮燦的臉。

我不知道白榮燦是什麼時候起床的，但是我眼睛睜開的時候，他總是在看著我。曾經我還想過是不是我睡覺的樣子很可笑而感到受傷，但是現在白榮燦就算用手幫我清掉眼屎，我也不覺得怎麼樣了。

他幫我清掉右眼眼屎，在他把手移到左眼之前，我就把臉埋到他的懷裡了。他身體的味道依舊甜甜的，而就算時間這樣子過去也都沒有變。我敢掛保證，就算白榮燦變成老爺爺，還是會有很香的味道。

「你什麼時候起床的……」

我把臉埋在他像石頭一樣的胸口上嘀咕。我的答案一直都一樣。

「剛剛。」

因為每次答案都一樣，感覺聽起來也有點像在說謊，但我還是要相信我的愛人啊，要不然誰要相信呢，所以我就沒有再追問下去。

我還想再睡，所以緊緊抱住他的腰。白榮燦似乎看出來了，他輕輕撫摸我的背。我的額頭跟臉頰感受到了心臟的跳動。這是我每天早上死守著他胸口的理由。只要聽到了心臟的跳動，就能親身感受到用肉眼感受不到的東西。比如說，他的、我們的情感這類的事情。

他輕輕抬起我的下巴，我也乖乖地抬起頭跟他對看。

「有睡好嗎？」

我喜歡他問這句話的低沉聲音，喜歡他溫柔地彎起眼睛笑的溫順笑容。因為我知道那傢伙只會對我這樣笑，所以我就更喜歡了。

季節已經到了冬天，要去運動變得很不簡單，但我還是努力把睡衣換成運動服，還戴上手套。白榮燦幫我拉起連帽外套的拉鍊，然後在我的額頭「啾」一聲親了一下。

「我的小貓咪，你的耳朵很冰，要不要戴耳罩出門？」

「誰會在運動的時候戴耳罩。」

而且衣櫥裡也沒有耳罩。他發出「唉唷」的嘮叨聲一邊開門，接著就先走在前面出去。

一直到走到公園的路上非常冷。冬天果然有冬天的樣子。夜晚的時間也變長了，所以現在天還沒亮，外面一片黑壓壓。

不是在截稿期的時候，我們夏天會在清晨六點，而最近冬天則是在六點半左右一起出去慢跑。我本來不喜歡在早上運動，但是跟白榮燦一起跑過幾次步後，發現比晚上運動還要好，所以在那之後我也都一起跟著出去運動。

距離我們家走路約十分鐘左右的公園，沒有什麼人煙，非常適合跑步。沿著慢跑步道跑一圈，不會太少也不會太累，剛好是會氣喘吁吁跟流汗的程度。除非白榮燦偶而會故意逗我笑。

「榮燦，我們的牙膏是不是都沒了？」

「嗯，還有一條，但我也已經訂了。」

「這麼快？」

「小貓咪用的東西是從海外寄送的，需要一點時間啊。有時候會因為缺貨比較慢到。」

我一邊跑一邊拍了一下白榮燦的肩膀，對他表示稱讚。我自己住的時候，連買一條牙膏都要記在行程表上，而跟白榮燦一起住之後，就不用再這麼做了，但其實我到現在都還是有點無法適應這件事。

一開始，在他身邊好像會讓我漸漸變得有點鬆懈，讓我感覺不是很開心，但現在已經不會覺得不自在了。

慢跑步道後半段有一個秋海棠花田。我跟白榮燦一起並肩跑到達秋海棠花田的時候，就會一句話都不說，突然開始加快速度，然後就一直死命跑到慢跑步道的終點，大約五百公尺。

起初一起慢跑的時候，本來只是開玩笑說「我們要從那裡開始賽跑到終點嗎？」但是現在已經變成一個不成文的規定了。每次都在開玩笑的白榮燦，不知道從什麼時候開始幾乎都是拚了命地在跑這段路。

贏了並不會得到什麼，我們也沒有打賭任何東西。就只是贏了心情會很好，所以我們使出全力在這個短暫的比賽上。非常地可笑。

今天我贏了。一開始白榮燦跟我的獲勝機率差不多，最近約五成五比四成五，我的獲勝機率變高了。

「什麼嘛！怎麼會這麼快！」

跟我差了半步到達的白榮燦鬱悶地大喊。

「你太慢了。」

我一這樣子回他，他就噘起嘴來。又不是小學生了。

氣呼呼的白榮燦把手掌向我伸過來。我們擊了一次掌，然後用另一隻手碰拳。這是我們之間訂下的，對於勝負結果認可的表現。

因為是週末，慢跑步道上沒什麼人，我們慢慢走在步道上，一邊閒聊沒意義的話題。分享一些無關緊要的話題、昨天吃的東西、跟同事間的瑣碎對話、聽到的八卦消息，這是我從白榮燦身上學到的東西之一。

「所以最後俊範把所有咖啡跟馬卡龍都分了出去，真的是搞得手忙腳亂。」

「你應該要幫他啊。」

「為什麼？有什麼好幫的，這樣子滿有趣的啊。」

白榮燦竟然會對其他人很冷漠。有時當我發現到這些事情都會感到很震驚。還有，每次當我知道他並沒有像關心我這樣關心別人時，我也都會很驚訝。

白榮燦把他的手勾在我的肩膀上。我現在好像已經慢慢習慣這種厚重感了。

「今天有認真地運動，所以回家吃披薩吧。」

「認真什麼了。」

雖然我嘴巴上嫌棄，但我也一直在回想，那間將他最愛的鳳梨披薩做得最好吃的店在哪。

一到家我就先去浴室。白榮燦雖然一臉很想跟我一起洗，卻什麼也沒說。可以先使用浴室也是賽跑獲勝的人的特權。

不過，我在他洗澡的時候查看了外送 APP 的點餐紀錄，然後選了之前點過的那間店，而且還點了鳳梨披薩。老實說，跟白榮燦在一起之後，我才第一次吃到放了鳳梨的披薩。我本來認為這種在起司上放了煮熟水果的東西是要怎麼吃，但吃過幾次後，發現也不是那麼難吃。不過必須淋上辣醬。

我躺在床上看書的時候，白榮燦拿著毛巾走了出來。

「我點了披薩。」

「還要多久才會送到？」

「點餐的時候預計時間是五十分鐘，現在大約還要……三十分吧？點餐的人好像很多。」

他爬上床，像是要把我的背壓碎一樣騎了上來。

「很重。我在看書……」

「嗯、嗯。」

他親吻肩膀和後頸的動作有點濃烈，反正他連假裝聽都沒裝。他還沒有全乾的頭髮掃過我的耳朵時，我身體也忍不住起了反應。就算隔著棉被，也能感覺到他勃起的粗大性器存在。

白榮燦把鼻子貼在我的後腦杓，用力地吸了一口氣。粗重的呼吸聲讓我的頭髮都豎了起來。

「你的味道好香……每次聞都會讓人受不了……」

「那就每天都聞。」

最後，一隻厚實的手悄悄地伸進棉被裡面，鑽進了我的T恤。我的力氣不可能贏過他，所以我只能被壓在下面掙扎。

「如果做到一半東西來了怎麼辦……」

「那就停下來去拿啊。要不然我快點結束，做一下就好。嗯？」

我很清楚知道，以那小子的為人，不可能在三十分鐘內做完愛。外送也有可能會比預計的時間還要早到。但是，他的手已經伸到我的衣服裡面，不可能聽得進去我講的話了。

「啊，不管了。等下披薩來你去拿……」

「嗯嗯，好的，我的小貓咪。」

他猛烈親著我的耳朵，鑽進我衣服裡的手，很準確地找到乳頭。他用兩隻手指頭轉動、挑逗我的乳頭，我忍不住在這樣的刺激之下發出呻吟。

「唔嗯……」

「你很喜歡被摸這裡呢，好色。」

「那是、因為你、一直這樣子摸……！唔！」

「我怎麼樣摸？」

他用指甲、不弄痛我的力道按壓我的乳頭。我大口吸氣忍住。

「嗯？跟我說啊，賢秀。」

「唔嗯……」

我的屁股不知不覺已經露出來了，他的手掌就放在我裸露的肌膚上，然後就這樣揉捏我的肉體。在我失神的時候，T恤也被往上脫掉了。那小子是用一隻手揉捏我的屁股，然後用另一隻手把我的衣服脫掉的。就是會有一些沒有用的技巧越來越純熟。

弄。

我的腳被掰開，他的手指對準我昨晚才被虐待過的洞，然後就這樣伸進去，在裡面撥弄。

「等一下，慢一點……」

就算我說慢一點，那小子也不會聽，但是每次他撲上來的時候，都一定都會讓我說好幾次「慢一點」。當然，他也不曾因此放慢下來過。

白榮燦的嘴靠在我赤裸的身體上。溫柔親吻我身體每一個部位的觸感，讓我全身慢慢放鬆下來。雖然他有著全身都是肌肉又結實的身體，但是卻像愛撫時的嘴唇一樣柔軟。

「呼哈、受不了了……為什麼你的身體總是甜的……」

「身、體、什麼？」

他在說什麼啊……我已經舒服到快不行了。然後，他有點大力地咬了我的肩膀。

「啊……！好痛！」

「對不起，太想吃了。」

竟然說想吃人的肉。他的肚子是太餓了嗎……披薩應該要快點來。我正打算計算距離預計送來的時間還剩多久，但接踵而來的愛撫，讓我沒辦法集中思考。

伴隨親吻的聲音，他一邊愛撫我的上半身，手指也慢慢擴張我的洞口。雖然呼吸變得急促，但動作卻非常輕柔。

「唔嗯、啊……」

我一邊發出愉悅的呻吟，一邊用指尖愛撫白榮燦的胸膛和肩膀。剛剛洗完澡的他，身上散發出跟我差不多的味道。我緊緊抱住散發出柔和味道的他，然後找到他的雙脣。他似乎清楚知道我很渴望親吻，就把他的嘴脣貼到我的嘴脣上。當舌頭跟呼吸氣息交融在一起，我感到很安心。

就在親吻的時候，他一轉眼已經來到我雙腿之間的位子。他的手指頭一拔出來，就立刻把他的性器前端頂住我緊閉的洞。光滑的前端貼著我的肉，輕輕地推著。這讓我感到很焦急。

已經用手指擴張，加上昨晚也被狠狠地操過了，但要讓白榮燦的性器進來還是很吃力。一感覺到粗大的龜頭插了進來，我便用盡全力抓住床單。

「唔呃……！」

「嗯、嗯，沒事沒事。」

哪裡沒事了，只會說一些好聽……！

「啊！啊啊！」

我的想法被打斷，然後立刻就充滿快感。我很討厭他一進來就用力頂著我敏感的點。事實上白榮燦的肉棒都還進來不到一半，就已經足以讓我全身發熱。他的性器光滑又粗大，但一進到我體內，就好像一瞬間變成了刀。又尖銳又準確到讓人討厭，每一次的抽動都讓我的魂要飛了。

他兩隻手把我的雙腿大大地掰開。雖然現在似乎已經很習慣自己的身體被展露出來，但是露出自己的生殖器還是讓我覺得有點害羞。我扭著腰、緊抓著床單。雖然視線可以斜向旁邊躲避，卻無法躲避他直盯著我的身體的眼神。

「為什麼徐賢秀都會越做越性感呢……」

「唔，什麼？」

他竟然不是說「你」而是直接講「徐賢秀」，而越做越性感又是什麼話。白榮燦看起來聽不到我說的話。他的眼神像是已經飛了一半的魂，還繼續擺動著腰，我知道現在不管說什麼，他都不會回答了。

白榮燦正式開始擺動他的腰。開始粗暴地抽動他插入我身體裡的肉棒，肚子被塞滿的感覺讓我快不能呼吸。

「等、等一下，慢、慢一點……！」

做愛的時候聽不見別人講話的白榮燦，真的很討厭。

「呼哈……」

但是老實說，他結實的腹肌，再加上呼吸起伏、呻吟的樣子，真的是性感得要命。光是用看的都能讓我毛髮豎起來的程度。

他的腰每擺動一次，就有股愉悅的電流通過，讓身體感到酥麻，讓我的頭腦發暈。我體內清楚感受到他每一下的擺動。粗大的肉棒把裡面翻攪得亂七八糟。事實上，被翻攪得亂七八糟的感覺還不錯。被他的下面弄壞自己，是我的祕密享受之一。

白榮燦每次都擺動，都讓我的身體大力搖晃。床也發出微微的「嘎吱嘎吱」聲響。

就算住在隔音很好的家，還是收到了樓下鄰居的抗議紙條，白榮燦才開始調整床的聲音。準確一點來說，他已經抓到就算一樣擺動著那野蠻的腰，也可以不發出聲音的訣竅。我不管怎樣都還是一樣被折磨。

他突然把我的腰抬了起來。我的視線往下看，可以清楚看到他的性器進出我身體的樣子。他的肉棒是漂亮的淡粉紅色，但它的動作與漂亮的顏色相反，非常地凶殘，那個樣子我不管看幾次都不能習慣。

「唔嗯、唔、嗯……」

我也不自覺地抬起腰，回擊他的動作。他的大腿不斷撞擊我的臀部。「啪啪啪」肉體撞擊的聲音很輕快。

「哈啊、唔、啊……那裡好爽……」

我一邊喘氣一邊哀求。因為性器太大，他不斷反覆插插的動作，與其說是用插的，幾乎更像是用搗的。

隨著性器不斷插入的擠壓感，快感也跟著越來越強烈。我出自反射夾緊了他的性器。我有可能會就這樣射精。

「唔！唔嗯！」

插進我身體裡的肉棒，用幾乎要把我貫穿一樣的氣勢抽動著。被使勁深深插入的感覺，讓我的視線一片模糊。

「榮、燦……」

我好不容易叫出他的名字，白榮燦腰部的動作暫時停了下來。

「怎麼了，會痛嗎？對不起。」

雖然不是會痛，我看著他親吻我的膝蓋，什麼話都沒有說。他看著我的眼神，放慢了腰擺動的速度。這次沒那麼吃力了。雖然我不知道臨界點在哪，但原本的快感漸漸放慢下來。當我一感覺放鬆不少後，便注意到他的身體。完美的腹肌、看起來很健壯的倒三角形上身、過分寬厚的胸膛。

「你在看什麼？」

又看到他親吻了我的腳，接著我就悄悄把視線移開。

「……沒什麼。」

「我的小貓咪，你這麼喜歡我嗎？」

我一邊歪嘴笑一邊問。他瘋狂親吻我膝蓋的嘴也沒有停下來。他的腰緩緩擺動，雖然比剛剛好多了，但是那根的大小依舊讓我很吃力。

到底還要做少次愛，我才能適應白榮燦的寶特瓶？如果這一生都不能適應該怎麼辦？而我不知不覺中會想到跟他「一生」在一起的想法，讓我自己嚇了一跳。

「……嗯，喜歡。」

我強忍住尷尬跟他說，他就露出了微笑。非常好看。

「我也喜歡我的賢秀。」

他說喜歡我比說愛我還多。他知道這樣子講會讓我感到安心嗎？因為我不是每次都能承受「我愛你」這句沉重的話、因為我現在做的也還不夠，甚至好像都是他在配合我。

他腰部的擺動慢慢加快。似乎是忍受不了，很快就變得很猛烈。我則是再次慢慢感覺到從下面傳上來的快感。

每次跟白榮燦做愛都做到失魂。本來很吃力，接著變得很甜蜜，然後又在感覺到溫和節奏的時候，又突然衝撞過來。

我喜歡這種像白榮燦一樣熱熱鬧鬧的性愛。跟他在床上的時候，是我可以自在被弄壞的時候。而白榮燦也知道這個事實，所以才會這樣子衝撞過來。

讓人頭暈目眩的快感，就像漲潮和退潮一樣，不斷反覆來去。沾黏著前列腺液的肉棒，隨著他的腰部動作到處甩動，讓我覺得很不好意思。他果然也露出興奮的樣子。皺起的眉頭看起來很凶狠，抓住我雙腳的手也使出了很大的力氣。

「唔嗯、等、等一下……！我、有、感覺……」

我感覺快要高潮了。他凶狠地抱起我的腰、彎下上半身，一股不會就這樣放過我的氣勢。

我勃起的性器被夾在他結實的腹肌和我的肚子中間。就算這樣子被壓著，也不會感覺到痛，反而是一種刺激。

白榮燦把上半身緊緊貼在我身上，然後重新擺動腰身。他的胸膛和上半身緊緊束縛住我，只有腰部「啪啪啪」快速擺動，這個動作強烈地刺激著我。好像不斷頂著我身體內的某個地方。如果想到他的性器大小，就會覺得這很不可思議。

跟他做愛越多次，越有種身體祕密一一被揭穿的感覺。越來越覺得他能看穿我。就像現在的做愛習性，到訂購我用的牙膏的時間點。我在白榮燦面前已經沒有祕密可言了。所以老實說，這也讓我很擔心。如果他掌握了我每一件事情，那麼到時連解讀我的樂趣都沒有了該怎麼辦。

似乎被發現我在亂想，白榮燦的腰擺動得更粗魯了。因為他的猛烈撞擊，讓我的魂又飛了。我身體裡就好像被攪和得亂七八糟。

「唔嗯嗯、嗯……」

白榮燦的肉棒使勁地插入。不對，與其說插入，更應該說是推入。我用雙腳勾住白榮燦的腰，把他用力拉過來。只要再一下，似乎就可以感受到高潮了。

但偏偏這個時候傳來門鈴的聲音。

「唉……」

全身的力氣一下子全沒了。

「幹嘛這麼快到。」

白榮燦不滿地喃喃自語，從我身體裡拔出他的肉棒。之前有好幾次因為拔得太急而受傷，所以就算是緊急狀況，他也都小心翼翼。

「衣服、衣服在哪……」

他在慌慌張張的時候，我只是躺著用手背遮住臉喘氣。疲憊的感覺急遽地向我襲來。

白榮燦因為在找衣服，一直吵吵鬧鬧的，突然間我聽到了「啪嚓」的聲音。我轉過身。不會吧。

白榮燦在穿我的T恤穿到一半時僵住了。我可憐的T恤被他隨便套到他巨大的塊頭上然後裂開了，縫線都被撐開了。

「……對不起。我會買新的給你，抱歉、抱歉！」

最後他拿洗完澡出來時拿的毛巾擋住下體，然後就跑了出去。我不禁嘆了一口氣。

巨大塊頭的白榮燦幾乎算是沒穿衣服，又氣喘吁吁地去拿披薩，外送員受到驚嚇後，像是逃跑一樣地離開玄關。

我嘆了一口氣，但是白榮燦不知道在開心什麼，一邊嘻嘻笑著，一邊拿著披薩往廚房走去。他似乎一下子就忘了剛剛弄破我衣服的事情了。

「哇喔，好好吃。」

「是啊，你喜歡就好……」

我無奈地喃喃自語，然後我也拿起一片披薩。但是在他把披薩放進嘴裡之前，已經幫我在披薩上淋了辣醬，所以我也就消氣了。因為這些小事情就能消氣，這也是我跟白榮燦相像的地方之一。當然，這是好事。

「有這麼好吃？」

我問。白榮燦臉頰鼓鼓地點點頭。那個樣子很可愛，最後我還是笑了。

晚上跟白榮燦的朋友見面吃飯。因為我沒有朋友，所以白榮燦的朋友就變成我的朋友了。他已經把所有漂亮、珍貴的東西都帶給我了，現在連朋友也要給我。

經過一陣喧鬧後，在回家的路上我的醉意才上來。今天白榮燦放棄喝酒，坐上了駕駛座。我們每次一起去喝酒聚會，就會輪流負責開車。幸好我可以在副駕駛座安穩地打瞌睡。之前我開車的時候，白榮燦會整個人躺在後座，甚至還睡覺打呼，所以我打瞌睡也是很公平的事情。

我們同居的所有一切都是公平分配。當然如果有特殊情況，也是會換人負責。所以也有過因為不得已的情況，他連續負責了三次餐點。

白榮燦曾經說過「沒有規定說收到什麼就要回報什麼，這樣完美的人際關係並不存在」。

『人怎麼可能付出多少就能得到多少回報？你甚至會聽過，這世界上有人不計代價的去愛，最後卻抑鬱到死的事情。』

我常常會想要為他付出，就像他給我的一樣，而我現在也知道我會這樣子做，都是來自於我的不安感。雖然我也不是完全理解，但可以接受。

『就算你不這麼做，我也是很喜歡徐賢秀你。』

『……我知道。』

『你知道什麼，明明什麼都不知道。』

那小子誇張地嘟著嘴，雖然臉很可愛，但同時看起來也真的是很傷心，所以我在那個時候就逗弄了他。我把手放在他的側身，假裝要掐他的肌肉，接著我就搔他癢，幸好白榮燦這時就收起了傷心的神情。

「賢秀，你很累嗎？」

在等紅綠燈的時候，他伸出手摸摸我的肩膀。我把手放在他厚實的手上面。

「不會，還好。」

「回家看個電影吧，看已經買好的影片。」

我該為他付出些什麼呢？就只是這樣接收也可以嗎？雖然我曾經會很常這麼想，但現在我已經下定決心不再這麼做了。我就只是笑一笑。

「嗯，好啊。」

白榮燦似乎也知道我的感受，然後瞇著眼笑了。

新搬的家有獨立的臥室跟書房。白榮燦把書房讓給我，當成我的空間。他認為我需要有自己的空間。

『那麼你呢？你也要有你的空間吧。』

我一問完，白榮燦就聳了聳肩，一臉毫不在意地回答。

『我是外向型人格，所以只要出門去就可以，但你不是。』

他說。

雖然白榮燦也不是完全不會使用書房，但暫時就先當成我的空間使用。只要我在這個地方，白榮燦就不會來吵我。

房子變大了之後需要維護的地方變多，需要裝飾的地方也變多。白榮燦比想像中的還要懂裝潢，所以我決定全部都依靠他的美感。但是，關於整理的想法則是我比較在行。

星期日從早上開始就進行了大掃除。浴室被清理得閃閃發亮，心情就覺得很舒爽。最後把洗髮精、潤髮乳、沐浴乳的瓶子依照順序整齊排列。

我把我用的潤髮乳放在白榮燦用的潤髮乳旁邊時，發現瓶子異常地輕，我打開蓋子確認。果然，明明剛補充完沒多久，剩下的量卻比想像的還要少。

怎麼回事？不是才剛補充完沒多久。

難道是我不自覺地用太多了嗎？我邊抓著太陽穴邊從浴室裡走出來。

「白老虎，你是不是用了我的潤髮乳弄頭髮？」

「沒有啊。」

白榮燦回答得很快。不知道為什麼，我覺得很可疑，瞇起眼睛盯著他看。

「真的嗎？」

當然那也不是什麼昂貴的東西，也不是覺得那小子用了我的潤髮乳很浪費。但是如果用的速度變快，那下次訂購時就要多訂一點。

「你老實講，我不會生氣。」

「真的沒有啊。」

他快速地回答後，又立刻轉過去擦窗戶，那個背影還是很可疑，但是他都說沒有了，我也就不再問下去了。

然後到了午餐時間。

為了順便清理冰箱的食材，做出來的炒飯分量讓我們吃到很撐，吃完後我們就並肩躺在地板上，享受午後的陽光跟看書。我選了輕柔的後搖滾樂當背景音樂。

冬天慵懶午後的陽光舒服地照著我們的身體。我將書籤插入剛才讀完的那頁，把身體轉向白榮燦的方向。我們就這樣子對看。

當我們視線一對到，白榮燦的臉就像我靠近。「啾」一聲親了一下。他沒有就這樣結束，還把舌頭伸了進來。

「唔嗯……」

因為突然的親吻，讓我不自覺發出呻吟。這個人怎麼可以一對到眼就要接吻。如果有休息幾天沒做愛，那我也不會說什麼。但昨天也激烈地做了一整晚……

隨著親吻越來越激烈，白榮燦的手也伸進我的T恤裡面。我在他手的動作變得更激烈之前，好不容易才把他推開。

「等、等一下、唔哈……」

那小子深吸一口氣準備要再向我撲過來時，我用手緊抵住他的胸口。這時本來像隻禽獸撲過來的白榮燦，才像隻聽話的小狗變得乖巧。為了不要讓意外情況弄壞書，我把它推到遠處，然後坐了起來。

「為什麼又突然暴衝過來，說說看你的理由。」

「因為寶貝你看我的眼珠太性感了……」

竟然不是說「眼神」是說「眼珠」。白榮燦一邊看著我的神情，一邊輕輕撫摸我的腳。

我還是能感受到他手上的熱氣。

「唉……」

我不知道該說什麼，所以只是嘆了一口氣。總之，我都分辨不出我是在談戀愛，還是在養一隻禽獸了。

沒錯，以前曾經有過他幫我剪腳指甲剪到一半，然後突然向我撲過來。本來腳指甲剪得好好的，突然把指甲剪丟一旁，然後帶著要把沙發弄垮的氣勢向我撲過來，而我承受不了這樣的他。結果一直被操到腰痛了才逃離開來。

那時候覺得很荒唐，之後就逼問了他原因。白榮燦就不好意思地回答說：「寶貝的指甲小皮太誘人了啊……」一開始我以為他在開玩笑，但是不管怎麼看，他不知所措的表情感覺是認真的。

「你真的是禽獸。」

我盡可能裝出厭倦的樣子嘆了一口氣，對著白榮燦說道，但是他一點都不在意，甚至還一邊嘻嘻笑，一邊縮起他的大塊頭倒在我懷裡。而同時，他的嘴也停不下來，牢牢咬住我的肩膀。

「為什麼你一刻都冷靜不下來？」

「寶貝你就在旁邊，為什麼要冷靜下來。」

「這不是剛剛還在認真看書的人該講的話吧？」

我咧嘴笑，然後刻意用力抓了那小子肩膀再放開。白榮燦這次親了我的臉頰。

「本來看到又鬆軟又白的東西在旁邊就會想要摸。」

「那是幼兒時期才會有的現象……」

他也常常會想要用牙齒咬東西，總之跟小孩子沒兩樣。他的手果然又想伸進T恤裡面，我輕輕把他推開。

「我不要，你也常把我弄到破皮，很痛。」

這次是我嘀嘀咕咕鑽進他懷裡。我喜歡他厚實的手拍打我的背。

「哪裡？洞嗎？」

「嗯……」

講了之後覺得很丟臉，只好把額頭靠在他結實的胸膛上磨蹭，然後小聲地回答他。

「但因為我知道我的小貓咪好像很痛，所以我最近有保養下面。」

「保養？怎麼保養？」

我雖然也有在做基本保養，我知道白榮燦也有在定期保養，但是該怎麼說……跟我比起來……他好像比我隨興。當然我並沒有特別覺得不滿。

然後，我腦海裡突然浮現一件事。

我想到，昨晚我在用嘴巴愛撫他的性器的時候，就聞到他那邊散發出一個很常聞到的味道。

「……你，該不會。」

我立刻起身看著那小子。就算是白榮燦，也應該不至於這樣做吧。我腦中浮現白榮燦拿我的潤髮乳塗抹他重要部位周圍的樣子。

「……不會吧？你不是說沒有用。」

「我只是說我沒有弄在頭髮上啊，沒有說我沒用。」

我真的太小看這小子了。白榮燦總是能超出我的想像，所以絕對不能對他鬆懈。

他把雙手擺到臉兩旁趴著，用厚實的手輕輕拍打我的背。

「唉唷，我覺得寶貝好像很刺痛才這樣做的……」

我肩膀發抖、屏住呼吸，沒辦法回他話。我現在腦海裡已經浮現出白榮燦認真塗抹那邊的樣子。

「哧……」

「賢秀，你在哭嗎？對不起，我錯了。我不會再把潤髮乳用在小鳥的毛上面了。」

「噗哧……噗……噗哈！」

最後我還是憋不住笑意大笑出來。白榮燦似乎以為我真的在哭——我現在根本都還不懂這小子的思考迴路，他以為我會因為潤髮乳被用在那種地方哭嗎——他似乎嚇了一跳，然後尷尬地抓了抓頭。

「真的是，噗哧，我要笑死了。都是因為你啦。」

我一邊笑一邊說，白榮燦就露出一臉自豪的表情。不管怎樣，反正讓我笑了他就很自豪。那麼說，他不會還用在腋毛跟鬍子上吧，一想到這個我又大笑出來。

「哎呀，我的小貓咪，你這樣會笑到死掉的，笑慢一點吧。」

「噗、噗呵，笑是要怎麼笑慢一點……！」

我眼淚幾乎都快要流出來了，然後一直拍打那小子的肩膀。白榮燦似乎也很開心，眼睛瞇起來爽朗地笑。

「我的小貓咪真的會笑死。」

「沒辦法啊，真的是……」

好不容易喘了口氣，再次把書拿起來，這時白榮燦又把嘴親了過來。我這次沒有把他推開。

我腦海裡再次浮現白榮燦拿潤髮乳塗抹他下體的樣子，差點親到一半笑出來。雖然很無言，但是我也不討厭那小子荒唐的樣子，反而覺得很可愛。我自己也不知道為什麼這樣，所以也不能怪罪因為我的指甲小皮太誘人而撲上來的白榮燦。

我們的親吻變得濃烈。我抱住白榮燦的背，使勁把他拉過來。涼爽的冬天午後，他的熱氣讓我感到愉悅。

FUCK-PECT BUDDY

09

【Astonishing！心裡想說的話】

HYUNSOO～^^
................/////
LOVE U
I LOVE YOU,TOO
LOADING...

BAEK YOUNGCHAN × SEO HYUNSOO

必須要注意天氣越冷就會變得越懶。因為會一直待在家不想出門、也會不想動。白榮燦不管天氣冷還是熱都一樣很勤勞，多虧他，我才能免於懶散。如果到了週末想要睡個午覺，他就會把我當成物品一樣抱起來，然後在我耳邊大叫「小貓咪，我們去散步吧！」。

「小貓咪，我們去散步吧！」

今天也一樣。白榮燦用兩隻手把躺著的我抱起來，走出臥室。

「拜託！不要突然把人抱起來！」

「哎呀，話是這麼說，但是你很享受啊。」

其實因為聽到白榮燦說我很享受，我就忘了原本要說的話了。

我坐著的時候，他脫掉我的T恤，然後幫我穿上外出服。我突然覺得，有個勤勞的另一半，在許多事情上面都還蠻不錯的。

「回來的路上買個鯽魚餅吃吧，然後也去吃小貓咪喜歡的魚板串吧。」

我坐在沙發上，白榮燦視線跟我齊平，他在說這些話的時候，看起來心情已經非常好了。尾巴好像在他背後搖動著。他都已經用這麼興奮的表情說了，我也不能再跟他說我要在家看書。

「嗯，好啊。」

我看著他開朗地笑。我希望自己的笑容能盡可能地與他的笑容相似。

天氣實在太冷，我包得很扎實後才踏出家門。白榮燦本來想幫我圍兩條圍巾，如果我不阻止他，他真的會這樣做。

白榮燦最喜歡的散步路線是，繞著我們家附近的社區大樓一圈，經過漂亮的住宅區、花店、咖啡廳林立的巷弄，最後順便去路邊小吃攤。他之前曾經說過他會喜歡這條路線，是因為這裡是這附近的狗常會來散步的路線。

今天也遇到了一隻黃金獵犬跟一隻黑色貴賓狗。白榮燦只要遇到這附近的狗，就好像遇到自己同類一樣開心。那些狗似乎也認得出白榮燦，都會搖著尾巴跑過來，甚至連主人都大吃一驚。

散步的最後一站是在路邊小吃攤吃辣炒年糕和魚板。白榮燦因為說他肚子餓了，所以還加點了血腸。

「鯽魚餅呢？」

「那個打包。」

如果是以前，我就會說「你有辦法全部吃掉嗎」、「等下不可以喊說不吃晚餐喔」但我現在已經都知道了。已經都知道，一人份辣炒年糕、一人份血腸、兩個魚板、五個鯽魚餅對白榮燦而言，只不過是點心而已。

吃了一陣子後，後面有客人進來小吃攤。是一個年輕女生跟一個看起來像是她女兒的小孩。那個小女孩似乎覺得白榮燦很新奇，眼神發亮地抬頭看向他。他鼓著臉頰跟那個小孩揮手。

「媽媽，叔叔企鵝⋯⋯」

啊，不是覺得白榮燦很新奇，好像是喜歡他穿在羽絨外套裡面的T恤上面的企鵝。白榮燦一聽到「企鵝」這個字，就立刻把外套翻開，像是在炫耀一樣。

「妳也喜歡企鵝嗎？很可愛吧？這個是限量版的喔。」

我想起上個禮拜被他弄破的那件T恤就覺得不開心。那件也是樂團限量版的周邊商品。

那個小孩似乎想要摸那個企鵝，所以把手伸了出來。偏偏她伸出的是拿著湯杯的手。小孩的媽媽雖然很快地抓住她，但紙杯裡的湯已經弄溼了那個限量版企鵝。

「怎麼辦，對不起、對不起。快點說對不起！」

小孩的媽媽責備她之後，那個小孩小心翼翼地低下頭、小小聲地說：「對不起」。我嚇了一跳，停下了吃東西的動作，但是白榮燦卻一臉笑笑地揮揮手。

「啊，沒關係。湯都已經涼了，所以不怎麼燙。小朋友都會不小心啦。」

「對不起，我賠給你洗衣費……」

「哎呀，沒關係啦。喜歡企鵝的人之間是有情義在的，所以我不能收啊。對吧？我的朋友。」

……這真的是我無法想像的事。當他看著那個小孩的眼睛詢問時，那個小孩滿臉歉意地點了點頭。她現在好像很怕白榮燦。

小孩的媽媽一直說要給他洗衣費，不斷把鈔票塞給他，但白榮燦則強硬拒絕。當越來越難拒絕的時候，他就說他要先走了，然後就拿了打包的鯽魚餅。他也沒有忘記笑笑地跟小孩打聲招呼、說聲「再見」。

離開小吃攤後我突然在思考，雖然一直以來都沒有認真想過，不過如果我們之間有個小孩……如果沒辦法，那有個寵物好像也不錯。

但是要養那麼小、又不知道會突然做出什麼行為的生物，不管怎麼想都覺得可怕。雖然不是我生的，但我害怕如果由我來養，個性可能會跟我很像。

白榮燦似乎是看出我心煩意亂，把一個鯽魚餅拿到我面前。看了一下顏色，是我喜歡的奶油口味鯽魚餅。我只說過一次，因為這個吃起來比紅豆清爽，所以我比較喜歡吃奶油的，看來他都還記得。我拿到後咬了一口。又熱又甜的味道。

「好好吃。」

「是吧？一邊散步一邊吃更好吃。」

回家的路上，在沒有人煙的巷弄裡，白榮燦甩動他的T恤然後皺起了眉頭。

「呃，湯的味道好重。我要脫掉。」

他把鯽魚餅的袋子拿給我，脫掉他的羽絨外套，然後就把T恤整個脫掉。他就這樣露出結實的胸口和白色的肌膚，我馬上環顧了一下四周。

「如果被別人看到怎麼辦？」

「那又怎樣，又不是脫褲子。」

是沒錯……但就算這樣，在外面露出光溜溜的身體不會有點那個嗎？我不知道白榮燦知不知道我現在神經很緊張，他在赤裸的上半身重新套上羽絨外套，然後把拉鍊拉到脖子。他捲起T恤，揉成一團後收到口袋裡。

「我穿很快，沒事啦。」

因為的確是穿很快，沒有人有機會看到，所以我也沒有多說什麼就走了。白榮燦把鯽魚餅的袋子拿回去，然後很快又把一隻殺掉了。

到了家裡。在電梯裡我就感覺到他的視線。雖然我看著前方假裝不知情，但是那個直直盯著我的目光太明顯，很難假裝不知道。

「怎麼了？」

「……沒事。」

他問我，我就回答。他用寬厚的肩膀撞我的肩膀，撞到發出「啪！」的聲音。

「唉唷，我的賢秀，因為我在外面脫衣服，所以生氣了嗎？」

我為了忍住怒火而緊咬住牙根。我也不知道我為什麼要生氣。雖然被他說中了，但是我不想承認。

我也知道，就算白榮燦在外面脫一下T恤，也不會造成什麼大事，但這些小動作還是會觸動到我不安的心。

他是我的愛人這件事就像是個又堅固又巨大的水池。我跟他在一起幾年了，雖然很常吵架，但頂多只是引發一些小波紋，並沒有讓我們的關係變得乾涸或是外溢出去。

但是我到現在還是擔心不能獨占白榮燦。

「也不是……」

我轉頭面對他，本來想要說些什麼，但是我突然說不出話來。白榮燦炯炯有神的眼睛，擺出比剛剛散步時遇到的那隻黃金獵犬還要可愛的表情，直直盯著我看。

「我有生氣嗎……？」

而且，這個臉看起來就是在期待些什麼。就像一隻想要零食的狗，他想要的東西很明顯，這我也知道。

被遺忘一陣子的施虐癖在我心裡沸騰起來了。我把手指伸進他羽絨外套的口袋拉他。只是稍微出了一點力，但是白榮燦的上半身就輕易地跟著我走。我歪著嘴角笑。

「沒錯，我今天會好好教訓你。」

我一宣告完，白榮燦的眼睛立刻發出光芒。

我們一進到玄關就立刻接吻。我們的呼吸交融、舌頭交纏。甜甜的體味刺激著我。直到呼吸不過來，他才把我放開。

「呼哈……」

我一邊喘氣一邊拉下他羽絨外套的拉鍊。沒有任何東西遮掩的光滑胸膛露了出來。滿滿的肌肉、完美對稱的胸膛和鎖骨。

當我一想到他羽絨外套裡面是這個樣子，還在外面到處走動，我心中的怒火就燒了起來，竟然敢這樣子做。

我抓著他半開的羽絨外套，把他的臉朝我拉過來。就在嘴巴要碰觸到地時候，我就抓住他的頭髮，讓他沒辦法親到我。然後我用力咬了一下他的下嘴唇後放開。

「竟然敢隨便裸露你的胸部。」

我指的就是那個不小的胸部。白榮燦在我面前深深吸了一口氣。我感覺到他的緊張。那不是害怕，而是在期待。

我把手伸進拉鍊拉下一半的羽絨外套裡。我就像在按摩一樣緊緊抓住他結實的胸部。媽的，太硬了，抓都抓不住。但此時白榮燦已經非常興奮，滿臉悸動的樣子。他眼睛變大，連鼻孔好像也都撐大了。

沒辦法抓住他的胸部，我只好用指尖捏他的乳頭。

「唔嗯……！」

白榮燦小聲呻吟。看到他扭曲的臉，更加勾起我的施虐癖了。

「看來我需要懲罰一下榮燦的胸部了。」

我捏得更大力了。白榮燦又立刻發出異常的聲音。

「啊嗯！」

聽起來還不錯。當我扭了他被我捏住的乳頭，白榮燦的身體就扭動了起來。

「啊嗯，寶貝……」

以一個一百九十公分的大塊頭，白榮燦算是很會撒嬌的人。這也就是我溺愛著白榮燦的原因之一。

雖然我也想要扭他另一邊的乳頭，但我知道，現在只虐待他一邊的乳頭可以更刺激他。我捏住的手更加用力，白榮燦這次連呻吟都無法，眼睛緊緊閉著。他不知道該怎麼辦，然後把雙手舉到半空、手握空拳，這個樣子看起來非常可愛。

「把手放下來。」

一聽到我這句話，他就立刻把手放下來的樣子也是很可愛。

白榮燦雖然半哭喪著臉，但同時下面已經非常興奮。緊靠住他的大腿已經感受到堅硬的觸感。

這次我指尖放鬆，輕柔地撫弄他的乳頭。白榮燦眼睛閉上、眉頭緊皺。

「唔嗯……」

這小子光著身子只穿著羽絨外套，看起來就像游泳選手一樣性感。眼睛閉上和微微皺起的眉頭、緊實的顎骨、微張的嘴，甚至一直乾嚥口水的喉結，都非常性感。一眼就可以看出他喘氣起伏的胸口充滿結實的肌肉，而肩膀也一樣健壯。這樣的人是我的愛人，讓我心裡再次感到非常激動。

看到他隨著我動作而皺起的眉頭，我也快忍不下去了。我把他的外套拉鍊全部拉下來後脫掉。此時，我們都還在玄關，一步都沒離開。

他想要再跟我接吻，我用手輕輕推開，接著我就直接讓他躺在客廳到玄關之間的地板上，把外套全部脫掉。

我站著、光腳放到他胸口上，像是要踩他一樣。白榮燦想要抓住我的腳踝準備要舔我的腳，但是我輕輕扭了一下把他甩開。

「乖乖不要動。」

我一命令完，他就立刻像隻乖巧的狗靜靜地待著。我感到很滿意，嘴角也不由自主地抬了起來。

「寶貝……」

「不要講話。」

在地上被我踩住胸口、手腳還在亂動的白榮燦馬上停了下來。表情看起來像是要哭了，但是眼睛卻閃爍著期待的光芒。他就是個變態。當然……我也沒資格說他。

我用光腳開始輕輕地搓揉他的胸口。我用腳底板搔弄他硬起來的乳頭。光是這樣，我就已經覺得很刺激。

「白榮燦。」

「嗯……？」

「你，常常在外面露胸部嗎？」

本來雙眼充滿期待的白榮燦，露出一臉可憐的表情。光看到這個表情，我就已經興奮到快起雞皮疙瘩了。不知道他知不知道，每次看到這個塊頭比其他人還要大兩倍的白榮燦服從我的樣子，我就有多麼地興奮。他最好永遠不要知道。

「我錯了……」

他注意到我的臉色，馬上就卑微地道歉。真的是很聽話，讓人疼愛。

「你做錯了？」

我故意用嚴肅的語氣問，然後用腳趾輕輕搓揉他的乳頭。

「啊嗯……」

白榮燦發出嬌嗔的呻吟。我沒有停下來，甚至還更大力地揉捏凌虐他的乳尖。他的胸部很結實，乳頭附近卻很鬆軟，這樣子用腳尖折磨他的感覺真的很棒。

「寶貝，啊嗯……」

聽到他叫「寶貝」看來是還不夠興奮的樣子。我用力夾住在腳趾大拇指和食指中間的乳頭。

「啊啊嗯！」

聽到他再次發出呻吟，我就感到滿意，然後用腳跟不斷搓揉、狠壓他的肋骨。我盡情觀察著在我的腳底下扭動的白榮燦。他上半身的肌肉扭動，表現出很興奮的樣子。這是多麼可愛的畫面啊。

我用腳指甲擠壓他的肉後又鬆開，再用整隻腳踩壓他的胸部。結實胸口被我隨意踩壓的觸感，更是激發我虐待的欲望。

我也再次感受到白榮燦的胸是多麼寬大，大到就算我的腳放上去，空間還是綽綽有餘。他胸部又大又結實，但為什麼皮膚可以這麼光滑呢？我被那觸感迷惑住了，差點就只顧著用腳趾不停地搓揉。

這時他大腿有一側很明顯地鼓了起來。看來這樣子玩弄他的胸口果然讓他很興奮。我努力忍住自己想要立刻脫掉他的褲子騎上去的想法，將腳趾動得更快。

「啊嗯、啊！等一下……這樣下去……」

白榮燦的表情扭曲。我故意夾得更大力，那小子也隨之更加興奮的樣子。

我腳底感覺到他在喘氣，而身體也跟著他興奮的感覺一起發熱了起來。我欣賞他被我腳趾搔弄乳頭時忍不住扭動的腰。他的肉棒幾乎就跟腳一樣大。我不敢相信，自己昨晚竟然把那個東西插入自己身體裡擺動。

「你要這樣到處露出胸部嗎？嗯？」

「沒、沒有……」

他一邊喘氣勉強回答的樣子，看起來很可憐。但是，那個可憐的表情更加刺激我。我用腳趾大拇指指甲用力壓了他的乳頭。

「啊啊！」

爆發出來的呻吟不是因為疼痛，是真的非常興奮才發出來的聲音。因為我知道這個事實，所以這次我幾乎像是用摳的一樣移動我的腳指甲。

「唔嗯！啊！啊嗯！」

「爽嗎？」

「好、好爽！」

是啊，怎麼會不爽呢……雖然我也是會好奇這麼健壯的小子，怎麼會有這種嗜好，但是現在這不重要。我用腳指甲更大力地搓揉他、玩弄他的乳頭，白榮燦就開始扭動他的腰。

「等一、下！我真的！啊嗯！」

雖然他在哀求，但我並不想要饒過他，還故意更大力地玩弄。

接著沒多久，我看到白榮燦褲子的一邊沾滿一片白色溼潤的東西。他射精了，而且是在只被我用腳趾頭玩弄胸部的情況下。

我既慌張也很驚訝，直愣愣地看著他下面。身上沾到精液還一邊喘氣的白榮燦，這時候的表情看起還是很性感。放鬆的眼睛、半開的嘴，更重要的是那凝視著我的眼睛。

「……白榮燦，你真的很猛。」

光是這樣用腳玩弄胸部就射精了？這小子該不會趁我不注意偷摸自己的肉棒吧？但我一直盯著他看，也知道絕對沒有這種可能。

我以為他會發出「啊嗚」還是「嘻嘻」的聲音撒嬌，但沒想到白榮燦皺了一下眉頭就突然起身。因為我還沒有移開踩在他胸口的腳，所以我被那小子爬起來的動作弄得差點摔倒。搖搖晃晃的我，腰立刻被他結實的手臂摟抱住。

「胡鬧完了嗎？」

貼在我眼前的臉令人害怕。搞什麼，怎麼突然……變這樣，那麼……

接著而來的猛烈親吻讓我停止思考。轉眼間他已經騎到我上面了。他的手已經鑽到衣服裡面，下體緊緊壓住我，讓我無法動彈。很難想像，現在這麼粗暴的他，剛剛還躺在我下面哇哇叫。

「唔、等、等一下……！」

結果這次是從我嘴裡說出「等一下」。他把我壓制著，脫掉我的褲子，覬覦我的下面。他把我的腳掰開，然後手指伸進我現在還緊緊閉著的洞。

點。

「啊……！」

我感覺到伸進洞裡的手指比平常還要粗。慢慢伸進去之後，他就立刻開始翻弄我的爽點。

「唔嗯、啊……」

已經跟他纏綿過很多次的身體，立刻就發燙了起來。剛剛看到他射精的樣子也讓我產生很大的影響。

本來卡在膝蓋的褲子被全部脫掉了。我一下子就變成了全裸。我眼睛往下看，就注意到白榮燦溼掉的褲子。他就好像剛剛沒有射過精一樣，裡面又再次鼓了起來。光是那個形狀就夠讓我刺激的了。

「有什麼好看的。」

他歪著嘴壞笑著說。看一下都不行嗎？本來想要這樣反駁他，但是看到他笑的樣子，真的是性感到讓我說不出話來。他伸進我洞裡的手指頭也開始不停翻弄。

白榮燦開始翻弄我的動作，讓我剛剛對他做的事情的確就像是「胡鬧」。只是用手指頭插入撐開我就已經勃起，而我也不知道該怎麼辦，只能被他壓在下面扭動。沒辦法擺脫他，就只能掙扎了。

「唔呃、啊、啊！」

翻弄我的洞的動作，一直很準確地找到我舒服的點。每一次出力按壓，那種快感都讓我起了雞皮疙瘩。感覺很爽，但也感到很羞恥。不久前還在哇哇叫的白榮燦去哪了，根本是不同人啊。

「賢秀。」

他彎下他的上半身在我耳邊細語。低沉的音色讓我的胸口像是被什麼物品擊中。

「你知道嗎？你有時候……真的可愛到讓人受不了。」

我哪裡可愛了，是榮燦你可愛。我本來想要這麼說，但他把手指一下子從我的洞裡拔出來，我又沒辦法好好說話了。

白榮燦掰開我的腳，然後找好位子。他用一隻手脫下了褲子，巨大的性器立刻向上彈了出來。粗大的肉棒上還沾有白色的精液。

「你真的是可愛得要命……好想把你吃掉。」

他的性器碰到我的洞口後，便開始往還被沒徹底鬆開的地方蠻橫地鑽入。我下意識地縮起身體，想要往後退。但一點也沒有用，他緊緊抓住腰，把我一把拉了回去。剛才稍微遠離的粗大前端，又再次攻入我的身體。

白榮燦幾乎像是要把我撕裂一樣地插入，沒有給我喘息空間就開始擺動。因為我需要抓住個東西，所以我就用指尖抓著他的大腿。

「啊、唔呃！唔嗯！」

當我不自覺想要用指甲出力抓的時候，白榮燦就抓住了我的手。他把我的手握在他的大手裡，就這樣抓到嘴邊「啾」一聲親了一下我的指尖。

他就這樣舔著我的手指，然後加快腰部擺動。強硬的痛楚也立刻變成快感。我的背在地板上摩擦得很痛。不對，那個進到裡面粗魯翻攪的快感更讓我的魂快飛了。

雖然我想要換姿勢，但壓迫感跟快感讓我沒有這種心力，突然覺得很鬱悶。到底為什麼捏他胸部，就能讓他這麼興奮？

「等等、慢、慢一點……！唔嗝！」

我發出聽起來像是打嗝的聲音。我覺得很丟臉又荒唐。我指的是，不久前才用腳趾頭掐他的胸，現在卻被這樣子操。

強力的快感不斷衝擊後腦杓。當我正覺得背被摩擦到很痛的時候，他就把我的背托起來抱住。我的身體就像玩具一樣，被他輕易地抬了起來。我被抱在他的懷裡，任他恣意擺動。

身體隨著他由下往上的撞擊動作而不受控地晃動。我不是沒有用過這個姿勢做過，但是為什麼這種身體搖晃的感覺很陌生。我伸手抱住白榮燦的肩膀。裡面被鑽入的壓迫感，讓我沒辦法好好呼吸。

他今天似乎想要好好地折磨我一番。他緊緊抱住我的腰，而他由下往上撞擊的速度不是一般地快。

「嗯、唔嗯、嗯……！啊！」

「賢秀。」

他這時叫我名字的聲音真的性感到不行。像是喉音的音色讓我起雞皮疙瘩。我可以清楚感覺到他摩擦著我體內，不斷插入又拔出的粗大肉棒。

已經做了那麼多次，我也已經清楚他的性器長什麼樣子了。無論是在哪個位置突起什麼形狀的血管，還是龜頭的形狀長怎樣等等。而已經很清楚的意思就是我能夠輕易去想像。就算看不到我的身體裡面，眼前也會浮現出他的性器是怎麼樣插入了我，又是怎麼樣翻弄。

最後我緊緊夾住他的肉棒射精了。我們全身赤裸，而兩人混合的精液噴在客廳地板四處。我的手勾在白榮燦的肩膀上，嘴無力地咬他的脖子。撫摸我後腦杓的大手安撫了我。

「唔嗯、呼、好、好累……」

「很累？慢慢來嗎？」

「嗯……」

我拉長語尾，然後額頭在他的脖子上磨蹭。跟他在一起常會像個小孩撒嬌，我都已經幾歲了，但是白榮燦卻都接受我的這一切。沒錯，都是白榮燦的錯，全部的事情都是。

插進去的東西還沒拔出來，白榮燦就輕輕把我抱起來，我的背就這樣靠到了沙發上。我用腳緊緊夾住他的腰，雖然我是因為不喜歡太猛烈的動作才這麼做，但馬上就意識到自己做出了錯誤判斷。白榮燦的上半身跟我緊緊交疊在一起，然後開始猛烈擺動他的腰。

「唔嗯！啊！啊啊！唔！」

他每一下的抽插動作，都讓酥麻的快感直湧上來。充滿在身體裡的快感就好像氣球一樣快要爆破了。突如其來的衝擊，讓我沒辦法好好呼吸。他的嘴交疊到我喘不過氣的嘴上，但是當舌頭一交纏，竟意外地讓我可以順利呼吸了。

「唔……」

我貼著他的嘴唇發出細微哼聲，緊緊夾住洞口。剛剛才噴出精液的陽具，被緊壓在白榮燦的結實腹肌下後又再次勃起了。

白榮燦的腰快速擺動。每一次的抽插，魯莽的大肉棒都迅速猛烈地鑽入，感覺就像是在用力敲打關上的門一樣。

衝撞了一會之後，白榮燦突然停了下來。雖然很慶幸這種難以承受的感覺停了下來，但不知道為什麼覺得很不安。他不是做愛做到一半會無緣無故停下來的人。

「……我，可以試著放到底嗎？」

「什麼……？」

現在不是已經……全部放進去了嗎？

在我問他之前，他又開始擺動他的腰了。沒想到這小子說的是對的。一直做到剛剛為止，好像已經全部放進來的肉棒，又繼續往裡面塞進去了。

「等、等一下……！這樣……！」

這樣不行，你這小子！我還沒辦法喊出來，我全身就感覺到那小子的肉棒繼續往裡面塞進來了。我不得不用全身去感受，因為我整個身體都被瘋狂地搖動著。

「啊、啊！唔！」

我連呻吟聲都沒辦法好好發出來。我跟白榮燦做愛不只一兩次了，但這次讓我感覺到，一直以來跟他做過的愛都只是像在嬉鬧。讓我無法喘氣的壓迫感，還有讓身體抖動不停的強烈快感，同時交織在我腦海裡。

我雙腳緊緊夾住他的腰、不斷喘氣。呼吸聲開始變得難聽沙啞。我勉強讓自己喘著氣，然後感受他插進來的肉棒。這麼巨大的東西進入我的身體裡翻攪，讓我又吃力又暈眩。甚至感覺像是跟他第一次做愛。

「唔呃、唔……」

但驚人的是，白榮燦的那根還是慢慢一點一點深入了。我不知道到底怎麼會長出這樣的肉棒。性器應該是不會變胖的啊。

最後過沒多久，我又射了一次精。我感覺到被壓在他腹肌下的陽具，蠕動噴出精液的樣子就好像受了委屈一樣可憐。這時我還在慶幸，幸好我們趁搬家的時候，已經把沙發布已經換成防水材質了。

就算知道我已經射精，白榮燦也沒有要停下來，反而是插得更深。我沒辦法推開也沒辦法承受一點一點往我身體裡進來的那根東西，我幾乎是要哭出來似的呻吟著。被精液弄到溼透的肚子感覺很不自在。

「我、不、要、太深了……！唔呃！」

「太深？多深呢？」

白榮燦問，我伸出食指指向肚臍附近。

「已經、到……這裡了……！呃！」

我不知道自己在說什麼地哭鬧，又再次被他襲擊上來的腰部動作恣意晃動。

「現在都還沒全部進去，已經碰到那裡了嗎？」

白滎燦一邊向我頂上來一邊問。他在說什麼鬼話。我很驚恐，也再次切實感受到他插進來的肉棒感觸。我的身體已經像是要被撕裂般的難受了，但是竟然還沒有全部放進來。白滎燦騙了我。

但是白滎燦就像是在嘲笑我一樣，又開始擺動起他插入裡面的那根東西。我的內臟像是被大力晃動著，但同時我又感覺到特別地舒服。

「塞、太滿、了……！唔嗯！等一下！」

「塞太滿？哪裡？」

「唔嗯、裡面！塞太滿了……！」

為什麼要一直明知故問，但我也很討厭我竟然還是乖乖地回答他。

現在沙發開始發出嘎吱的聲響。被白滎燦的體重壓住，連呼吸都很困難。碰到他腹肌的陽具也很痛，四肢好像變得僵硬。我亂咬亂含自己嘴巴所碰觸到的每一片肌膚。

「賢秀。」

「唔、嗯……」

「我好像要射了。」

這是我聽到最開心的話了。我半反射性地夾緊他的性器。過沒多久裡面就被灌入熱燙的東西。

「唔……」

「呼哈、呼哈……」

白榮燦貼著我的耳朵呼氣。粗重的呼吸聲讓我起雞皮疙瘩。有一種要被捕食的感覺。

他撫摸我的手臂。白榮燦的手比我的手還要粗糙很多，他皮膚上面突起的疙瘩更是刺激著我。都是因為剛射精完才變得這麼敏感。

「唔嗯……」

突然襲來的感受讓我的眼淚也滿溢出來。也因為本來是我用腳趾捏著他的乳頭，結果他卻突然很野蠻地衝撞過來，讓我覺得他很過分。

我不喜歡哭，而且光因為這種事情就覺得委屈，讓我覺得自己實在很丟臉，但是淚水還是不斷在眼眶裡打轉。這時候白榮燦野蠻插進來的肉棒都還沒有拔出來。當我知道這件事就覺得更悲傷。

「嗚、嗚嗚……」

這時白榮燦才把手鬆開，想要確認我的臉。因為我不想讓他看，就把臉埋在肩膀。

「賢秀，你哭了？」

「嗚……」

但是我無法掩蓋住我的哭聲。發現我在哭的白榮燦，立刻用雙手緊緊抱住我。

「對不起。」

非常慎重的聲音。奇怪的是，當我被他又寬大又結實的肩膀抱住後，我的悲傷立刻通通消失了。但是，既然他抱著我，那我就假裝氣還沒消，用拳頭輕輕打了他的手臂一拳。

「我很痛……」

「嗯、嗯。對不起，因為我太喜歡了才會這樣，抱歉。」

他完全不說「不會再這樣了」。這讓我很不開心，所以這次更大力地打了他手臂一拳。

「拔出來……」

到現在都還沒軟掉的肉棒，還在我體內一動一動的。但是白榮燦不是拔出正插入我身體內的東西，而是突然把我抱起來。

「去浴室再拔吧，可以馬上洗。」

也對，因為他射在裡面，這樣子做比較乾淨。我靜靜地用手抱住他的脖子。

白榮燦讓我坐在浴缸內，然後把水打開。我突然注意到那小子肩膀和脖子上滿滿的紅色痕跡。

「啊，怎麼辦，這是我弄的嗎？」

「嗯。」

剛剛失去理智地去吸了嘴巴碰到的肌膚，看來是那時候造成的痕跡。那個紅色傷痕用一隻眼睛都能輕易看出他很痛，我小心翼翼地把手放上去。

「很痛嗎？」

白榮燦按下浴缸塞子後搖了搖頭。一看到這個世界最單純的臉，我就感到更抱歉了。

「這個就算襯衫釦子全部扣起來也會被看見，怎麼辦……」

「那就看啊。」

與其說是虛張聲勢，看起來更像真的是無所謂的樣子。他從壁櫥拿出泡澡球的時候，我就靜靜看著落下的水柱所製造出來的白色泡沫。

「榮燦。」

「嗯？」

「我們，下次截稿結束要去旅行嗎？就在國內小旅行。」

我在想，也許我總是想要占有他的想法也不是個壞事。像白榮燦這麼善良、這麼可愛的人，我想不只是我，不管是誰都會想要占有吧？所以這不是我的問題，都是白榮燦的問題。我這麼想了一想，心情就舒緩許多了。

「嗯，好啊。」

白榮燦拿著泡澡球，眼睛彎起來笑得很開心。讓人意外的是，一看到他那個臉，我的不安感就全都消失了。

沒錯，能夠治療我根深柢固的不安感的藥，果然就只有白榮燦。這我不得不承認。

所以說，我絕對不能放掉他。

「啊嗚，對了，剛剛小貓咪捏我乳頭……很舒服……」

「你剛剛還說我在胡鬧？」

「唉唷……以後可以再這樣捏我嗎？」

我對著撒嬌的他張開雙臂。他走進浴缸，縮起他巨大的塊頭讓我抱住。

「好，我會的。」

我親了他臉頰後，白榮燦這次也用了這世界上最溫順的表情笑了。像這樣的他，我怎麼能不愛呢？

他伸展開他縮起來的身體，然後把我拉過去抱住。我安靜地沉浸在他結實、溫暖的懷中。

FUCK-PECT BUDDY

10

【Everyday, Every night】

HYUNSOO～^^
················/////
LOVE U
I LOVE YOU,TOO
LOADING...

BAEK YOUNGCHAN × SEO HYUNSOO

白榮燦的真的很會察言觀色。日子越久，我對這件事就越感到驚嘆。特別是他在解讀我的心情的時候更是靈敏。如果我看起來心情有點不好，他都會知道，然後在我面前裝可愛，而每次那種時候我的心情就都會好起來。不管是有多麼不開心的事情。

最近有新的員工進來，李宥晴跟李主任都升職，而許主任則升到代理。員工教育由許主任，不對，是由許代理負責，幸好她執行得很好，讓我可以專心在我的工作上。

公司是沒有什麼問題，問題是媽媽。

最近她的前男友，那個臭小子好像又再次跟媽媽聯絡。還跟我問了好幾次「要不要回美國」。

「你媽媽的心太軟，軟到能原諒打她的那個傢伙。」

阿姨如此說道。但我覺得這句話不對，並不是因為她心很軟，是太傻。

但是我也沒辦法怪媽媽，媽媽並沒有錯，錯的是把媽媽弄成這樣的人。

就算這樣，我還是忍不住會生氣。以防萬一，我決定把她的護照拿走，並請阿姨注意，如果有異常狀況要跟我說。

白榮燦也發現到我很在意媽媽的事情。就算他什麼都沒有說，我也感覺他很在意我的心情。

因為不想讓那小子擔心，我故意假裝很開心，但這樣反而讓白榮燦更擔心了。他甚至還改了下個月的行程，撒著嬌找我一起去看我應該會喜歡的展覽。

「但你不是說過現代藝術很無聊？」

「沒有啊，非常有趣啊。而且觀賞小貓咪欣賞藝術品的樣子更有趣。」

「真的是……」

最後還是噗哧笑了出來。

「好吧。那看完展覽就去吃你喜歡吃的東西吧。」

「喔耶。」

白榮燦用力扭動著屁股、心情很好的樣子。雖然我不知道他是不是故意這樣做，但那小子心情好我也就心情很好。

我在整理衣櫥時突然發現，我跟白榮燦的衣服越來越像。我穿的衣服整體色調變得比較明亮，白榮燦的衣服則整體變得比較沉穩。

也有幾個設計相似的配件是故意一起買的，雖然只是些像是領帶、圍巾、口袋巾的小配件。我想起之前因為跟白榮燦說不買領帶給他，他就躺在地上的樣子，還是讓我忍不住冷汗直流。

我跟白榮燦在一起的時間越久，我們相似的部分也越來越多。

我並不討厭這樣。我的生活中有他跟著，他的生活中有我在旁邊看著。

「小貓咪，你看！」

他在我一個一個整理費多拉帽的時候呼喚我。我回頭一看，便發現白榮燦把要送去洗衣店的圍巾綁在脖子上，綁了一個漂亮的蝴蝶結模樣。就算他說出「我就是禮物」這種台詞也很自然。

幸好白榮燦沒有說出這句台詞。但是不幸的是，他卻開始瘋狂扭動他的骨盆還一邊唱歌。

老實說，白榮燦唱歌真的很好聽。音色很美、音準很正確，而且發音也很清楚。還有……舞也跳得很好。不知道是不是因為很會擺動腰，舞也跳得很好。

總之，那小子就在我面前唱著最近很紅的女團的歌，瘋狂地扭動他的腰。妖媚可愛又靈活的動作讓我笑了出來。

「因為我愛小貓咪……」

還順便附贈歌詞。雖然這樣對這個我連名字都叫不出來的女團很不好意思，但我還是忍不住笑了。因為白榮燦真的非常會跳舞，那個樣子真的很可愛。

不對，是只有可愛嗎？他扭動腰部的動作非常嫵媚、表情豐富、手勢可愛。綁在脖子上的蝴蝶結輕輕擺動，讓他更可愛。我甚至還在想，這小子都可以去當偶像了吧。

看到我笑破肚皮的樣子，白榮燦就更認真地跳舞。腰部的扭動非常華麗。

「我要擁有小貓咪，擁有小貓咪！」

有這種歌詞嗎？隨便啦，這不是重點。我正瘋狂地笑著的時候，認真扭動著腰部的白榮燦突然「啊」的一聲慘叫，停下了動作。

「怎、怎麼了？沒事吧？」

我馬上收起笑容，立刻跑過去攙扶他。白榮燦把手放在腰上，一臉痛苦的樣子。

「啊，小貓咪，我好像閃到腰了……」

「等一下，我叫救護車。」

「嗚……」

我小心翼翼讓那傢伙躺下來然後叫了救護車。白榮燦手扶著腰橫躺著，發出疼痛的呻吟聲。

「如果我半身不遂怎麼辦？」

「不要說這麼不吉利的話，沒有人跳舞跳到半身不遂的，你應該是肌肉拉傷。」

我雖然不是醫生，但如果是脊椎受傷，是不能這樣躺的。而且之前在運動的時候，這小子也有過一樣的症狀。

「嗚，好痛……」

在救護車到之前，我準備好皮夾跟他的外套後觀察了一下他的情況，我突然注意到綁在他脖子上的漂亮蝴蝶結。雖然對那小子很不好意思，但我大笑了出來。

「噗……」

白榮燦用埋怨的眼神斜眼看我。

「你現在還笑？我很痛耶……」

「啊，對不起，但是你太……噗……」

太可愛了……我知道不能笑，但我實在忍不住一直笑出來。

這一切都太滑稽了，但一方面也覺得那小子好可愛。我竟然有一個為了讓我心情放鬆而裝可愛，結果卻這樣傷到腰的愛人。我是何等有福氣啊。

「榮燦。」

我好不容易忍住笑意才叫了那小子的名字。白榮燦用氣呼呼的臉向上看我。我親了一下那個跟熊一樣可愛的臉頰。

「我愛你。」

本來強硬噘起的嘴慢慢放鬆下來，最後笑了出來。

「嘻、唔嗚……」

那小子發出不知道是在哭還是在笑的聲音，然後讓我抱住。我用手輕輕拍打那巨大的塊頭。

醫院的檢查結果，幸好沒有傷到骨頭只是肌肉拉傷。聽到沒什麼大礙我才鬆了一口氣。

「到底是做了什麼事情？」

不知道白榮燦是不是覺得太丟臉才沒有立刻回答，而我覺得我應該代替他回答，所以就立刻說了出來。

「因為在跳舞。」

「喂！」

白榮燦大喊出來，而我一臉有什麼問題的表情看著那小子。本來就應該要跟醫生說實話才對。

醫生一臉不太在意的樣子，然後告訴我們幾個注意事項。沒想到會有人跟白榮燦一樣，因為跳舞跳到一半「腰扭得太大力」而被送到急診室。因為醫生說這幾天要避免做太過劇烈的運動，也絕對要好好靜養，白榮燦就變得很鬱悶。這小子可是一秒都停不下來的人，所以他應該非常悶吧。但他這樣暫時不能嬉鬧，也應該算是好事。

「那就趁這個機會請個病假，好好休息吧？」

雖然不用我講，但是白榮燦也算是個工作狂。應該趁這個時候休息幾週，不對，休息個幾天也好。

「那這樣就要請朴俊範替我寫企畫書了。」

我最後也只能接受他說的。

「……那就好好休息一天。」

「嗯嗯。」

白榮燦把臉伸進我懷裡讓我抱住。不管怎樣，今天似乎必須做那小子喜歡的義大利麵給他了。

＊＊＊

不知道是幸還是不幸，媽媽又跟她前男友吵架了。慶幸的是她暫時也不會說要回去美國，但是我不敢保證她不會再發生這樣的事。

白榮燦經過一天，不對，經過大約十二小時就恢復正常了。果然是復原能力驚人。不用拿到朴俊範的企畫書真的是太好了。就算這樣，他似乎知道不能跟之前一樣做出一些會激烈動到腰的惡作劇，所以表現變得非常小心翼翼。

如果朴俊範想要嬉鬧他也會說：「哎呀，我說我真的要小心我的腰。」

我覺得那小子一整天有氣無力的樣子很可憐，就決定跟他一起去久違的電影約會。看電影的時候他的手背輕輕拂過我的。

本來還在考慮要不要牽手，白榮燦就先過來十指緊扣住我的手。他眼睛沒有離開螢幕所做出的這個小動作，讓我心跳加速。厚實的手的觸感也很好。

我跟白榮燦沒有什麼問題。雖然生活跟平時沒什麼兩樣，但不知道為什麼我起了一個貪欲。

因為看他好像一直有氣無力，我就在想要不要為他做些小活動。我一個人左思右想了之後，最後結果還是只想到跟性有關的活動。

但是要做什麼……

我其實能做的都做了。也打過白榮燦的屁股、也塞過串珠進我的身體、也戴過眼罩……

這麼一講，之前買過的那些東西。

我想起來那些東西全部都被塞在箱子裡。

剛好那天是白榮燦自己一個人加班的日子。我確認了好幾次時間，然後把塞在床底下的箱子拿出來。

放在箱子裡的東西跟當時一樣。手銬和串珠，還有之前買的眼罩都放在裡面……我翻找各種可怕又可愛的東西後，我拿出了一個東西，那就是假陽具。

那個黑色的假陽具比白榮燦的那根還要小，我不知道為什麼還要買這個東西，但是現在仔細一看，這個也是非常非常地大。

「……」

我拿起假陽具後仔細地端詳，然後莫名有種奇怪的感覺。我盯著那根塑膠棒看，突然意識到自己這樣有多詭異，最後就把它丟回了箱子裡。

本來想在白榮燦面前把這個假陽具插進去給他看。雖然曾經在他面前用手指擴張洞口給他看，但從沒有自己把東西插進去給他看過，感覺是個不錯的小活動。

不過這樣很不適合我，白榮燦可能也不會喜歡。正當我非常有自信地這麼認為並要把箱子蓋回去的時候，手突然停了下來。

……其實喜不喜歡也要試過才知道吧？我突然有了這個想法。

我盯著孤零零被放在各種奇怪物品中的假陽具，又把它拿起來。

我擦拭了幾次，等到乾淨後便拿到床上。我脫掉褲子、雙腳打開，這時我又突然覺得自己到底是在做什麼，但這同時也引起我的好勝心。白榮燦的性器都放進去過了，就這麼樣一個東西我會放不進去嗎？這個不管怎麼看都比那小子的肉棒還小。

「呼……」

我做了一次深呼吸，然後擠了滿滿的潤滑液。這個只是練習，只是在白榮燦回來之前為正式遊戲做個暖身而已，所以我決定慢慢來，然後也在我的洞擠了滿滿的潤滑液。

我深吸一口氣，把假陽具對準我的洞口。又硬又溼的東西一碰到我後面，我立刻就感覺到好像不太對。這個東西……放得進去嗎……？這個是做來放進去的嗎……？

我試著硬把這個假陽具的頭塞入緊閉的洞裡，卻感覺到我的行為毫無意義。這個東西到底怎麼放進去？

「唉……」

雖然很可笑，但這反而激起我不管怎樣都一定要把這個該死的棒子放進去的好勝心。人類徐賢秀，你在這裡放棄的話會很傷自尊的，它不過就是個假陽具。

我再次深呼吸，這次為了能更放鬆，我把腳打得更開。雖然知道姿勢很滑稽，但這也是沒辦法的事。雖然我是不清楚，但其他人應該也是這樣做。

幸好在磨蹭撥弄之後順利慢慢地進來了，不過還是很吃力。但是，我感覺並沒有很好。我閉起眼睛想著白榮燦。一想起他進來時的感覺、想起每次讓我全身酥麻的強烈快感，我的身體就慢慢開始有了反應。

「唔……」

雖然這個比不上白榮燦的那根，但還是讓我開始感受到微弱的快感。我提起勇氣，試著把它插得更深。壓迫感讓我屏住呼吸。

我又討厭起白棠燦了。用比這個還大的東西，像是沒什麼一樣地每天插入我的身體裡。你真的每天都得跟我道歉。我甚至還有「那個小子回來後，一定要拿這個假陽具跟他的性器比大小」這種異想天開的想法。

我把手伸向旁邊，擠了更多的潤滑液。我把已經很溼潤的後面塗抹得更溼黏，手的動作也更果斷。快感漸漸增加。

「唔嗯……」

我突然覺得，原來白棠燦那小子的技術還滿好的，因為他就是有辦法把比這個還大的東西若無其事地放進我身體。

沒錯，我心想著「白棠燦都能做到，我不可能做不到」，我的好勝心又更強烈了。幸好慢慢越來越容易插進來了。塗滿大量的潤滑液，甚至是多到會往下流的量，這樣還放不進去就奇怪了。

我把假陽具的上半部放進去後，然後就試著慢慢擺動腰部。就像跟白棠燦做愛的時候一樣，由下往上慢慢地搖，手則去調整假陽具的角度。

白棠燦就像會通靈一樣，可以準確找到我的敏感部位，但不知道為什麼我自己做起來卻不簡單。不過這也是，想像一下他的性器大小，就覺得他不是用頂的，而是整根塞進去後用壓的。而且跟他做愛的時候都是被瘋狂地操弄，所以我也不清楚是哪裡被刺激到。雖然我什麼都不知道，但是感覺就是很舒服。

幸好在裡面抽動一下後，感覺就好很多了。雖然沒有到跟那小子做愛一樣那麼舒服。

我把假陽具插進後孔，開始擺動腰部，享受這個快感。

「唔嗯、啊……」

我開始發出呻吟聲。現在幾乎是有半支的假陽具在我的後孔進出。發出的溼滑水聲非常情色，讓我更興奮了。我從來沒有自己一個人，對著自己的後面這樣子使用道具還感到這麼舒服過，而第一次靠著自己擺動達到高潮，這件事更讓我覺得興奮。

我更猛烈地抽動假陽具。溼潤的聲音更明顯了。我的後面因為快感而緊繃。

「唔、唔嗯……！」

因為溼潤的水聲跟身體太興奮，我連門鎖打開的聲音都沒聽到。

「寶貝，寶貝的小熊回來了。」

我也沒聽到白榮燦的聲音。滿腦子只有想要更進一步提升這個快感的欲望。

「唔嗯、嗯……！」

偏偏就在我達到高潮、精液在空中到處噴的時候，房間門被打開了。

「……寶貝？」

剛下班的白榮燦一看到我的樣子就這樣僵住了。

「啊……」

我已經沒辦法去想著要抽出插在裡面的假陽具，然後就這樣僵住了。

媽的……

我心裡面慢了一拍才罵出髒話。真的很想死。我好像知道為什麼人類這麼想要時間旅行了。只要能回到五分鐘前，什麼事情都能做了。

我真的是丟臉到想死，但是我認為如果現在表現出丟臉的樣子，那白榮燦只會更喜歡。我看著僵住的他，然後故意厚著臉皮問他。

「……幹嘛這樣盯著我看？」

但是白榮燦就像壞掉了一樣，依舊僵在那邊。但是那個樣子與其說是好笑，該怎麼形容呢……像是即將徹底崩潰的樣子，讓人感到有些害怕。

最後我悄悄地把插在後面的假陽具拔出來，然後躲開了他的視線。真的是丟臉到不行。

「……嗯，我不知道你會提早回來。」

我縮起我的腳想要慢慢爬起來，但是白榮燦一把就拉住了我的腳踝。力氣真的太大，讓我整個身體被拉著走。

「徐賢秀。」

「喔，什麼？」

為什麼要連名帶姓叫？這樣讓我很緊張。

他拿起床上的假陽具。然後拿著被潤滑液沾到溼透的假陽具觀察，我真的是丟臉到想找個洞鑽進去。

「你，用這個插了後面幾次？」

「……這次是第一次。」

「我不是指那個，我是問你放進去再拔出來你的洞幾下。」

那個要怎麼算啊。本來想要反駁他說「難道你會計算你插我的時候腰擺動了幾次嗎？」但是那小子的表情看起來卻非常認真。

「……我不知道，大概七……七次？」

所以我也只能隨便估算一下回答他。

「七次。」

白榮燦重複我的話。看到他把大衣脫掉隨便一扔的樣子，我不知道為什麼很想逃跑。雖然不知道原因，但感覺好像是犯了大錯。徐賢秀，你這個白癡！既然這樣為什麼要做不該做的事！我狠狠地罵著自己。

他把拿在手上的假陽具用兩隻手握住用力一捏。下一秒就發生讓人驚訝的事。假陽具發出破裂的聲音，就這樣斷成兩截了。

白榮燦把那個悽慘斷裂的假陽具丟掉。就算我看到它在地上滾，也很難相信。

竟然徒手……把那個東西弄斷……？

我想我的另一半應該不是人類是熊……我受到衝擊而呆掉，他則抓住我的下巴，動作有點粗魯。但是他碰觸到我的臉頰跟下巴的的嘴脣卻非常柔軟。

「看到進去你身體裡的不是我的肉棒而是這種東西，我就覺得很生氣。」

他說什麼……？我自慰被看見，然後又看到他徒手把假陽具弄斷，而我都還陷入這些衝擊中時，身體就被他的手拉了過去。

白榮燦就這樣把我的腳掰開，然後找到了我的洞。那個部位現在仍是一片溼潤的潤滑液，讓我覺得很丟臉。

他的手指順暢地滑入洞內。已經被潤滑液浸溼的洞，馬上就習慣了白榮燦的手指。

「唔……！」

那小子立刻大力按著我敏感的地方。就算剛剛才射精而已，現在立刻就又感到興奮。我對我的性器感到羞愧，因為它上面的精液都還沒全乾就立刻又勃起了。

「你，以後不可以隨便把那個東西放進你後面，知道了嗎？」

「唔呃、唔……」

他就曾把珠子那種東西放進去過，現在是在說什麼。雖然想要反駁，但是那小子的手指實在太厲害了。老實說，那小子的手指比假陽具舒服好幾倍。

白榮燦專注翻弄著我才剛插過假陽具，已經變得相當柔軟的洞。他的手輕輕地掰開、頂著、恣意摸索我裡面的動作，都讓我起了雞皮疙瘩，腰也不自覺地扭了起來。

「唔……！」

「舒服嗎？」

「唔嗯、舒服……」

我現在非常興奮，都把剛剛想要找個洞鑽進去的想法拋在腦後了。不知道為什麼，每次跟他做愛感覺都很新鮮。

他把手指頭從洞裡拔出來，把我的腳掰得更開後就坐到我雙腿中間位置。他把褲子的拉鍊拉下來，掏出了性器。看著那淡粉紅色的野蠻大肉棒，果然比都不用比，我就可以確信它比那個斷裂的假陽具還要大。

把手指拔出來後才過了一下子，就有一個圓潤粗大的東西碰觸到緊閉的洞口。不對，在感覺到被碰觸到之前，就已經被插進來了。

「啊！」

壓迫感讓我發出簡短的呻吟。白榮燦馬上就開始擺動他的腰。我的身體已經習慣這種壓迫感，想著馬上又要襲來的快感就讓我興奮不已。

被圓滑又粗的性器抽插著，怎麼會讓我有酥麻的感覺呢？每次都覺得很奇妙。雖然已經算是習慣白榮燦的性器大小，但到現在那個巨大的壓迫感還是會讓我快喘不過氣，這件事情真的很奇妙。

「慢、慢一點……」

雖然我講慢一點那個小子也不會聽進去，但還是必須試著哀求。剛剛已經享受過一次快感的身體，因為期待著新的快感，甚至開始不斷顫抖。

當他一擺動腰，床架就發出小聲的嘎吱聲響。我開始擔心噪音會不會又傳到樓下。不對，應該要更擔心我的呻吟聲會不會被聽見。過沒多久，我就開始發出呻吟。

「唔嗯、啊……啊！唔！」

「賢秀。」

「嗯、嗯。」

他總是在做愛的時候叫我的名字……我享受著裡面被塞滿的感覺，然後勉強回答他。白榮燦的上半身向我靠了過來，然後用手撫摸我的頭髮。

「再怎麼樣還是我的最爽吧？」

「嗯、嗯。」

難道這小子……是在忌妒假陽具嗎？不過我在想，如果是白榮燦，就算只是個塑膠棒子，似乎也足以讓他感到忌妒。

腰部擺動的動作越來越快。白榮燦的眼神看起來非常興奮。如果不興奮，那他也不會這樣粗魯地衝撞我。

他緊緊抓住我的雙腳不讓我脫逃，腰部快速衝撞過來時，也會發出非常清楚的「啪啪啪」撞擊聲。快感讓我全身的毛髮都豎了起來。塞滿體內的肉棒雖然讓我很吃力，但我的洞也還是緊緊地夾著他。

白榮燦一邊快速擺動著腰，一邊輕咬我的耳朵。與其說是撒嬌，更像是因為不能吃掉其他部位，所以只能咬住耳朵來控制自己。每次這種時候，我就感覺這小子真的很像隻野獸。

「好爽……呼哈……」

接著傳來我耳邊的呼吸聲，果然就像是個禽獸。

白榮燦每一次擺動，我的內臟就像是被全部翻攪了一番，但是是舒服的翻攪。就連因為他擺動得很猛烈，讓我懼怕身體可能會被撕爛的心情，也變成了一種快感。

「我、唔嗯、嗯、好像要出來……！」

在我說完之前，稀薄的精液就噴了出來。本來還在想自己才剛射過，真的還有東西可以射嗎，看來我是白擔心了。

白榮燦看到我射精也沒有停下來，反而是猛力地擺動他的腰。我可以清楚感覺到塞滿我體的肉棒，推擠著我的內壁、進進出出，把裡面弄得一團糟。

「唔嗯、啊、啊！停下來！唔、停下來！」

再這樣下去我馬上又會射精的。如果他不堵住我的龜頭，那我有可能真的會射。

「你、抓、哪裡！唔！」

「不要射。」

非常明確的命令聲，這不是他常會發出來的聲音。我向上一看，看到白榮燦的外套、襯衫和領帶依舊穿得好好的。他的外表跟我不一樣，依舊整齊乾淨，這讓我覺得很鬱悶。

接著看到他半僵硬的表情，我的鬱悶感隨即消失。他的威嚇感讓我喘不過氣來。

白榮燦挺直腰部後繼續規律地擺動。我腦裡浮現出在他帥氣堅挺的西裝裡，隨著擺動而起伏的肌肉。我伸出笨拙的手想要去脫掉那小子的衣服，但是卻一點力氣都使不上來。我的手往旁邊垂軟，他見狀便伸手跟我十指交扣。不對，我不是要這樣。

「以後要玩玩具，只能在我看得到的時候玩，知道了嗎？」

「嗯、嗯……我、知道了……」

本來想反駁說「我想怎樣就怎樣」但嘴裡說出來的回答卻不是如此。看來我的身體已經知道，如果在這個時候反駁，那只會被折磨得更慘。

「呼……」

白榮燦吐了一口氣，用手撩起頭髮。他的袖釦閃閃發亮。他脫掉西裝外套後丟到一旁，然後解開袖子的鈕釦。我下意識地畏縮了起來。他、他想做什麼。

他把袖子稍微捲起來後，把手伸到我的屁股下方，抬起了我的腰。我感覺到我們的交合處赤裸裸地袒露出來。當白榮燦的視線一往下看，我就尷尬地把頭轉向一旁。他的手指碰觸我們的交合處。

「完全緊緊地吸住呢。」

「……是因為你的很大……」

我勉強回答後，白榮燦就暗笑了一下。臭小子，有什麼好笑的，別人都快死了。

這種鬱悶的感覺也只是短暫的。他的手指一起伸進去好不容易才吞入他肉棒的洞口。已經張開到最大極限的洞似乎在發出慘叫。我緊緊抓住床單、扭動著腰。

「住、手……」

白榮燦是不會叫他住手就會住手的人。他還是把手指慢慢往裡面伸入。我的身體很不給面子，反而因為這種異物感而感到興奮。

「哇，感覺手指都要被夾斷了，真的是夾得很用力呢。」

低沉且快速的嘀咕，與其說是在驚嘆，更感覺到了急躁。白榮燦的手指——我不知道是食指還是拇指，那小子的手指真的非常粗——伸進去後緊緊按著某個點。

「啊啊！」

同時我又射精了。我還不知道發生什麼事，就在迷迷糊糊之中流出了精液，這時我才意識到自己經歷了短暫的高潮。我目瞪口呆，然後低頭一看，一看到白榮燦面無表情的臉，就又把嘴巴閉上。

他把手指放在裡面，又開始擺動他的腰。異物感、壓迫感，還有比起這些更強烈的快感全部混雜在一起，讓我幾乎快要哭了出來。

過沒多久，白榮燦就在我體內射精了。他在射了滿滿精液的情況下又抽動他的手指，我感覺到射在裡面的東西都流了出來。

「會流到、床上……」

「嗯，我知道。」

白榮燦的輕輕地吻了我的嘴。香水的味道和他身體的味道混在一起。

「唉，好累……」

「嗯、嗯。」

我喜歡在我抱怨時立刻被抱在懷裡。我把臉緊緊壓在結實的胸膛上然後大口吸著氣。

不管怎麼想，就算沒有活動也沒關係。

不知道是不是前一天太過勉強，早上一起床就有一陣疲勞感襲來。我的後面也很刺痛。雖然很想要請半天假，但是工作堆積如山，也不可能請假。早餐應該是要輪到我做，所以我就跟白榮燦道歉，叫他先去吃之後就多睡了十分鐘。

「賢秀，起床了。」

因為那小子溫柔的手，我睜開了眼睛。看到白榮燦對我笑的樣子，我的疲勞感好像就立刻消失……但立刻，我就感覺到後面有多痛，又繼續討厭起這個傢伙。

「你不吃早餐也可以嗎？」

「嗯……我想吃點禪食[4]就好……」

我慢慢起身往廚房走去。白榮燦緊緊跟在我後面，還附加一隻緊緊黏在我屁股上的手。

去到廚房，我找不到明明昨天才新打開的禪食，所以我又拿出新的一盒。在這種情況，白榮燦的手還是沒有離開我的屁股。

「白老虎，你有看到昨天放在這裡剩下的禪食嗎？」

「喔？昨天晚上肚子餓，我把它吃掉了。」

本來想著「原來如此」但覺得好像有點奇怪，手裡拿著一包轉頭看他。

「……但那是一包吧？」

「一包不是一人份嗎？」

白榮燦一臉有「什麼問題嗎」的表情然後聳了聳肩。

「因為它是一包，我還以為就是一人份。」

4 譯註：禪食（선식）為韓國和尚參禪時所食用的健康食品，主要以糙米、糯米、豆麥類等材料製成。

我張大了嘴。

「……你肚子還好嗎？沒有拉肚子嗎？」

「嗯。」

白榮燦點了點頭，溫順地讓我抱在懷裡。我拍了拍這個大塊頭、嘆了一口氣。

「那個有五百克。計算下來大約……十人份……？」

「啊，原來……難怪我泡水的時候就覺得怎麼有點稠。之後覺得喝起來很麻煩，就直接用湯匙挖著吃……」

白榮燦平靜地說道，然後抬起頭來、抓了抓後腦杓。我手裡拿著一包新開的禪食，那小子摸著自己的後腦杓，我們兩個人對看後便同時笑了出來。

我們在原本應該是忙碌的早晨這樣悠閒地笑著，這讓我突然有種感覺。

我不知不覺中已經習慣每天早上、白天、晚上都因為你而笑。

你也已經習慣我們在一起的日常生活。

這是一個跟其他日子沒什麼兩樣，忙碌的平日早晨。

FUCK-PECT BUDDY

11

【完美男孩（哥哥×弟弟AU）】

HYUNSOO～^^
................//////
LOVE U
I LOVE YOU,TOO
LOADING...

BAEK YOUNGCHAN × SEO HYUNSOO

「哥，我喜歡你。」

在跟白榮燦交往之前，我從沒想過跟比自己小五歲的弟弟交往。

「我真的很喜歡你。」

我基本上很討厭年紀比我小的人。

「你一定要去美國嗎？」

所以，我當然從沒想過白榮燦會變成我的愛人。

「我愛哥哥。很愛很愛。」

直到他跟我告白前。

＊＊＊

K大學每年都會固定派實習生來我們公司，因為相關學科跟我們公司有密切的關係。他們會選出兩三位成績優異的學生，來我們公司編輯部工作一個月，但與其說是實習，一般更像是請他們幫忙做些在截稿期時無法及時處理的雜事。

我也是在白榮燦來實習的時候認識他的。

「你好！我叫白榮燦！請多多指教！」

大聲響亮打招呼的白榮燦很年輕、很好看。而且……很巨大。真的很巨大，身高跟胸部都是。

因為我很不適合帶人，每次都是交給別人負責帶實習生。偏偏那個時候除了我沒有人可以帶實習生。

應該慶幸那年的三名實習生不需要全部都交由我帶嗎？應該也要為我負責的人是白榮燦的這件事感到慶幸？

白榮燦工作都做得很好，很會察言觀色、動作也很快。還有他的親和力，這是我完全比不上的特質。

他在一週內就成為了編輯部的小可愛。他塊頭這麼大卻很會撒嬌，如果他擋在同事面前喊著「嘻嘻，不讓你過！」十之八九的人都會笑出來。

而不會笑的那一跟二就是我。我其實沒有特別喜歡那個小子。

該怎麼說呢？白榮燦跟我根本一點都合不來。從頭到腳都不合。

我很不喜歡那個小子吵吵鬧鬧的。愛管閒事、過分開朗的聲音，在遠處都能清楚聽見的發音都很讓人討厭。

「徐組長！早安！」

不管什麼時候，白榮燦一定會在八點三十分就來上班，然後自己一個人做伏地挺身。我知道他不只是對我這麼樣的親切跟開朗。

沒錯，也許我是在忌妒他，忌妒那個擁有我所沒有的冷靜和成熟。

我的職場是出版男性時尚雜誌《休閒之都》，絕對算是業界第一名的公司。無論是年薪、品牌形象、知名度都是。

進到我們這種公司實習的大學生，為了能夠在這獲得些什麼，一般都會竭盡全力。有時候野心太強，太想要表現給未來的前輩看，卻把事情搞砸的也大有人在。

白榮燦沒有這樣子，這很奇怪。他年紀比我小了五歲，卻很沉著冷靜。他總是保持親切的笑容，到處去管別人閒事，但即便如此，因為他總是對人很好，所以並沒有被人討厭。

那小子跟我完全不一樣。我做人很有原則，所以我沒有朋友，除非個性跟我很像的人才有可能跟我相處下去。

如果那一天的公司聚餐，我沒有意氣用事喝那麼多酒喝到醉；如果那天旁邊坐的不是白榮燦，那我就不會跟他發生一夜情了吧。

如果沒有這樣，白榮燦也不會跟我告白吧。

那次一時衝動的一夜情之後，我們還發生了幾次關係。我跟他做的次數多到，讓曾經說過「我不想跟年紀比我小的人做愛」這句話的我覺得無地自容。

如果要辯解，都是因為他身體並「沒有比我年輕」。

第一次看到白榮燦的性器時，雖然有可能是因為喝醉，但我當時認為他的性器上面可能套了什麼東西，因為它的顏色、大小全部都一般人不同。

白榮燦肉棒的大小跟我的前臂幾乎不分軒輊。上面凸起的血管，看起來就像是個棍棒，顏色是很不適合他的美麗淡粉紅色。如果用RGB來看，那大概是#F6AAAE色吧……？

反正這不是重點。我立刻搖了搖頭然後伸出手掌，對著要向我撲過來的他做出停止手勢。

「……你，真的要把那個東西放進來？」

「怎麼了？討厭嗎？」

白榮燦什麼都好大。性器也大、胸部也大，把我腳往兩邊掰開的兩隻手也很大。

「沒關係，就算你現在討厭，等下馬上就會喜歡了。」

連這種沒必要的自信心都很強大。

「什麼……不對，不行。這個不行，進不去的。」

我不是個特別膽小的人，但是白榮燦的性器讓我很害怕。這是考慮過正常、自然，以及物理方面後才產生的恐懼。

「進不去……的！」

但是跟我想的不一樣，人類的身體比想像的還要堅固。那小子硬是把他粗大的肉棒像是用鑽的一樣插進我的洞裡。

「唔呃、唔、唔！」

「組長，你裡面、好緊……」

「是、你、太……！唔！」

我本來應該要回他「是你太大了」但是緊接著的腰部動作讓我語塞。

白榮燦吃的飯一定都跑到腰部去了。如果不是這樣，那腰力怎麼可以大到這麼野蠻。

他緊緊抓住我的腰讓我不能移動，緊接著又快速地衝撞上來。伴隨著「啪啪啪」肉體撞擊的聲音，不知道是快感還是什麼東西，一種非常強烈的感覺充斥在我腦海裡。

我連呻吟都沒辦法，只能一直喘氣。雖然我沒有因為他是年輕人看不起他，但是我從沒想過他會用這麼大的力氣壓制我。

「停、下來。唔呃、啊！」

白榮燦就像是沒聽到我講話一樣繼續擺動。看似絕對進不來的肉棒，粗暴地往我身體內不停抽插、恣意翻弄著我。

我的魂都已經飛了，但同時又感覺爽到不行，這讓我覺得更傷自尊。我一直以來做過的愛都不像是做愛了。

「啊、啊啊！」

「組長，好舒服……」

床上叫著「組長」的聲音，有種違背倫理道德的刺激感。我的鐵律是不跟公司同事在公司以外有任何交集，所以這樣讓我有更強烈的罪惡感。

被一個比我年輕小子操，然後還硬挺勃起、流出大量的前列腺液，這不是一件讓人開心的事情。換句話說，被白榮燦操的那一刻，我就後悔跟他來飯店了。

不知道他知不知道我複雜的心境，他迷離的眼神俯視著我，腰部動得更快了。更殘酷的是，這時我的洞正非常享受白榮燦的肉棒。

老實說，那小子真的非常會做愛。不只是單純大而已，還會用眼睛仔細觀察著我，腰部衝撞上來的動作也非常熟練。

這麼年輕的他都已經這麼熟練，而被壓在下面不知所措、只能一直顫抖的我顯得非常丟臉。雖然自尊心是被擊垮了，但身體卻很享受，這讓我覺得更煩躁了。

「唔、唔嗯……停、下來……」

「不要。」

我甚至連生氣說「竟然敢反抗我」的力氣都沒有。鑽進我身體裡的那根讓我一下有快感、一下疼痛，一直在操弄我的身體。

擺動一陣子後，白榮燦朝著我彎下了上半身。我被結實的身體緊緊壓住，一動也不能動，只能就這樣一直接受他帶給我的快感。

「組長，你好棒，組長……」

他一直叫我組長，讓我快受不了了。但是與其跟他說「不要叫我組長」，現在叫他「等一下、再慢一點」這件事還比較急迫。不過，我什麼也說不出來，我嘴裡只是一直發出我生平從來沒發出的呻吟聲。

「唔嗯、唔、唔……！嗯……」

最後精液就像尿失禁一樣不停流出，我達到高潮了。白榮燦幾乎跟我同時間達到高潮，他在我體內傾瀉了滿滿的精液。

「呼啊、對……不起。太爽了……所以射在組長裡面了……」

「可、惡……唔嗯……」

他射的量多到我甚至可以感覺到肚子被灌滿了。他的每一次蠕動，肚子裡面好像就會發出噗滋的聲音。

雖然我想要回家，但被弄得非常狼狽的身體一動都動不了。一隻手小心翼翼地擦拭著我的下面，那個動作讓我的身體蜷縮了一下，接著便睡著了。

跟他見面是很荒唐的事，但是在那之後我們還是重複做了幾次。我跟一個只是短暫待在這個公司的實習生——對方甚至還只是個大學生——變成了炮友關係，我也知道這是違反道德觀念的事。

雖然大家說「人活著沒辦法照著自己想要的走」但是我相信這句話不適用在我身上。我堅實的生活不被任何瑣碎的事情左右，這是我很自豪的地方。就算被罵髒話、就算在別人之間築起高牆，我還是會守護住堅實的生活，但我從沒想過，這樣的生活竟會被那樣一個年輕小孩左右。

白榮燦把我弄得凌亂、狼狽不堪。我一整天都在注意那個小子，有種空虛感突然朝我襲來，我不知道自己現在究竟在做什麼。

在這三週間，我跟白榮燦竟然做了六次愛。要是以前的我，絕對不可能容許這種事情發生。

對我來說，白榮燦是突然闖進我人生之中、把我打造出來的東西恣意毀壞的一個孩子。

「組長，不好意思。這個部分照你說的修正了，還可以嗎？」

……仔細想想，這很明顯就是一個小孩子的視角。我就是一個他所嚮往的、被公司寄予厚望的中階主管；一個已經在過他想要的生活的前輩，就只是這樣。

「列表清楚明瞭，還不錯。參考資料標記方式要再稍微注意。」

「好！我知道了。」

但是真的是這樣嗎？

「嘻嘻，我被組長誇獎了。」

看著他燦爛地笑到眼睛都看不見的樣子，我更是搞不清楚了。

算了，反正只不過是待一個月就要走的小子。

雖然他有可能會進我們公司，那也是到時候再說了。到時候我應該也升遷了，應該也不會跟基層員工碰到面了。

一想到那裡，我的心就舒暢了一點點。我成功地把一個叫做白榮燦的小子強逼出我的框框外。

曾經有一天為了確認分配給他的事情而工作到比較晚。就算我叫白榮燦下班，他還是拖拖拉拉、在辦公室裡走來走去。跟他單獨兩人在辦公室有點不自在，最後我還是跟他說話了。

「在幹什麼？還不走？」

「我要跟組長一起下班……」

因為看我臉色而講出口的話，讓我突然覺得頭很痛。我用指尖用力按著太陽穴，打開抽屜拿出一顆頭痛藥，沒有喝水就直接吞下去。

「看來你因為跟我纏綿過幾次所以就會錯意了吧。我不是那種只要你想做，我就會為你打開雙腳的人。雖然時間不長，但嚴格來說我還是你的上司……」

「我只是想要一起吃晚餐。」

聽到打斷我講話的聲音後，我本來一直盯著螢幕看的視線轉向旁邊。白榮燦那雙有著深邃雙眼皮的眼睛睜得圓圓的。

「我從來沒有把組長當成這樣的人。你不喜歡，我就也沒想過要糾纏著你。」

那個臉看起來好像是受傷了，這時我才意識到說錯話了。

我啞口無言，那小子獨有的溫順眼尾垂了下來，尷尬地笑了一笑。

「不好意思，造成你的麻煩。我以後不會再這樣了。」

這小子在這工作的三週時間，我從來沒看過他露出這種表情。

我這時才意識到，我一點都不了解這小子。

「我先下班了，明天見！」

雖然他跟平常一樣說話朝氣勃勃，但是裡頭卻帶著刺。那小子離開後，我一個人留在辦公室，像個罪犯一樣把頭埋在雙手之間，然後再次用力按著太陽穴。我心想，頭痛藥沒有效。

＊＊＊

一個月就在這越來越冷的天氣中很快過去了。學生們就像以往一樣，一臉什麼事情都沒有達成的空虛表情，參加我們為他們辦的送別會。就在剛入冬的時候。

白榮燦那天也跟平常一樣，厚著臉皮代表同期實習生充滿活力地發表在休閒之都工作的感想。

「我們絕對不會忘記在貴公司的寶貴經驗跟美好緣分，謝謝大家！」

在最後一聲震耳欲聾的道別後，大家像是約好的一樣一起鼓掌。一個人坐著不動也很奇怪，所以我也跟著大家拍手。

他在說「美好緣分」的時候好像看了我這邊，是我看錯了吧。

接著我們有一段時間都沒有見面。這是很正常的事情。一起度過的好幾晚，只不過是許多次的一時衝動之下、重複發生好幾次的一夜情罷了，我跟他從一開始就是不同世界的人。他還是個前途無限的大學生，而我是在這社會上歷經滄桑的上班族。

對現在還年輕、前途還一片光明的他，對於爽朗的他，像我這種陰沉又內斂的人並不適合。這樣子白榮燦不就太可惜了嗎？

再次遇到白榮燦已經是一個月後了。我跟往常一樣自己一個人度過週末的時候，他打電話來了。我沒有儲存他的號碼，一開始因為不知道是誰打來的，沒有打算要接，但是感覺很不自在，最後還是接了起來，而這就成為一切事情的禍端。

——組長！我現在在奚見站，如果有時間可以見一面嗎？一下子就好。

如果認不出那小子的聲音那反而還比較好，但他那特有的響亮清晰的聲音，想認不出來都不行。

「有什麼事嗎？」

——是很急的事！我在車站裡面等你。

然後他就把電話掛了。我看到手機上面「結束通話」的字後就冷笑了一聲。他現在這樣是在做什麼。

這種臨時邀約讓人厭惡。特別是突然說已經在附近或說在家前面，然後叫我出去，這樣是絕對叫不動我的。

要是平常我就不會理他，然後繼續看完書，但是我不知道為什麼卻很在意。文字上面一直浮現白榮燦嘻嘻笑的樣子。

「唉，真的是……」

沒錯，因為是急事。雖然不知道是什麼事，但我想這種時候就該放下大人的身段。我只隨便套上一件大衣就出去了。

白榮燦果然蹲在車站大廳內。不知道是不是不會冷，大衣拿在手上還穿著短袖T恤。他彎著身體蹲坐在長凳上，發現我之後就舉起手來。

「組長！」

他響亮的聲音讓我覺得很丟臉，我加快腳步向他靠近。

「哇，組長真的是越來越帥。你最近好嗎？」

我無所事事在家，頭髮也沒整理就出門，這顯得那小子的客套話非常不自然。

「有什麼事嗎?」

「就只是路過這裡的時候突然想到組長。」

我嘆了一口氣。所以在這個珍貴的週末把我叫出來?那傢伙笑開的樣子,跟他說「有很急的事」完全不一樣,一點都沒有著急的感覺,只有開心的樣子。

「我很忙,沒事的話,就這樣直接路過就好。」

我正想要轉身離開,手腕就被抓住了。我用我最銳利的眼神轉頭看他,但白榮燦一點都沒有害怕的樣子。反而還更燦爛地對著我笑。

「哎呀,我是想念組長才來的。」

這什麼暗示……你以為這樣我就會再跟你睡嗎,本來想要這樣問,但是周遭太多人了。我想把他的手甩開,但是他的力道很大,讓我一動也動不了。

「真的要走了喔?不覺得我很可憐嗎?」

這次他眼睛垂下來問。真的讓人無言以對。哪裡可憐了,可憐的是週末本來好好待在家卻被你叫出來的我。

「啊,肚子好餓……晚餐都還沒吃……」

但是他接下去說的話,讓我最後還是沒辦法把他趕走。

「唉……」

我長嘆了一口氣,下巴做出動作示意要他跟我來。該死的。

「我請你吃飯吧,跟我來。」

這沒有什麼特別意思，只是不想看他沒吃飯的樣子。而且就算是前輩後輩關係也可以一起吃飯。

「喔耶！組長最好了！」

白榮燦似乎很開心，用他的大塊頭向我壓過來。

「不要推，好重。」

面對就算被罵也會嘻嘻笑的他，我也沒辦法說出什麼嚴厲的話。

因為那小子看起來好像很餓，我們就進了附近一家烤肉店。像這種冒著大量煙霧、吵鬧無比的地方，完全不是我會喜歡的地方。如果不是這小子，我是不會進來這種地方的。但是他肚子餓，那能怎麼辦呢？人要活著就是要吃。

「你要吃什麼？」

「便宜的東西就好。」

「既然說要請你吃飯，你就點你想要吃的。」

「……豬肋排。還要白飯。」

看到他先假裝客氣然後馬上換菜單的樣子也是滿可愛的。

「請給我五人份豬肋排和一碗白飯，等肉都吃完會再一份一份加點。」

我考慮到那小子的食量後點了餐，白榮燦就把我當成神一樣看待。看到他閃閃發亮的眼神我就覺得有點自豪。沒錯，我必須老實承認，承認那小子的確就像個弟弟一樣可愛。

「組長，你不想我嗎？」

「我為什麼要想你？」

「但我很想組長啊。」

本來以為他這次也是在開玩笑，但是表情卻很認真，一點都沒有嬉鬧的樣子。這樣直直盯著我看的眼睛反而讓我有點不好意思。幹什麼啊，這樣子盯著我看……而且我有什麼好想念的。我滿腦子只記得工作期間一直對他發火。

「不要叫我組長，現在誰還是你組長啊。」

「喔，那麼，我可以叫你哥嗎？」

他接著說的話讓我很無奈，但剛好肉也上來了，就算想要反駁些什麼，也已經錯過那個時間點了。

「賢秀哥！我要開動了！」

白榮燦很有活力地拿起夾子開始烤肉。他在烤盤上放了滿滿的肉，旁邊還放上洋蔥、香菇、泡菜，動作非常熟練。

「哇，看起來好好吃。我真的很久沒吃肉了。」

我突然在想，我跟這小子這樣待在一起好嗎？如果是大學生，不是正應該跟朋友們一起玩的時候嗎？今天還是週末。雖然比起我那個時候，最近求職變得很難，大概也沒辦法好好地玩。但就算這樣，我還是免不了擔心起這個小傢伙。

「你沒朋友嗎？不參加系上活動嗎？」

「我是系會長啊。」

那小子驕傲地說完後就夾了小菜的馬鈴薯沙拉繼續吃。他似乎非常餓，碟子一下子就清空了一半。是啊，如果是系會長，那不可能沒朋友。

「哥，你對我真的一點都不了解吧？」

……那個，一定要了解嗎？他說的話正中紅心，但我沒有表現出來。

「沒關係，現在了解也可以啊。」

那小子低沉的嗓音很溫柔，在周遭都是噪音之下，依然可以清楚聽見這道低音。這種心情該怎麼形容呢？就像是被一個比我還要小五歲的小孩安慰一樣，很害羞又有種心癢的那種感覺。

但有一點可以確認的是，我並不討厭在旁邊直直盯著我看的那小子。就算他毀了我週末的休息時間；就算他是個隨便就跑來找我，然後死皮賴臉說自己肚子餓的奇怪小子，我也不覺得他討厭。

「人就是要常吃肉。哥，你會吃紅蔘嗎？」

「我不吃紅蔘，只要有吃維他命就可以了。」

「啊，是你每天早上吃的那個嗎？」

……那小子怎麼知道我每天早上吃維他命？就算他知道，但神奇的是，竟然可以記得一個月前的事情。

「而且，我不怎麼喜歡吃肉。」

「我知道。哥喜歡吃清爽的甜點啊，但要不甜的。」

嗯，與其說是清爽的甜點，其實是喜歡能夠方便吃的東西，像是沙拉，但他說的也沒錯。他連這種事情都知道，讓我嚇了一跳。

「你有喜歡的點心嗎？」

「不知道，塔類吧？」

奶油蛋糕太甜，所以不喜歡，而且奶油對身體負擔也太重。馬卡龍也太甜，所以想一想我喜歡的大概就是塔類吧？

「下次一起去塔類點心好吃的店吧。到時候我請你。」

想像兩個大男人去賣塔的店面對面坐著，然後喝著飲料吃著塔的樣子，感覺很奇怪，但是對白榮燦來說，那個畫面似乎很自然。

「你常跟朋友一起去像是咖啡廳這種地方嗎？」

「對啊，不過也是為了一起去做報告。」

當腦中一浮現那小子跟他同年齡的朋友並肩坐在咖啡廳裡做報告的樣子，是一幅很安穩的畫面，心裡就舒緩了一點。

「你要認真讀書，這樣才能進我們公司。」

「嗯？我為什麼要進哥的公司？」

「……咦？」

因為我沒想到他是這個反應，所以僵住了一下。白榮燦一口吃掉了送來的小菜煎蛋捲。

「哎呀，我開玩笑的啦。我知道啦，我會認真讀書。」

……開這什麼玩笑。我吃了碟子裡的醃洋蔥，味道又酸又鹹，讓我眉頭皺了起來。

「但是我有點擔心。如果我跟哥一起工作，不知道有沒有辦法做好工作。」

「怎麼說？」

「有這樣的哥哥在我眼前要怎麼工作，光是望著他看，時間就沒了。」

我瞠目結舌。他怎麼那麼會講這種肉麻的話？

「……你之前都做得很好啊。」

「哥，你都不知道吧。我每天都只盯著哥看。」

他接下來說的話果然還是很肉麻，但表情卻一點都沒有改變。我假裝清了一下喉嚨，用手遮住自己的臉。

他遞了放生菜的籃子給我。我急急忙忙想要騰出空間，不小心就輕拂過他的手指。但我沒有刻意去迴避。

肉在烤盤上慢慢變熟。雖然我們安靜了一下子，卻一點也不覺得尷尬。

桌子底下，白榮燦穿著運動鞋的腳，從我的樂福鞋旁邊掃過。

白榮燦跟我在那之後也見了幾次面。我再也沒有過「不能跟這個小子這樣下去」的想法了。因為他不是我大學的學弟，也不是我公司的後輩。

但有一點讓我覺得很煩悶，我不知道那小子是怎麼樣想我的。

我最好奇的是，他學校裡面會有很多比我年輕、比我好看的人，為什麼偏偏要跟我在一起？

但是我沒有勇氣當面問他，問他為什麼要跟我在一起，為什麼偏偏選擇我。尤其又是像你這樣年輕、開朗又善良的小子。

我不知道白榮燦知不知道我的心境，他無時無刻都會跟我聯絡。

哥，我剛剛經過哪裡的時候想到哥，所以就打電話給你。哥，這個很漂亮，好像很適合哥，要買給你嗎？哥，吃飯了沒？

我感覺像是隨便介入了他的人生。有時候都會產生「我這樣子介入好嗎？」的罪惡感。這樣可以嗎？我真的有資格這樣貿然介入那個年輕又開朗的人的人生嗎？感覺好像是硬要穿一個不適合自己的昂貴皮鞋。

沒錯，我們並不適合。

這天我看著組員都下班後，自己一個人繼續加班。

如果只是隨意完成，時間一定還綽綽有餘，但我總是太過貪心，不斷修改再修改，所以不知不覺就已經晚上十點多了。那時我收到白榮燦的訊息。如果沒有那封收到訊息，我有可能連懶腰都不伸，就這樣一直工作到十二點。

哥!!你在幹嘛!來陪我玩!!

從他簡短的訊息好像都可以聽到他響亮的聲音，我因此笑了出來。

我在加班。

我把這則簡短的訊息傳出去後，就馬上收到一個流眼淚的小熊貼圖。跟白榮燦很像的小熊。

白榮燦特別會察言觀色，如果我說我在工作，那他就不會再傳簡訊來。我屬於在工作的時候不怎麼喜歡傳收長篇訊息的人。

但是那天我有點奇怪，很想要鬧一下他。

公司沒半個人，有點冷清。燈還全關了。

啊～～應該很可怕吧QQ要去陪你嗎??

我喜歡明知道我的訊息充滿意圖，還故意上當的那個小子。

嗯。

我傳了一個字後就伸了個懶腰。

然後白榮燦不過十五分鐘就到了辦公室。他兩隻手提了滿滿的紙袋。

「哥！我來了！」

「這些是什麼？」

「想就知道你應該都在工作沒吃晚餐。」

他把放在紙袋內的東西一個一個拿出來放在桌上。都是些沙拉、沒有餡料或奶油的輕食麵包之類的東西。全部都是我喜歡的東西。而我也是真的沒有吃飯。

「來來，快來吃。反正都是要晚下班，那吃完再做吧。」

我沒辦法推開他拿叉子給我的手，只好在桌子前面坐下來。白榮燦也坐到我對面，把我的沙拉拆開。

「你也沒吃晚餐嗎？」

「哎，我吃過了啊。哥自己一個人吃好像會很尷尬，所以我就陪你一起吃。」

「……謝啦。」

他擠眉弄眼的表情非常搞怪可愛。

我喜歡白榮燦跟我分享他在學校的故事。那小子因為個性非常活潑，看起來朋友很多也很受歡迎。K大學企管系的那些同學，我本來連名字都不知道，現在卻都已經非常熟悉了。

「哥，一個人加班很累吧？我今天會在旁邊幫你加油。」

他把巨大的橄欖巧巴達撕了一半拿給我說道。我又撕了一半後放回那小子的位子。

「加油什麼，不用了。」

「哎呀，別看我這樣，我做過大學慶典的啦啦隊隊長喔。」

啦啦隊……是啊，大學裡是有那種東西。我在念大學的時候都一直在念書，所以已經不太記得了。但是不難想像白榮燦兩隻手拿著彩球揮舞，然後用他獨特響亮的聲音呼喊口號的樣子。

白榮燦把剩下的巧巴達放進嘴裡，從位子上站了起來。然後把手機拿了出來。

「唉唷，真的是，你好像不相信我，我直接表演給你看。我可不是誰都會表演給他們看的……」

手機裡播放出活潑的音樂。白榮燦把脖子向兩邊各折了一次，然後站到離桌子有段距離的位置。接著……開始跳舞。

「不管下雨還是下雪，我都會守護在你旁邊。」歌詞搭配上輕快的音樂。不管是誰都可以聽出這是加油歌曲，白榮燦配合著音樂非常認真地跳舞。

那小子前後左右扭動他的腰，然後把手擺在臉前面做出開花的動作，我看到他這個樣子，最後還是忍不住「噗」地大笑了出來。

白榮燦不管我有沒有笑，都還是非常認真地跳著。他的目光一直停在我身上。有時還會擠眉弄眼，或者展現出滿臉笑容的樣子，真的非常可愛。

他為了我跳舞，而我看著他笑到肚子都要痛了。奇怪的是，我好像開心到要流淚了。為了要隱藏這股不知名的情緒，我故意笑得更開心。我不太會笑，我想他應該只會覺得我的表情很好笑吧。

但是白榮燦繼續認真扭動身體，似乎不在意這種事。

看到那小子為了我跳這麼可愛的舞，我覺得自己也許真的會哭出來。但我正覺得危險的時候，有人從外面進來了。是來巡邏的警衛。

看到我眼神的白榮燦，這時才停下舞步轉頭回去查看。警衛是一個上了年紀的大叔，他用很不爽的眼神瞪著白榮燦。那小子這時才把音樂關起來，然後趕緊溜到我旁邊。就好像看到了陌生人，害怕得跑到爸爸身邊的小孩。

我先跟警衛點了點頭打招呼，那小子就也跟著打招呼。

「外部人員這個時間不能待在這裡，快出去！」

警衛大聲斥責。我們公司大樓的警衛有兩個年紀比較輕的大哥，個性比較隨和一點，但偏偏今天是碰到這個難對付的人。

剛剛還在很興奮地跳舞的白榮燦，現在把身體蜷縮起來躲到我背後。為了安撫那小子，我把手往後伸輕輕拍打他。

「他是我弟弟。等我工作結束後就會一起離開。」

警衛盯著我們看了一下之後才離開。白榮燦或許是害怕會再被罵，先把脖子伸出來後，才小心翼翼地從我背後走出來。

「把沙拉全部吃掉後我們就快點走吧。」

我重新拿起叉子，而肩膀一股沉重的重量傳來。

「我想要跟哥一起住。這樣我就能每天在你加班的時候，帶著便當過來跟你玩。」

這句話可愛到讓人心癢，我也沒辦法再對他嘮叨說「那你的學業怎麼辦」了。我只是拍了拍放在我肩膀上的厚實手背。

＊＊＊

媽媽從美國回來了。長期受到另一半暴力對待的媽媽，只要看到男生就會一直發抖。甚至好像連我都會害怕。

媽媽因為沒有韓國國籍，所以住院手續非常複雜。我請了特休，一整天跟醫院、媽媽打交道，還要處理被延後的行程，很晚才有空確認他傳來的訊息。

哥！我之前有說過，我後天就要去參加宿營了。那在我去之前要不要約個會～？呵呵

從這個短短的訊息中似乎也能看到那小子的笑臉。雖然我按下了回覆，但是一個字都打不出來。我已經太累了，沒辦法配合那個小子。

我收拾完剩下的東西後回到家已經精疲力竭了。雖然已經調整過行程，但還是有幾件急事需要我直接處理。但是，我連打開筆電的力氣都沒有，就這樣癱在床上。

一大早，醫院打來的電話比鬧鐘還要先吵醒我。媽媽似乎引發了騷動。我在還沒完全清醒的狀態下穿上衣服。我想著，如果現在去醫院，要怎麼處理今天該做的事情。腦海裡充斥著煩躁跟疲勞，根本沒辦法好好思考。

無論我身上發生什麼事，該處理的事情還是會就這樣累積下去。這就是讓我快要崩潰的點。我的身體也因此快要累垮了。

我媽媽一見到我就哭，我看到她這樣也沒辦法罵她。媽媽沒有做錯事，就像我也沒有做錯事。

「賢秀，對不起……我也不知道為什麼我會這樣……」

看到兒子的臉色後想哭的媽媽，也不過就是個年紀大又虛弱的病患罷了。

我拖著快要垮掉的身體離開醫院，立刻就回到公司。因為沒有請特休也沒有請半天假，應該會被當成遲到處理。雖然已經跟人事部告知過原由，但再怎麼說這也是我的私人事務。

「對了，徐組長，有客人來了。」

部長說的時候，我第一個想到的是「我沒有開會行程啊」。本來我們組就沒必要開什麼會，如果是跟外包廠商的定期會議，那也只有印刷廠跟MD負責人而已。

「我已經把他放在會客室了，去看看吧。」

她說「放在會客室」，我覺得她的說法有點奇怪，我趕快走去會客室。就在我打開門的時候，看到的是很寶貝地抱著一個大紙袋坐著的白榮燦。

那副安靜的樣子，真的很像被放在冰箱裡一樣，這個時候我還在想，部長的說法很準確。

「……有什麼事？」

雖然很累，但我還是很開心見到他。不過可笑的是，我扭曲的心態讓我先吐出了冷漠無情的話。

「對不起，突然跑來找你。因為哥你說喜歡這個，我路過的時候突然想到……」

紙袋裡面裝了一個紙盒。紙盒包裝上寫了塔。

我想起之前跟那小子說過的話。他問我喜歡什麼甜點，我就回答我當時想到的塔類點心，看來他一直都記得。

「你很忙吧？對不起。我先走了。」

白榮燦彎起眼睛燦爛地笑了，然後似乎真的打算要起身離開。我下意識地抓住那小子。

雖然我不知道為什麼，但在那一刻我覺得好像不能讓他走。這也可以說是自私吧。只是……

「謝謝。」

為什麼你偏偏在這個時候出現？我覺得又驚喜卻也很難過。

「這沒什麼。」

白榮燦望向關上的會客室的門，接著把手伸向我。

「但是哥，你哪裡不舒服嗎？臉色看起來很不好。」

他的手非常小心翼翼捧著我的臉頰，一臉擔心的樣子，這讓我沒辦法推開他的手。但是再怎麼說這裡是公司，就算會客室裡沒有窗戶也沒有人會看見。

「沒有，沒事。」

我硬把捧住臉的大手推開。我放下了他的手，希望他不會看出我臉上的期待或懇求。

「宿營好好玩吧。」

雖然我的視線也跟著往下看，但我可以感覺到他注視我的目光。我可以感受到他本來想說些什麼後又放棄了。

「嗯，我回來再跟你聯絡。」

白榮燦就這樣走出會客室，我屁股靠坐在桌子上，用手搓了搓臉。我聽到外面傳來白榮燦的輕快聲音。「大家好嗎？我有些急事要請問徐組長，所以才臨時過來一下。最近過得還好嗎？」

等到那小子的聲音完全遠離之後，我才拿著紙袋走出會客室。褲子口袋裡傳來震動，但我沒有立刻接起來。應該是媽媽吧。

我用眼睛尋找著白榮燦的蹤跡，但他似乎已經完全離開辦公室了。那小子經過的地方，感覺只留下了微妙的躁動。我坐到位子上、打開電腦，確認一下積壓下來的工作項目。

那天整個下午，白榮燦都沒跟我聯絡。晚上也是，甚至一直到隔天早上為止。因為要去宿營，所以應該很忙碌吧，而且他又是系學會會長。

媽媽已經睡著了，我在她旁邊用筆電處理工作，我腦中突然浮現白榮燦跟自己同年或是比他還小的朋友相處交流，然後喝酒、玩幼稚遊戲的樣子。這才是他該做的事情，但我還是有點幼稚地感到忌妒。

「呼……」

修正完一個文件後，已經是晚上十一點多了。媽媽已經熟睡了，就連我跟加班中的同事講電話都沒有吵醒她。

我把檔案備份到公司伺服器後起身想去買杯咖啡。我的腦子裡好像起了霧，思緒很不清晰。

結完帳後，我拿著保溫瓶去咖啡機裝咖啡，接著打開了手機通訊軟體。我點了白榮燦的大頭照。

不知道是誰幫他照的照片裡，他不知道在跟誰講話，笑得很燦爛，看到這張照片，我突然開始回想起他在我面前表現出來的樣子。那小子跟我在一起的時候，也是這樣子笑的吧。但是……

我覺得，那小子在我面前表現出來的燦爛笑容跟他的熱情，似乎沒有比較特別。換個角度想，這也是很正常的。就算是情侶，只對一個人傾瀉深厚的情感是不健康的。

那麼我……

「徐賢秀，你在幹嘛……」

我打算要傳訊息而打開對話視窗，這時我才突然清醒過來。不應該去煩一個在宿營玩得很開心的人吧。

我跟白榮燦不同的是，雖然我很有勇氣，卻不是個很有自信的人。一想到我沒辦法像那傢伙一樣可靠，就覺得很羞愧。

我把手機放回口袋，確認一下咖啡是否已經裝好了。

我拿著保溫瓶走出便利商店，但我不是去搭電梯，而是往昏暗的醫院後院走去。本來買完咖啡就要立刻上樓，實際聞到冰冷的空氣後，突然就很想散步。

我小口喝著熱咖啡往後院走去，一邊思考著我跟白榮燦的關係。

我跟他不是正式在一起，只是偶爾會做愛。但是仔細想想，現在好像還不到可以稱作戀人的關係。我們也沒有去談論確定過我們的關係。

我甚至在想，是不是該跟那個小子斷絕關係比較好。

我自己一個人都照顧不好自己了，怎麼能跟別人在一起……

這跟只見一次面然後不再連絡的一夜情截然不同。跟一個人持續性的見面，就必須負起一定的責任。就算我們現在還不是情侶。

我一邊走一邊思考，漸漸覺得有點寒意。只穿著外套沒穿大衣，應該很難繼續走下去了。正當我準備轉身時，手機震動了。

是白榮燦。

——哥，我在高巴站。

我花了約零點五秒才想起來「高巴站」是高速巴士客運站[5]的簡稱。

「你不是說要去宿營？已經回來了？」

5 譯註：高速巴士客運站是位於首爾的客運站，主要為開往首爾以外地區的客運。

一般不都是三天兩夜嗎?不對，重點是現在已經是深夜了，甚至是已經超過十一點了。不過這小子只是用開朗的聲音「嘻嘻」笑著，接著又突然用嚴肅的聲音接著說。

——因為太想哥了，所以回來了。

這句話是多麼讓人興奮，我也不自覺停下腳步跟呼吸。

「……等我，我過去。」

我開著車，卻不知道自己是帶著什麼樣的心思一路開到高速巴士客運站的。一到那裡我就打了電話，卻不知道是不是他的手機中途沒電了，聽筒傳來用戶關機的語音。該怎麼辦?我漫無目的地在下車月台打轉，幸好順利找到塊頭很大的他。

我沒辦法叫喊榮燦的名字，所以直接走過去抓住他的肩膀。他抬起本來垂下的臉看向我後，露出爽朗的笑容。

「哇，賢秀哥。」

一看到那個臉，我就不禁嘆了口氣。

「你的宿營怎麼辦，你不是系學會長嗎?」

「那個很重要嗎?我覺得哥更重要。」

我啞口無言。仔細一看，他身上散發出淡淡的酒味，看來是喝了酒一時衝動跑回首爾。行李似乎是被亂塞進旁邊的那個大波士頓包裡，包包形狀凹凸不平。

「起來吧，先過去車子那邊。」

「好……」

白榮燦就像是一隻溫順的小熊乖乖地跟我走。我感覺到他緊跟在我的後面，我加快了腳步。走路時，他的手都會輕輕拂過我的手。如果不是在外面，我敢保證他會握住我的手。

我把行李放到後座，發動車子後便立刻先打開暖氣。這麼冷的天氣裡，白榮燦卻只穿了一件薄薄的大衣，讓我非常在意。

「肚子會……」

……會餓嗎，在我問完之前，嘴巴就被堵住了。白榮燦朝我吻了過來。

接著而來的是深吻。我們舌頭交纏在一起，他身體還發出濃濃的體香。就算喝了酒，他身上還是散發出很香的味道。

白榮燦緊緊靠過來，到了讓我呼吸困難的程度。直到我感覺到肩膀上的壓迫感，我才發現到他正用力、牢牢地抓住我。

真的到了快不能呼吸，他才把我放開。我們的嘴巴一分開，氣喘吁吁的我就覺得很不好意思，想要把臉遮住，而這次他抓住了我的手。

「你，真的是……！」

本來想對他說「為什麼這麼亂來」這句話，但跟他對到眼之後就又說不出口了。不管是誰，要是看到他這麼堅定的眼神，都會變得不知所措。

「哥，你好像喵咪喔，好可愛。」

……不是貓咪也不是喵，是在說什麼？就在我慌張的時候，他親了我的指尖。白榮燦親吻我的指尖發出了「啾啾」的聲音，就這樣把我的手拉過去，捧住他的臉頰。本來有點擔心天氣太冷，但幸好那小子的臉很溫熱。

「哥好像都不知道自己有多帥。」

「……幹嘛突然說這個。」

這句肉麻話讓我覺得很害羞，我氣呼呼地回嘴道。

「我就只是希望哥跟我在一起的時候能夠自在一點。」

他講話的語氣跟表情跟平常沒有兩樣，但不知道為什麼，我感覺今天這個小子看起來特別地成熟。

他把鼻子貼在我的手掌上大力吸氣，就像是要記下我的味道一樣。他長長的眼睫毛碰到我的手掌，讓我覺得很癢。我也不自覺地欣賞起那小子的臉。光滑直挺的額頭、漂亮的眉毛、深邃的雙眼皮。

其實白榮燦不笑的時候，臉看起來並不溫順，反而看起來很凶狠。雖然長得很帥，但該說是凶猛的帥嗎？那樣的小子竟然會這樣溫柔對我，讓我非常驚訝。

「今天能讓我過去睡一天嗎？」

「……就算你說要走，你也會叫你睡一覺再走。」

都已經沒有車了，而且我也不是會讓一個小孩自己去搭計程車的壞人。再加上看到這小子閃閃發亮的眼神，不管是誰都會這樣做的。

而我很害怕也很討厭這個事實：這麼好的你不是只屬於我。

幸好在送媽媽住院之前，我有簡單地打掃過。白榮燦在洗澡的時候，我做了要給他吃的香腸炒蔬菜。

我在炒香腸的時候收到媽媽的訊息。已經很晚了，難道是醒了嗎？在我確認完訊息內容後就嘆了一口氣。我正想按下回覆時，感覺這不是一兩句就可以講完的事，所以就乾脆按下通話按鈕。

「喂，媽。你傳的訊息是什麼意思？」

然後在我聽到聽筒裡傳來的話之後，我就停下手上正在翻炒香腸的湯匙。

「啊，我幹嘛去美國。」

──但是賢秀……

「如果要去美國要準備很多東西，現在並沒有像媽那個時候那麼簡單。」

──就算這樣……

「什麼就算這樣！」

我不自覺地大聲起來。我不知道白榮燦剛從浴室裡走出來。

白榮燦蜷縮他巨大的身體，把毛巾蓋在他溼掉的頭髮上，不知道為什麼僵在那邊不動。我把電話換到另一邊。

「媽，之後再說。我現在不方便講電話。嗯，我再打給妳。」

電話掛斷之後，我檢查一下鍋子裡的香腸。幸好沒有焦掉。我把火關掉，拿出盤子。

「毛巾放在那邊那個白色布籃子裡，然後過來這邊吃東西。」

但是白榮燦沒有走過來、站在原地。這小子平常都會乖乖聽話，今天怎麼會這樣？

「不吃嗎？」

現在想想，我煮了香腸是太把他當成小孩看了嗎？但是他是小孩吧？當我還在想著沒必要的事情時，他安靜地把毛巾放進籃子裡，然後拿起了包包。

「……我先回家好了。」

「什麼？為什麼？」

因為嚇了一跳，鍋鏟差點掉了下來。白榮燦真的一副要出去的樣子，背起了包包。他怎麼了？竟然拒絕了食物還說要出門，而且現在還這麼晚了。

「你知道現在幾點嗎？」

「我坐計程車回去就可以了，打擾了。」

我連再說些什麼的機會都沒有，白榮燦真的就這樣走出去了。我一個人呆滯站在充滿香腸和醬汁味道的房子裡，回想著是不是對他做錯了什麼事。不管怎麼想都想不出來。

「……難道真的太把他當成小孩子了嗎？」

還是突然想起有報告？

我心想明天早上再跟他聯絡，就這樣直接香腸炒蔬菜放入保鮮盒。我不怎麼吃這種東西，要去買酒當成下酒菜吃嗎？

為了把裡面的東西放涼，我故意沒有蓋緊蓋子，後來我蓋上蓋子時突然意識到一件奇怪的事情。

這與我一直以來對白榮燦的奇怪想法很類似。

我們為什麼還不是情侶？

我蓋著蓋子的手突然沒力，垂落到大腿旁邊。我不自覺張開了嘴，瞪大了眼睛，就好像一個蠢蛋突然恍然大悟一樣。

「……徐賢秀，你這個白癡！」

我只能就這樣跑出家門，我也只能這麼做。

我只能去追上比我先出門的那傢伙，即使心裡也一邊想著可能會追不到。

因為我家在鬧街上，四周都很明亮，但是因為人太多了，要找到他應該不簡單。

我穿梭在霓虹燈之間，突然感到很害怕。如果我就這樣永遠失去他怎麼辦？不對，我好像也還不算擁有他？我覺得自己很可笑、很丟臉。如果可以，我想要大聲地嘲笑我自己。

不知道自己做錯了什麼，我就只是在大街上來回穿梭。我好像只知道得要留住白榮燦。我踉踉蹌蹌走了很久，就好像一個只知道解答，但不知道怎麼解題，然後拿著筆亂畫的愚蠢學生。

也不知道徘徊了多久，直到寒冷和疲勞讓我的大腿變得僵硬，我才覺得自己可能找不到白榮燦了。

「唉……」

我長嘆了一口氣，只是傻傻站著、搓了搓臉。雖然我知道自己做錯什麼，也知道要留住那小子，但在深夜衝出來四處打轉的我真的很可笑又愚蠢。

我感覺自己像個罪人似的轉頭回家。然而真的是謝天謝地，我發現白榮燦竟然就呆坐在我家大樓的外牆旁邊。

「……榮燦。」

白榮燦就好像坐在沒有人來往的外牆下的巨大流浪貓一樣。他抬起頭，看到我後似乎嚇了一大跳，蜷縮起來的身體往旁邊傾斜，差點就倒了下去。

「哥，我、那個……」

「上去吧，幹嘛待在這。」

我一把抓住那小子的手腕，拉著他走。雖然白榮燦很驚慌，但他沒有甩開我。

這時候，一樓電梯門剛好打開，我們立刻就搭了上去。我感覺到那小子的視線，卻無法回頭確認。

「你是出來找我的嗎？」

他問。我沒辦法立刻回答他。我無法區分出，我是為了找你而出門，還是為了不要因為沒出去找你而後悔才出門的。我就是這麼愚蠢的大人，甚至比年輕的你更愚蠢。

我低頭一看才發現自己不成雙的拖鞋，還有外套袖子上的污漬。我出門時是隨便看到什麼就穿什麼，但為什麼偏偏是要送洗的衣服呢。

我抬起眼睛，這次看到的是凌亂的頭髮。因為急著出門，我完全不知道自己是這副模樣。電梯門上反射出白榮燦凝視著我的模樣，我為了躲開他的視線又把眼睛往下看。

「……你怎麼可以這樣亂跑出去。我……」

「哥，我喜歡你。」

「怦！」傳來了有東西掉落的聲音，我還以為是電梯裡的聲音。但是只有載著我們兩個人的電梯安靜無聲地上樓。

「我真的喜歡你。」

我這次聽到「怦怦怦」的聲音非常劇烈，像是有東西砸下來的聲音。就算我現在全部的注意力都集中到站在我旁邊的那個人身上，卻還是無法盯著他看。

僅僅幾秒鐘的時間，卻像是經過了幾小時，電梯也終於停了下來。我半失神地走出電梯，就好像是要逃跑一樣。我一直到打開門鎖時才意識到我還拉著他的手腕。

一進到玄關後，他就擋在我面前。感應燈似乎沒有感應到我們，所以玄關仍是昏暗的，而白榮燦就像是放在我旁邊的巨型黑色看板。這次換他抓住我的手腕。

我該說些什麼吧。剛剛在電梯裡聽到的很明確是告白，這次要換我給出答案了吧。

我該怎麼回答呢？你年紀比我小，所以沒辦法跟你在一起。不對，不是這樣。我沒有多餘的心力去照顧你。不對，也不是這樣。我突然意識到，我沒辦法拒絕也沒辦法接受白榮燦的告白。

因為看不到眼前白榮燦的臉，讓我更加混亂了。被抓住的手腕熱呼呼的。這時感應燈才「啪嚓」亮了起來。同時，這小子的臉就像突然逼近一樣亮了起來。是非常認真且比我成熟的臉。

然後白榮燦提出的問題，更是出乎我意料跟荒唐。

「你一定要去美國嗎？」

「什麼？」

美國？我一時之間還沒聽懂而愣了一下。我這時才想起，剛剛跟媽媽講電話的時候，那小子就已經從浴室出來了。難道是因為我說了美國什麼的，所以才受到打擊跑出去的嗎？我那時只知道好像必須把他留下來，所以才不管三七二十一就跟著跑出去，根本不知道為什麼。

「……你說我要去美國？」

「所以你才要跟我保持距離吧，我都知道了。」

我硬是閉上本來要張開的嘴。該說他這樣子是很可愛還是什麼呢？

「因為哥要我認真念書，所以我就很認真地念了。」

「所以？」

我最後笑了出來。要我誇獎他「真聽話」的那個樣子就像隻小動物一樣。是隻體型巨大但沒有傷害性的動物。那小子用力抓住我的手腕，表示對我的笑感到委屈。

「所以我拿到系上最高分，我是拿獎學金的學生，也可以去美國。我是可以去，但你不能晚一點再去嗎？這樣我也可以跟著去。」

我本來要往玄關裡面走，但白榮燦抓著我的手腕，然後很快地說了一大串話。本來已經暗掉的感應燈又因為他的氣勢再次亮起。

「哥，我愛你。真的很愛你。」

我這次不能笑了，也不能把我的手從那小子的手中抽離。

「我愛你。」

不知道是以為我沒聽到，還是太想要說這句話，白榮燦又再說了一次。

「我⋯⋯」

「我真的真的很喜歡你。我每天都想著哥⋯⋯」

那小子的臉突然皺了起來，溫順的眼睛垂了下來，眼睛裡還含著淚水。

「嗚、嗚嗚、真的啦⋯⋯」

「喂，不要突然哭出來啊！」

因為被嚇了一跳，我也忍不住大喊出來。那小子似乎以為我在生氣，所以哭得更激動了。他「嗚哇嗚哇」大聲哭泣的樣子，真的就跟小孩沒兩樣。

「抱歉，我不會再大喊了，噓。」

我用兩隻手捧住那小子的臉頰，擦掉他滾滾滑落的淚水。我也很奇怪，在這種時候還覺得他哭的樣子很可愛。

白榮燦就是這樣一個人，是個常會讓我變得很奇怪的小子。一個破壞、搗亂、隨便打亂我日常生活的小子。

但是為什麼還是會覺得他很可愛而且也不討人厭呢？

「我不會去美國啦，笨蛋。」

本來還在大哭的白榮燦聽到我的話之後突然停了下來。不管怎樣，真的很慶幸他沒繼續哭了。

「看來我跟我媽講電話你都聽到了，我媽問我要不要跟她去美國，我跟她說我不要去。」

白榮燦眨了眨溼掉的眼睛，然後吸了一下鼻子。我走進客廳，這次他沒有抓住我。我拿起面紙盒，整盒拿給他，白榮燦就抽了兩張，然後用力地擤鼻涕。

「真的嗎？」

「對。」

我為什麼要騙你……我突然感到一陣頭痛，所以扶住了太陽穴，而我上半身突然往旁邊歪了過去，是那小子緊緊地摟住我。

「哥，你喜歡我嗎？」

我好不容易才開口。

「……我……」

「跟我說喜歡，好嗎？」

他的聲音帶著年輕卻不幼稚的急躁。這樣我怎麼有辦法拒絕呢？怎麼拒絕這樣擁抱著，懇求我的他。

我費盡力氣鬆開白榮燦的手跟他對視。現在依然溼漉漉的眼珠溫順地俯視我。

我這時才明白。白榮燦正在害怕。雖然這小子塊頭這麼大，也比我年輕、比我有才能，但是他卻非常害怕被我拒絕。

我用手捧住那小子的雙頰。看著白榮燦的臉，我也下定了決心。我不會再逃跑了。

「是的，我喜歡你。」

我出生到現在，除了公司面試，應該是我第一次提出這麼大的勇氣。白榮燦的眼睛輕輕地瞇了起來。他笑得很燦爛，笑到依然滿是淚水的眼睛都看不見了。我第一次看到那小子笑成這樣子。

我的心癢癢的。就好像有個圓圓、鬆軟的東西在我體內滾動。因為這種癢癢的感覺，讓我沒辦法看向他的眼睛，所以我躲開了視線，清了一下喉嚨。

「我年紀比你大很多，而且你也知道我的個性很差，雖然錢賺很多，但是……」

在我把話說完之前，他又把我拉了過去，然後吻了我。這個吻激烈到連呼吸都有困難。而且，非常深情。

我不再費盡力氣說出我本來想說的話、說出沒出息的藉口，就讓它們隨著我的呼吸氣息散去。

因為我現在已經知道，我並不需要這些東西。因為比我年輕的白榮燦教會了我這些事情。

感應燈再次熄滅。我的手抱在白榮燦的肩膀上。

比我年輕很多的他的肩膀、像是把我抱住的胸懷，這些都像是為我訂做的一樣，舒服、溫暖且成熟。

今天我沒有跟平常一樣安慰那小子，而是在他結實的身體裡放鬆自己。月光灑了進來。骯髒的外套再加上凌亂的頭髮，讓我看起來非常狼狽，但是今晚是我度過最美好的一晚。

——《完美啪檔 外傳》完

高寶書版集團
gobooks.com.tw

完美啪檔 外傳
퍼펙트 버디

作　　者　라쉬 Lash
譯　　者　謝承穎
封面繪圖　阿蟬
編　　輯　賴芯葳
美術編輯　林鈞儀
排　　版　彭立瑋
企　　劃　李欣霓

發 行 人　朱凱蕾
出　　版　朧月書版股份有限公司
　　　　　Hazy Moon Publishing Co., Ltd.
地　　址　臺北市內湖區洲子街 88 號 3 樓
網　　址　www.gobooks.com.tw
電　　話　(02) 27992788
電　　郵　readers@gobooks.com.tw（讀者服務部）
傳　　真　出版部　(02) 27990909　行銷部 (02) 27993088
郵政劃撥　19394552
戶　　名　英屬維京群島商高寶國際有限公司臺灣分公司
發　　行　英屬維京群島商高寶國際有限公司台灣分公司 / Printed in Taiwan
　　　　　Global Group Holdings, Ltd.
法律顧問　永然聯合法律事務所
初版日期　2025 年 2 月

國家圖書館出版品預行編目 (CIP) 資料

完美啪檔 / 라쉬著 ; 謝承穎譯 . -- 初版 . -- 臺北市 : 朧月書版股份有限公司出版 : 英屬維京群島商高寶國際有限公司台灣分公司發行 , 2025.02
面 ;　公分 . --

譯自 : 퍼펙트 버디

ISBN 978-626-7642-04-7 (第 4 冊 : 平裝)

862.57　　113018772